Pier Antonio Quarantotti Gambini

Ein Kinderspiel Roman

Aus dem Italienischen von Verena von Koskull

marebuchverlag

Die Deutsche Bibliothek – CIP-Einheitsaufnahme.
Ein Titeldatensatz für diese Publikation ist bei der
Deutschen Bibliothek erhältlich.

Die italienische Originalausgabe erschien 1947 unter
dem Titel *L'onda dell'incrociatore* bei Einaudi, Turin;
die deutsche Erstausgabe 1962 bei Albert Langen
Georg Müller Verlag, München.

Neuübersetzung
1. Auflage 2002

Lektorat Sabine Seifert, Berlin
Umschlaggestaltung ⓢ sans serif, Berlin
Typografie Farnschläder & Mahlstedt, Hamburg
Herstellung Jan Enns, Wentorf bei Hamburg
Schrift Trump Mediäval
Druck und Bindung Clausen & Bosse, Leck
Printed in Germany
ISBN 3-936384-76-2

www.marebuch.de

I

«Da sind sie! Da sind sie! Mach schnell!», rief Ario und hüpfte mit dem Hammer in der Hand ungeduldig auf und ab. «Sie kommen, sie sind im Hafen. Beeil dich!»

Halb auf den Mast geklettert, zerrte Berto hastig an der Leine, um die Flagge zu entwirren und sie dem Wind zu überlassen.

«Bravo!», jubelte Ario, als die Trikolore in der Sonne flatterte, und warf unversehens den Hammer fort.

«Viva l'Italia!», rief er. Doch im gleichen Augenblick brachte ihn ein Ruck des Pontons ins Wanken.

Berto hielt sich am Mast fest und lachte. «Das ist der Schwell der Kreuzer. Sieh mal, die Boote in der Sacchetta! Da! Achtung!»

Ario konnte sich gerade noch aufrichten, als sich der Ponton ein zweites Mal hob, unter seinen Füßen geradezu anschwoll, sich dann steil aufrichtete, für einen Augenblick in der Luft zu hängen schien und wieder herabstürzte. Man hörte, wie sich die Welle mit dumpfem Geräusch brach, gefolgt vom Aufklatschen des flachen Pontonbodens. Als der in die Luft geschleuderte Ponton mit einem heftigen Ruck zurückgehalten wurde, ertönte zugleich das schrille Quietschen der Ketten.

«Schau, die Boote!», schrie Berto. «Gleich gehen welche unter.»

An die Brüstung geklammert, sah Ario zu den Sportbooten zwischen der Hafenmole und den Bojen hinüber, konnte jedoch lediglich ein Durcheinander von tanzenden Rümpfen und wild schaukelnden Masten erkennen.

Dann verschwamm alles vor seinen Augen, und wie von einem heftigen Windstoß in die Höhe getrieben, stieg etwas Gewaltiges übermannshoch vor ihm auf.

Er hatte Mühe, etwas zu erkennen, obwohl ihm das Blau und Weiß vertraut vorkamen. Es war der Ponton nebenan, *sein* Ponton. Während er kurz in der Luft stand, erkannte Ario in bedrohlicher Höhe, als könne es gleich auf ihn niederstürzen, das flache Terrassendach aus kalfaterten Planken, und darunter in der strahlend weißen Wand die kleinen Fenster mit den vom Wind geblähten gelben Gardinen. Wie ein erdbebengeschütteltes Häuschen tanzte es auf dem Wasser.

Wieder sagte Berto etwas.

«Wie?», rief Ario.

Der benachbarte Ponton sauste nieder, worauf der, auf dem sie standen, abermals einen Satz machte, höher und länger als zuvor und gefolgt von einem gedehnten Knarren.

Von dem, was Berto ihm gestikulierend zurief, verstand Ario nur «... der Lastkahn».

Er sah hinüber. Der Lastkahn, die große Kohlenschute, der sie sich so oft mit dem Kajak genähert hatten und die ohnehin schon bis zum Oberdeck im Wasser lag, drohte jeden Augenblick von den Wellen überrollt und verschluckt zu werden. Die Gischt umspülte sie, und man sah sie mit der ganzen Last der Ladung gefährlich tief ins Wasser tauchen.

Es folgten weitere Wellen, seichtere und längere, dann ebbten sie allmählich ab, und schließlich hatte das Wasser sich beruhigt.

Über dem Hafen lachte die Sonne. Wo man hinsah, flatterte an den Mastspitzen der Segelboote die Trikolore: Flaggen über Flaggen, deren Weiß, Rot und Grün sich zitternd und tanzend im Wasser spiegelte. Weiter hinten, am Ufer, hingen Flaggen und Banner in allen Fenstern.

Auf der anderen Seite der Sacchetta lagen drei Schlepper der Größe nach nebeneinander und hatten mit heiterer und leichter Eleganz die Flaggengala gehisst, die nicht recht zu ihrer plumpen Erscheinung passen wollte. Auch zwischen den beiden Masten eines Dampfers, der am Kai unter dem Leuchtturm festgemacht hatte, flatterte die große Flaggengala in allen Farben.

Von der Stadt scholl der Klang einer Fanfare herüber. In Windeseile wandten sich die beiden Jungen um und liefen zur Brüstung hinüber.

«Die Matrosen gehen von Bord!», rief Ario.

«Nein, noch nicht. Sie gehen erst kurz vor der Parade von Bord. Die Musik spielt zur Begrüßung der Schiffe. Nun sind sie da.»

Über dem stattlichen Dach der Fischhalle stiegen ein paar Rauchwolken auf, ballten sich zusammen und verflüchtigten sich dann. Weiter unten waren jenseits der Molen die Mastkörbe, Kommandotürme und Schornsteine der langsam manövrierenden Kreuzer zu erkennen.

«Das war vielleicht ein Schwell!», sagte Berto. «Trotzdem ist kein Boot untergegangen.» Er sah wieder zu den Sportbooten hinüber.

Ario war enttäuscht. Es hätte ihn gefreut, wenn eines der weißen, schlanken Boote mit den hohen Masten, eine Yacht womöglich, gesunken wäre. Nur die Mastspitze hätte vielleicht noch aus dem Wasser geragt. Wie großartig, wie aufregend wäre es gewesen, als Erste mit dem Kajak hinüberzupaddeln und das gesunkene Boot auf dem Grund liegen zu sehen!

Doch sofort fing er sich wieder und war froh, dass nichts passiert war. Er dachte an die schlechte Laune seiner Mutter, die sie wie immer an ihm ausgelassen hätte, wenn eines der Boote in ihrer Obhut durch den Schwell zweier Kreuzer gesunken wäre.

«Bei der Schute», sagte Berto, «war ich mir gar nicht mal so sicher ...»

Auf der Terrasse des benachbarten Pontons, der – bis auf die zarten blauen Gesimse – strahlend weiß in der Sonne lag, die Fenster auf beiden Etagen, sechs kleine unten und vier oben, der Morgenluft weit geöffnet, erschien eine große, kräftige Frau. Sie trug etwas Zusammengerolltes unter dem Arm und ging festen Schrittes zum vorderen Teil der Terrasse, dessen Geländer, mit weiß lackierten Geranienkästen geschmückt, auf die Sacchetta und die im Rechteck angeordneten Sportboote hinausging. Hier ragte, anders als auf dem Ponton, auf dem sich Ario und Berto befanden, statt einer einfachen Fahnenstange eine ganze Bemastung samt Stengen, Rah und Wanten auf, an der lediglich das Segel fehlte. Dort blieb die Frau stehen und löste das Bündel. In leuchtend grellen Farben entrollte sich eine ganze Flaggengala, die sie an der Leine befestigte und zur Spitze des Mastes hochzog.

«Deine Mutter!», rief Berto. «Endlich hisst sie die Flaggengala. Ohne die Fanfare ...»

Ario antwortete nicht. Grimmig sah er zu der Frau hinüber.

«Es ist immer das Gleiche», dachte er. «Alles will sie selber machen. Wieso hat sie nicht mich die Flaggen auf unserem Ponton hissen lassen, so wie es Berto immer auf seinem machen darf?»

«Sieh dir Eneo an!», sagte Berto plötzlich. «Er hat den Ozeandampfer, den wir gestern schon gesehen haben, ins Dock geschleppt. Er kann noch nicht lange zurück sein. Eneo! Eneo!» Die Hände zum Trichter geformt, versuchte er, ihn auf sich aufmerksam zu machen. «Wusstest du», wandte er sich aufgeregt zu Ario um, «dass er Heizer auf der *Titanus* geworden ist? Lidia hat es mir erzählt, und jetzt ist er schon an Bord.»

Man sah, wie sich auf dem größten der drei Schlepper ein junger, athletischer Mann mit freiem Oberkörper träge über das Deck bewegte.

«Eneo! Eneo!», rief Berto wieder.

«Du schreist dir noch die Lunge aus dem Hals. Du weißt doch, wie er ist», sagte Ario scheinbar gleichgültig.

«Ach was. Mir antwortet er immer.»

Ario wurde rot. «Mir auch.» Seine Stimme wurde lauter. «Aber an Bord antwortet er keinem, wie du weißt. Angeblich schämt er sich, Heizer zu sein.»

«Solange er auf der *Empedocle* war vielleicht, aber auf der *Titanus* ...»

«Was soll schon anders sein. Wie groß der Schlepper ist, kann ihm doch egal sein. Er ist halt nicht gern Heizer, deshalb antwortet er nicht.»

Auf der *Titanus* tauchte beim Vorluk erneut der freie Oberkörper auf.

«Eneo! Eneo!», rief Berto wieder aus voller Kehle.

Sogleich verschwand die Gestalt wieder.

«Siehst du?», sagte Ario.

«Vielleicht hat er mich nicht gehört», antwortete Berto und tat so, als sähe er woanders hin. Er steckte die Hände in die Hosentaschen und begann zu pfeifen.

«Was», fragte er, «würde er denn lieber sein?»

«Ein Star», antwortete Ario.

«Was?»

«Ja, Filmstar.»

Beide schwiegen und warfen von Zeit zu Zeit verstohlene Blicke zur *Titanus* hinüber.

«Filmstar!», rief Berto. «Und woher», blitzschnell wandte er sich Ario zu, «willst du das wissen?»

«Ich weiß es eben.»

«Mir hat er erzählt», sagte Berto mit einem Mal, «dass er bald mit dem Training für die nächsten Meisterschaften anfängt.»

Ario drehte sich um und sah ihn an:

«Das hat er dir erzählt? Er?»

«Ja», antwortete Berto zögernd. «Eigentlich», verbesserte er sich dann, «weiß ich es von Lidia. Aber er hat es ihr erzählt.»

Die Fahnen flatterten im Wind, doch an diesem Festtagsmorgen lag das Hafenbassin vollkommen verlassen da. Hin und wieder wehte aus Richtung der Fischhalle der Klang der Musikkapelle herüber. Ario betrachtete die Lichtpunkte, die zwischen den beiden Pontons auf dem Wasser tanzten. Auf einmal blieb sein Blick an der unteren Brüstung hängen, die das gesamte erste Geschoss des Pontons umschloss. Dort lagen, etwas voneinander entfernt, zwei frisch geweißte Damenschuhe aus Leinen. Einer war dicht vor die weiße Wand des Hausboots gerutscht und von dieser kaum zu unterscheiden; der andere, bei dem sich zwischen Stoff und

Sohle ein Stück der Naht gelöst hatte, lag verkehrt herum unter dem Brüstungsgitter.

Bei ihrem Anblick fühlte Ario eine leichte Unruhe. Lidias Schuhe. Das Mädchen musste sie nach dem Weißen zum Trocknen in die Sonne gestellt haben. Wie durch ein Wunder war der Schuh mit der aufgeplatzten Naht bei dem heftigen Schwell der Kreuzer nicht ins Wasser gefallen.

Ario betrachtete sie schweigend. Wieder stiegen Angst und Unwille in ihm auf. «Na bitte», dachte er, «wie immer sind sie schon verabredet.»

Da bemerkte er, dass Berto ebenfalls auf die Galerie hinuntersah. Er musste die Schuhe seiner Schwester bemerkt haben und schwieg.

Einen Augenblick lang blieben sie stehen, ohne etwas zu sagen. Dann steckte Berto die Hände in die Taschen und fing an zu pfeifen.

«Bist du eigentlich schon», fragte er gelangweilt, wippte dabei lässig vor und zurück und ließ seinen Blick zur Schute in der Mitte des Hafenbeckens wandern, «bei den Werften gewesen, wo mein Cousin arbeitet, um dir das neue Motorschiff anzusehen?»

«Nein, warum auch», wollte Ario gerade antworten, «wenn es eh kleiner ist als die Ozeandampfer hier im Hafen?», da rief Berto plötzlich: «He! He! Mir kommt gerade eine Idee! Eine tolle Idee!»

Arios Augen begannen zu glänzen.

«Sag sie mir!», bettelte er schnell und sprang um Berto herum. «Bitte! Verrat sie mir doch!»

Aber Berto war ernst geworden. «Warte, sei still», unterbrach er ihn, «lass mich nachdenken.» Dann gab er sich einen Ruck: «Ja! Es ist eine großartige Idee!»

«Verrat sie mir, bitte!», fing Ario wieder an. Es machte ihn ganz nervös, dass Berto sein Geheimnis nicht sofort mit ihm teilen wollte.

Vom Ufer ertönte auf einmal der langsame und gleichmäßige Hufschlag eines Reitertrupps im Schritttempo, der von aufbrausendem Beifall begleitet wurde. Von überall her liefen die Leute zusammen, Frauen und Kinder, und mit einem Schlag hatte sich die Straße mit Leben gefüllt.

«Der Herzog!», rief Berto und sprang von der Brüstung, auf die er geklettert war, um besser sehen zu können. «Schnell! Komm mit! Gleich fängt die Parade an.»

In Windeseile liefen sie die Treppen hinunter, überquerten die Galerien, sprangen über die Gangway und waren schon auf der Mole. Hinter der Menschenmenge tauchten die unruhigen Köpfe der Pferde auf und verschwanden wieder. «Da ist er! Da ist er!», rief Berto, der vor Ario herlief.

Vor den Schaulustigen erschien ein Mann in blauem Rock und mit hagerem, sonnengegerbtem Gesicht, der die Gruppe der ihn begleitenden Reiter weit überragte. Lächelnd führte er die Hand an die Mütze, und seine vollen Lippen gaben ein kräftiges, weißes Gebiss frei. Wieder rauschte Beifall durch die Menge.

Ario verspürte einen Schauer der Begeisterung, eine mit Freude, ja beinahe mit Lust gemischte Ergriffenheit, und er begann, schneller zu laufen. Da hörte er eine Frauenstimme laut nach ihm rufen: «Ariooo! Ariooo!»

Er fühlte, wie sich schlagartig alles verfinsterte und in ihm zusammenfiel.

Er wurde langsamer und sah, wie Berto sich atemlos und aufgeregt zu ihm umwandte. «Tu so, als hättest du sie nicht gehört. Sei nicht dumm, lauf.»

Berto hatte Recht, er war ein Dummkopf, ein Schwächling. Aber er konnte nicht anders, er schaffte es nicht. Er hatte immer gehorcht, der Zwang war stärker als er. Auch dieses Mal, und obwohl ihm vor Trotz das Blut in die Wangen schoss, wurde er langsamer und blieb schließlich stehen.

«Ich komme», rief er der Frau zu und sah verzweifelt hinter Berto her, der soeben in der Menge verschwand.

II

Hier im Hafen, auf zwei Wohnschiffen, die sich fast berührten, waren Ario und Berto geboren und aufgewachsen. Sie kannten kein anderes Zuhause und hatten noch nie eine Nacht an Land verbracht.

Wer auf seinem Weg entlang des Ufers an der Sacchetta vorbeikommt, bleibt gerne stehen und betrachtet die Pontons. Dort sind die Bootshäuser der Rudervereine mit ihren Bootsschuppen, Verwaltungsbüros und Vereinslokalen untergebracht. Wie schwimmende weiße, zweistöckige Häuschen liegen sie eins neben dem anderen dem Leuchtturm gegenüber an der Mole.

Am späten Nachmittag oder am Sonntagmorgen füllen sich die Anleger mit jungen Sportlern. Dann werden die Boote aus dem Schuppen gezogen, der sich wie ein riesiges Maul hinter dem Anleger öffnet, und vorsichtig auf das Wasser gesetzt.

Jedes Mal versammelt sich eine Gruppe von Zuschauern am Ufer, meist Straßenkinder, Soldaten und Matrosen. Stundenlang beobachten sie die wegfahrenden und zurückkehrenden Boote und ihre Besatzungen. Manchmal bleibt auch ein Fremder stehen.

Die kleinen, strahlend weißen Holzhäuschen mit den Terrassendächern, die zwischen den Schonern und Kuttern, den Lastkähnen und Schleppern auf dem Wasser liegen, erwecken seine Neugier. Vielleicht fasziniert ihn auch der Gegensatz zwischen den sauber und städtisch, ja, eigenartig und ein wenig fehl am Platze wirkenden Hausbooten und den Kohleschiffen und groben und verdreckten Frachtseglern, die Sand oder Holz löschen.

Ein anderes Leben als das im Hafen konnte Ario sich nicht vorstellen. Die Bootshäuser, vor allem seines und das von Berto, und das geschäftige Treiben ringsherum waren seine Welt. Eigentlich war das seine, obwohl es noch immer so genannt wurde, gar kein Bootshaus mehr. Der Ruderverein, der es hatte bauen lassen, hatte es bereits vor Jahren an einen Segelklub verkauft. Im Schuppen wurden keine Ruderboote mehr aufbewahrt, stattdessen lagerten auf einem Gewirr von Halterungen an den Wänden und unter der Decke Riemen, Schwerter und Pinnen. Wenn im Winter abgetakelt wurde, kamen noch Klüverbäume und Segel hinzu, die um die Rahen gewickelt waren, und manchmal sogar ein paar Masten, während sich in den Ecken Wanten und Taue stapelten. Wie eine Abstellkammer, randvoll mit ausrangierten Gerätschaften, sah auch der dahinter liegende Raum aus, in dem Ario und seine Mutter schliefen.

Als er klein war, besonders an den Winterabenden, die er dort allein verbrachte, weil seine Mutter ihn, wie so oft, mit einer Erkältung ins Bett gesteckt hatte, genoss es Ario, gebannt und ein wenig ängstlich die großen, merkwürdigen Gegenstände auf den Gestellen und die riesigen, wandernden Schatten zu beobachten, die sie im gleichmäßig verschwindenden und wiederkehrenden Licht des Leuchtturms warfen.

Über ihren Anblick geriet er ins Träumen und schlief allmählich ein. Manchmal aber lag er lange wach und wartete auf seine Mutter.

Dann dachte er an Amerika. Beharrlich kam ihm ein Ausdruck in den Sinn, von dem er nicht wusste, wann er ihn gehört hatte, und den er auch nicht genau verstand, der ihn aber zunehmend faszinierte: «Die Regatta von San Francisco.»

Er beobachtete die Schatten, lauschte dem dumpfen Schlag der Wellen gegen das Hausboot, der ihn trotz Decke kalt erschaudern ließ, und wiederholte in Gedanken: «Die Regatta von San Francisco.»

Als seine Mutter eines Abends später als gewöhnlich, bleich und mit unruhig glänzenden Augen nach Hause kam, antwortete er auf ihre Frage, wie er die Zeit verbracht habe (wobei sie zum Waschbecken ging, sich auszog und mit hartnäckiger Sorgfalt zu waschen begann): «Ich habe an die Regatta von San Francisco gedacht.»

Halb nackt stand sie plötzlich im Halbdunkel vor ihm.

«Was fällt dir ein!», schrie sie. «Was fällt dir ein!» Sie gab ihm zwei schallende Ohrfeigen. Noch halb benommen hörte er sie weiter schreien. «Du elendes, verfluchtes Balg! Nach allem, was ich für dich getan habe.» Mit brennenden Wangen und Tränen in den Augen brachte Ario kein Wort heraus.

Doch noch ehe ihm klar wurde, was er tat, war er aus dem Bett gesprungen und riss sich das Hemd vom Leib. Nackt lief er aus dem Zimmer, erreichte den Vorraum, löste die Kette der Eingangstür und sprang, von der kalten Nachtluft schaudernd, auf die Galerie.

Er würde fortgehen, weit fort, so weit fort wie möglich, nackt und mochte es ihm noch so kalt sein. Vielleicht würde er sterben, und seiner Mutter würde es Leid tun.

Er befand sich schon auf der Gangway, nur einen Sprung

von der Mole entfernt, als ihn zwei Arme packten, gegen einen großen, warmen Körper pressten und zurückschleiften.

Strampelnd und schreiend wehrte er sich. «Ich gehe fort. Lass mich los. Ich will weg.»

Er spürte, wie er noch fester gegen den kräftigen, halb bekleideten Körper gedrückt wurde. Mit einem letzten Ruck kam er fast frei.

«Lass mich!», schrie er mit ganzer Kraft. «Ich will weg! Ich will», und er spürte, wie eine verzweifelte Wut ihn packte und mitriss, «ich will nach Amerika gehen!» Eine Ohrfeige traf ihn so heftig, dass er sich auf die Zunge biss.

Diese Nacht lag er hungrig wach und starrte ins Dunkel. Seine Mutter hatte sich sofort schluchzend auf das Bett geworfen, und weder er noch sie aßen zu Abend.

«Nach Amerika!», hörte er hin und wieder, und das Schluchzen schwoll an. «Dreckskerle! Verfluchte Dreckskerle, alle beide!»

Er hatte sich beruhigt. Apathisch lauschte er dem Weinen und den Verwünschungen, deren Sinn er nicht verstand. Abermals begannen die Worte in ihm zu arbeiten, diesmal düster und verheißungsvoll: «Die Regatta von San Francisco.» Etwas Verbotenes lag darin, das ihn magisch anzog und seine Phantasie stärker als je zuvor beflügelte.

«Nach Amerika!», weinte die Frau. «Nach Amerika! Wer hat ihm das bloß erzählt? Wer hat ihm das bloß in den Kopf gesetzt, welche feige Ratte?»

«Ja, da will ich hin, und da gehe ich auch hin», dachte der Junge. «Wenn ich endlich groß bin, gehe ich nach Amerika.»

Kaum hatte er sich am folgenden Morgen mit seinem Spielkameraden Berto auf dem Nachbarponton getroffen, fragte er ihn, was «die Regatta von San Francisco» sei. «Eine Regatta wie jede andere auch, was denn sonst?», grinste Berto, der älter war als er.

Sie machten sich auf die Suche nach Bertos Vater und fanden ihn in der Küche. Nochmals stellte Ario seine Frage, doch er hatte sie noch nicht ganz ausgesprochen, als sich schon alle nach ihm umdrehten. Bertos Vater sah ihn an und Bertos Mutter, die vom Herd weggerückt war, und selbst Lidia. Als die Frau sich wieder kopfschüttelnd dem Herd zugewandt hatte, kratzte sich der Vater am Kopf und lachte.

«Nu red mal keinen Blödsinn, Jungchen», er klopfte ihm auf die Schulter. «Eine Regatta, was sonst. Ist ein paar Jahre her. Wer hat dir denn davon erzählt? Deine Mutter?»

Später erfuhr er die Wahrheit, von Lidia. Während er auf dem Anleger nebenan spielte, saß das Mädchen auf dem Geländer ihres Pontons und hörte nicht auf zu sticheln. «Hast du wirklich keine Ahnung? Soll ich es dir sagen?»

Ario tat, als höre er sie nicht. Er schien ganz in sein Spiel versunken: Er ließ einen Eimer ins Hafenbecken hinab, füllte ihn mit Wasser, kippte es auf die Planken und sah zu, wie es in kleinen Rinnsalen zurück ins Becken lief.

Im Winter hatte die Mutter ihm dieses Spiel verboten, denn damit, sagte sie, mache er sich nur nass, bekomme kalte Füße und lande jedes Mal krank im Bett. Aber vielleicht machte es ihm genau deswegen besonderen Spaß.

«Soll ich es dir nicht verraten?», bohrte Lidia und ließ die Beine baumeln. «Vielleicht weißt du's ja schon?»

«Ist mir doch egal!», sagte er trotzig und vermied es, sie anzusehen. Er gab auf, als Lidia ganz dicht an ihn herantrat und ihm zuflüsterte: «Wollen wir ins dunkle Kämmerchen gehen? Dort sag ich's dir.»

Mit klopfendem Herzen folgte er ihr. Das dunkle Kämmerchen, eine Art Abstellkammer neben den Duschräumen der Ruderer, war ein geheimer Treffpunkt. «Komm», hatte Berto ihn eines Tages aufgefordert und seine Hand genommen. «Wir gehen ins dunkle Kämmerchen und sehen uns Lidia an.» Obwohl Ario nicht recht verstand, was damit gemeint war, fühlte er, wie sein Herz plötzlich schneller schlug. Er folgte Berto ohne Widerrede. «Aber wo ist denn Lidia?», getraute er sich eben noch leise zu fragen. «Sie ist schon im Kämmerchen, sie macht sich fertig.» Kaum dass sie eingetreten waren und Berto die Tür hinter sich zugezogen hatte, bekam Ario in der Dunkelheit einen Moment lang Angst. Er fürchtete, in eine Falle getappt zu sein. Berto und Lidia könnten ihm etwas tun, ihn vielleicht ausziehen und verprügeln. Dennoch schrie er nicht und stellte keine Fragen.

Mucksmäuschenstill stand er im Dunkeln und wartete. Er hoffte nur, dass sie sich beeilen würden, ihm womöglich die Hosen hinunterzogen, aber bitte schnell. «Bist du fertig?», fragte Berto in diesem Augenblick. «Ich bin so weit», und man vernahm das Rascheln von Kleidern, «du kannst das Licht anmachen.» Berto knipste eine Taschenlampe an und beleuchtete das Mädchen, das halb nackt auf einer Kiste an der Rückwand stand, knickste, sich umdrehte und ihnen mit gerafftem Rock den Hintern zeigte. Neben der Kiste lagen verstreut ihre Strümpfe und das Übrige. «Komm mal näher», sagte Berto plötzlich und machte selbst einen Schritt auf seine Schwester zu, die nun ganz im Licht stand. «Schau.» Gelassen ließ sich das Mädchen betrachten. Von da an gingen sie, wenn gerade niemand im Bootshaus war, öfter in das dunkle Kämmerchen. Die Aufforderung kam immer von Berto, doch hegte Ario den Verdacht, dass die Initiative eigentlich von Lidia ausging.

Auch diesmal konnte er nicht widerstehen. Der Gedanke, zum ersten Mal allein mit Lidia im Kämmerchen zu sein, steigerte seine Erregung. Die Regatta von San Francisco war vergessen. Er dachte nur an die Vorführung, die so genannte Verbeugung, die Lidia im Kämmerchen machte.

Doch kaum hatten sie die Tür geschlossen und sich im Dunkeln auf die Kiste gesetzt, begann das Mädchen zu erzählen.

«Dein Vater», sagte sie, «ist nach Amerika *abgehauen*. Du kannst dich nicht daran erinnern, weil du noch zu klein warst. Damals fand gerade die Regatta von San Francisco statt. Er hat eine Rudermannschaft dorthin begleitet, weil auch euer Ponton zu der Zeit noch ein Bootshaus war. Und dann ist er nicht mehr zurückgekommen. Man sagt, er habe es vorgezogen, dort zu bleiben, weil man da das große Geld machen kann. Du und deine Mutter seien ihm egal, heißt es, weil er nichts von sich hat hören lassen und nicht einmal geschrieben hat, und meine Mutter sagt das auch.»

Sie hatte in einem Atemzug gesprochen.

«Möchtest du, dass ich die Verbeugung für dich mache?», schlug sie ihm, kaum dass sie ausgeredet hatte, hastig mit leiser Stimme vor und vergaß, dass sie Bertos Taschenlampe nicht dabei hatten. Eine Bewegung, die sie neben ihm im Dunkeln machte, gab Ario zu verstehen, dass sie bereits ihren Rock hochgezogen hatte und sich eilig auszuziehen begann.

«Nein», antwortete er.

«Du willst nicht?» Das Mädchen hielt inne, und ihre Stimme klang weicher, ungläubig und flehentlich zugleich.

«Nein.»

Er war bestürzt. Er wusste nichts von seinem Vater und hatte nie daran gedacht, dass er einen haben könnte. Zwar hatten Berto und Lidia außer der Mutter auch einen Vater, aber das verwunderte ihn nicht. Im Gegenteil: Der Erste, der ihm in den Sinn kam, wenn er an den Ponton nebenan dachte, das war der Vater von Lidia und Berto. Aber bei ihm selbst war das anders: Er hatte eine Mutter und damit basta. Es war, als verkörpere seine große, starke, schweigsame Mutter alles. Wozu sollte er da noch einen Vater haben? Allein die Existenz dieses Mannes, dieses Unbekannten, erschreckte ihn zutiefst. Auf dunkle Weise fühlte er sich von ihm bedroht und war froh, dass er weit weg in Amerika lebte. «Dass er bloß nicht wiederkommt», dachte er. Aber woher sollte er wissen, ob Lidia ihm die Wahrheit gesagt hatte? Für einen Moment hoffte er, dass sie sich alles nur ausgedacht hatte, um ihm Angst einzujagen. Aber nein: Seine Unruhe und Bestürzung signalisierten ihm ganz deutlich, dass es diesen Mann, von dem er bis vor wenigen Augenblicken nichts gewusst hatte, gab und schon immer gegeben hatte.

Den Rest des Tages ließ er sich bei Lidia und Berto nicht mehr blicken. Er blieb drinnen im Haus, saß in verschiedenen dunklen Ecken zusammengekauert auf den Wanten und Tauen, und die wenigen Male, die seine Mutter vorbeikam und ihm einen Blick zuwarf, tat er so, als sei er mit seinem alten Spielzeugschiff aus Holz beschäftigt. Wie immer sah sie ihn kaum an, doch an jenem Tag hob er jedes Mal, wenn sie vorbeigegangen war, den Kopf und folgte ihr mit den Augen.

Eine ungekannte, rastlose Neugierde war in ihm erwacht, die auch seiner Mutter galt.

Als sie sich an diesem Abend auszogen, um ins Bett zu gehen (selbst in solchen Momenten blieb die Frau verschlossen, abwesend und ernst), bat er sie, näher bei ihr schlafen zu dürfen. Er hätte von nun an die Nächte gern für immer in ihrer Nähe verbracht statt in seiner Koje, die auf der anderen Seite des Raumes stand, noch lieber sogar, auch wenn er das nicht zu sagen und kaum zu denken wagte, in ihrem Bett. Umso mehr, als ein mit alten Gerätschaften beladenes Gestell, das in der Mitte des Zimmers aufragte, ihr großes, breites Bett, das Sicherheit und Wärme versprach, fast vollständig vor seinen Augen verbarg, selbst wenn die Nachttischlampe brannte.

«Was fällt dir ein?» Die Frau hielt inne, hob den Kopf und starrte ihn mit ernsten Augen an. «Außerdem», fügte sie kurz darauf hinzu, «gibt es kein anderes Bett. Und deines ist an der Wand befestigt wie eine Schiffskoje. Es lässt sich nicht neben meines stellen.»

Er erinnerte sich an eine andere Begebenheit.

Er befand sich in der Küche von Bertos Wohnschiff, in der die ganze Familie, vom Vater bis zu Lidia, versammelt war. Plötzlich war Stille eingetreten, und alle Blicke waren auf ihn gerichtet. Selbst heute, nach so vielen Jahren, erinnert er sich an dieses Schweigen und an diese Augen, die ihn verstört ansahen.

Was hatte er gesagt? Warum starrten sie ihn so an?

Aus dem Schweigen und den Blicken schloss er, dass ihm etwas herausgeschlüpft war, was er besser für sich behalten hätte: Das würde er nicht wieder vergessen.

Er weiß es noch genau. Er war gerade in die Küche gekommen und lauschte der Unterhaltung der anderen, als er, fast ohne sich dessen bewusst zu sein, ebenfalls etwas sagte.

Es war, als bewegten seine Lippen sich von selbst: «Heute Nacht hat Mama mit einem Mann geschlafen.»

Merkwürdig. Er weiß, dass er das gesagt hat, und erinnert sich an die ganze Szene, als wäre es gestern gewesen: an die Anwesenden – Lidia, Berto, der Mann, die Frau –, die ihn ernst anstarrten, als habe er etwas Ungehöriges getan, und dann an das Schweigen, das für einige Augenblicke in der Küche herrschte, nur unterbrochen vom Knistern des Herdfeuers. Worauf er sich jedoch nicht mehr besinnen kann, was ihm völlig entfallen ist, ist die nächtliche Begebenheit selbst. Zweifellos stimmte es – er weiß es und hat es immer gewusst –, dass in jener lang zurückliegenden Nacht ein Mann mit seiner Mutter im selben Bett geschlafen hat. Und dennoch ist ihm dieser Vorfall, sosehr er auch sein Gedächtnis bemüht, völlig entfallen.

Er kann sich jedoch an die Frage erinnern, mit der Bertos Vater endlich die Stille brach: «Und weißt du, wer es war?»

Auch an seine Antwort erinnert er sich: «Nein. Einer, den ich noch nie gesehen habe.»

III

Bei der Einfahrt zum Hafenbecken war unterhalb des Leuchtturms eigentlich immer irgendein großes Schiff festgemacht. Manchmal auch gleich mehrere nebeneinander, und die Wasserpasslinie unterteilte die riesigen Bordwände in zwei Farbfelder. Untätig und verlassen lagen diese Dampfer manchmal wochenlang da, bis an Bord endlich die nötigen Reparaturen ausgeführt wurden.

An manchen Tagen im Herbst oder Winter hallte der ganze Hafen vom Morgen bis zum Sonnenuntergang von zwei Schlägen wider – einer hell, der andere dumpf. An einer der Schiffswände hing eine von Tauen gehaltene Planke, und darauf standen zwei Männer, die mit Hämmern in unterschiedlicher Tonlage unermüdlich auf das Schiffsblech einschlugen: *ta-tam, ta-tam*.

Bis auf das entfernte Tuckern eines Motorbootes dann und wann war dieses Geräusch das einzige Anzeichen von Leben im Hafen, und man gewöhnte sich so sehr daran, dass man es kaum noch hörte, ja, es fehlte einem sogar und man fühlte sich sofort unwohl, wenn es zwischendurch verstummte.

Für gewöhnlich spielte sich dies an stillen, feuchten und dunstigen Tagen ab, die ebenso eintönig waren wie das *tatam*.

Ario kann sich noch gut an diese Tage erinnern. Er sieht die beiden Männer wieder vor sich, wie sie pausenlos hämmernd hoch oben auf der Planke stehen, hört das Hafenbecken von morgens bis abends von den hellen und dumpfen Schlägen widerhallen. Es scheint ihm, als erinnerte er von einem Teil seiner Kindheit, dem frühesten, nichts als das. Er muss sich Mühe geben, damit aus diesem Nebel, aus dem Dunst jener Tage, etwas anderes aufsteigt.

Doch nach und nach holen die Erinnerungen ihn ein.

Damals – jetzt entsinnt er sich wieder – verbrachte er die meiste Zeit mit Lidia. Er hatte sich mit ihr angefreundet.

Berto spielte stattdessen ausgelassen mit den Jungen von den anderen Pontons, und manchmal machte er sich einen Spaß daraus, ihn zu ärgern.

Zu Hause – und im Gegensatz zu seinen Altersgenossen verließ Ario sein Hausboot in jener Zeit fast nie – war seine Mutter noch verschlossener geworden. Hochgewachsen und kräftig, die Schultern knochig, die Hände groß und sehnig, lief sie schweigsam von einer Ecke des Pontons zur anderen, von einem Boot zum nächsten, und überprüfte die Festmacherleinen und Bojen. Gedankenverloren war sie unermüdlich in Bewegung, und wenn sie sich begegneten, fuhr sie, ohne ihm groß Beachtung zu schenken, mit ihrer Arbeit fort.

Schon damals kleidete sie sich so, wie Ario es seither von ihr kennt: in Hosen, wie ein Seemann. Sonst, pflegte sie zu sagen, könne sie ihre Arbeit nicht ordentlich machen.

Ihre Art, sich zu kleiden, befremdete Ario nicht. Vielmehr erinnerte er sich noch lange an den denkwürdigen, beinahe schamlosen Eindruck, den seine Mutter bei ihm hinterließ, als er sie an einem Sommertag zum ersten Mal in einer dünnen Bluse sah, in der ihr üppiger Busen wogte, und einem leichten Rock, unter dem mit grimmiger Dreistigkeit die kräftigen Waden hervorschauten.

In diesem Moment hatte er eine solche Unruhe, ein solches Unbehagen verspürt, dass er den Blick abwenden musste und wünschte, sie möge auf der Stelle wieder ihre Seemannskleider anziehen. Es schien ihm, als müsse er sich dafür schämen, dass andere seine Mutter so sehen könnten, fast nackt, und er wäre sicher errötet, wenn in diesem Moment Lidias Vater aufgetaucht wäre.

Bis zuletzt hoffte er, dass sie nicht ausgehen würde. Doch genau das tat sie, und als sie sich noch einmal umdrehte, um ihm zu sagen, dass sein Abendbrot in der Küche stand, schien es ihm, als wäre ihr Mund anders als sonst, von einem aufdringlichen Rot, das sich mit ihrem strengen, fast düsteren Gesichtsausdruck nicht vertrug. Er spürte, wie sich bei ihrem Anblick seine Unruhe fast bis zur Angst steigerte. Er hatte sie zurückhalten wollen, doch schwieg er, und als später Lidia mit einem Eis in der Hand vorbeikam, fand sie ihn allein und stumm auf dem Anleger.

Obwohl er in jener Nacht lange wachlag und beim leisesten Knarren des Pontons hochschrak, hörte er sie nicht heimkehren.

Am folgenden Morgen erzählte ihm Berto, dass sie mit den Männern in der Osteria gewesen sei. Ario kannte die Lokale, an denen er auf seinen Spaziergängen am Ufer vorbeikam, doch weil sie tagsüber so düster aussahen, mochte er sie nicht.

An den Feiertagsabenden im Sommer wimmelten diese finsteren Löcher von Männern, die man bis spät in die Nacht lärmen und singen hörte. In einer Osteria, hatte ihm Berto einmal gesagt, feierten die Frauen – doch gingen nur wenige hin – genauso ausgelassen wie die Männer und ließen sich von ihnen umarmen. «Deshalb», hatte er gesagt, «und nicht nur, weil er womöglich zum Säufer wird, schimpft meine Mutter, wenn Papa da hin geht.»

Immer häufiger ging Ario abends allein ins Bett, bis es schließlich, vor allem sonntags, zur Gewohnheit wurde.

Lange lag er wach und starrte ins Dunkel. Er hörte das Wasser rings um den Ponton, und durch die kleinen Fenster konnte er das kalte Glitzern der Sterne sehen.

Hin und wieder kam es vor, dass er dalag und wie früher an Amerika dachte. Er erinnerte sich, dass er Berto einer Gruppe von Freunden begeistert davon hatte erzählen hören. Zum ersten Mal empfand er Stolz bei der Vorstellung, als Einziger unter den Jungen einen Vater in Amerika zu haben. Während Berto weitererzählte, dachte er mit einem Anflug von Begeisterung an den fernen Vater, der ihn bisher eher mit Schrecken erfüllt hatte. Er brannte darauf, es alle irgendwie wissen zu lassen, dass sein Vater in Amerika war, doch traute er sich nicht, etwas zu sagen.

Allein im Dunkeln dachte er an all diese Dinge und träumte vor sich hin. Er versuchte, sich Amerika vorzustellen, und wie im Kino tauchten vor seinen Augen Prärien und Wolkenkratzer auf. Er versuchte auch, sich seinen Vater vorzustellen, aber es gelang ihm nicht.

Dennoch empfand er in jenem Augenblick, in seine Koje gekuschelt, für diesen nie gesehenen, fernen Vater etwas, das sich in manchen Momenten bis zur Rührung steigerte, und je länger seine Mutter fortblieb, desto intensiver wurde dieses Gefühl.

Ein wenig später – und es kam ihm vor, als sei eine Ewigkeit vergangen und als müssten bald die ersten Sirenen heulen – wurde er bei dem Gedanken an seine Mutter, die noch immer nicht zurück war, von einer derartigen Erregung ergriffen, dass er sich unter der Decke hin und her warf und nicht einschlafen konnte. Dann wünschte er sich inständig, dass sein Vater wiederkäme. Er brannte darauf, dass es bald, womöglich jetzt gleich, geschähe. «Wer weiß», dachte er, und sein Herz schlug schneller, «vielleicht ist er jetzt ganz in der Nähe und kommt zurück. Und ich habe es als Einziger gespürt, ich habe es geahnt.» Seine Erregung stieg, und die Vorahnung wurde ihm zur Gewissheit: Er meinte in dieser Unruhe fast einen Beweis für die bevorstehende Rückkehr zu sehen, als bestünde zwischen ihm und dem Vater besonders in diesen Nachtstunden eine unverbrüchliche, übernatürliche Verbindung.

Ario hoffte sehnlichst, dass der Vater nach seiner Rückkehr sofort und ohne, dass er ihn darauf hinweisen müsste, der Mutter verbieten würde, nachts wegzubleiben und in die Osteria zu gehen; dass er sie zum Gehorsam zwingen würde, sie womöglich bestrafte. Ja, bestrafte.

Eines Tages baute sich Berto direkt nach der Schule vor ihm auf und fragte: «Weißt du, welches das größte Land der Welt ist?»

«Amerika.»

Berto zog die Augenbrauen hoch und tat so, als sähe er woanders hin.

«Und weißt du», er drehte sich blitzschnell zu ihm um, «wie die größte Stadt von Amerika heißt?»

«San Francisco!», brach es aus ihm heraus.

«Nein, du Blödmann!», grinste Berto, drehte sich um und

ließ ihn stehen. «Die größte Stadt der Vereinigten Staaten und der ganzen Welt ist New York. Frag meinen Onkel oder den Lehrer.»

Von da an begann Ario, nachts an New York zu denken, wie er es in einem Kino am Ufer erlebt hatte.

Jetzt fand er es auf einmal schade, dass sein Vater in San Francisco war, und er war froh, es niemandem gesagt zu haben.

Die Wochen und Monate vergingen, und nachdem er aus der Schule gekommen war, verlief sein Leben auf dem Ponton immer gleich.

An Feiertagsnachmittagen und manchen Abenden verschwand seine Mutter. Am nächsten Morgen sah er sie wieder, und gleich verflog seine Besorgnis. Ernst und schweigsam wie immer, fast abwesend, lief sie geschäftig auf dem Ponton umher. Sie trug wieder ihre abgewetzten Seemannskleider, sah aus wie ein Schiffsjunge, und Ario schaute ihr gern dabei zu, wie sie sich frei und zielstrebig zwischen den Booten bewegte. Wenn er sie beobachtete, fühlte er sich ruhig und sicher.

Dennoch verbarg sich hinter ihrer resoluten und unermüdlichen Art – und er spürte es mehr, als dass er es sah – stets etwas Bedrohliches und Abgründiges.

Allmählich lernte er die Tage zu fürchten, an denen seine Mutter geschäftiger und zugleich ernster war als sonst, beinahe düster. Hastig und als wolle sie ihn nicht sehen, als wolle sie ihn meiden, lief sie an ihm vorbei, den Blick stur geradeaus gerichtet.

Seit einiger Zeit wusste er, was ihn in den darauffolgenden Nächten erwartete. Statt bis zum nächsten Morgen wegzubleiben, würde seine Mutter irgendwann heimkommen.

Dann vernahm er im Dunkeln oder im schwachen Dämmerschein neben ihrer Stimme eine weitere, eine Männerstimme, und nicht immer dieselbe.

Als er zum ersten Mal abends draußen auf dem Ponton Schritte hörte, schlug ihm das Herz bis zum Hals. «Sie kommt zurück, sie kommt wieder zeitiger nach Hause.» Aber noch bevor er das Quietschen der Tür vernahm, wurde eine andere, raue Stimme laut, und schlagartig durchfuhr ihn die Erinnerung an jenen lang zurückliegenden Tag – wie viel Zeit war seitdem vergangen? –, als ihn in Bertos Küche alle schweigend und verstört angesehen hatten, und er hörte seine eigenen letzten Worte: «Ich weiß nicht, wer er war. Einer, den ich noch nie gesehen habe.»

Auch diesmal war es jemand, den er noch nie gesehen hatte. Angsterfüllt erspähte er ihn jenseits des Gestells im wandernden Licht des Leuchtturms, das für einen kurzen Moment durch die halb geschlossenen Fensterläden fiel.

Später, als er schon größer war und tagsüber mit dem Kajak zwischen den Segelschiffen und Dampfern durch den Hafen paddelte, meinte er, die Stimme eines Matrosen wiederzuerkennen, den er zuvor an Bord eines ausländischen Schiffes gesehen hatte.

Eines Nachts hörte er eine Stimme, die lauter als die anderen war, fast unverschämt klang und einen ordinären, fremdländischen Akzent hatte. Mit pochendem Herzen drehte er sich zur Wand und biss die Zähne zusammen, um sich von seiner aufsteigenden Wut nicht mitreißen zu lassen. Schon stellte er sich vor, was er gern tun würde und was er drauf und dran war zu tun: «Raus! Raus hier! Hau ab, für immer!», würde er schreien und vom Bett aufspringen.

Seine Mutter würde ihn verdattert und stumm anstarren, und der Mann würde, ohne sich umzudrehen, gehen.

«Fort! Fort mit dir!», würde er noch einmal mit ausgestrecktem Finger rufen.

Und dann, das wusste er, würde er schluchzend zusammenbrechen.

Stattdessen hörte er seine Mutter flüstern: «Sei leise. Ich habe ein Kind, einen kleinen Sohn. Du darfst ihn nicht wecken.»

«Hoho!», lachte der Mann polternd, ohne die Stimme zu senken, und er musste mit der Hand irgendwo hingeschlagen haben, denn man hörte ein Klatschen. «Wer hat dir denn so ein hübsches Geschenk gemacht?»

«Mein Mann. Sei jetzt leise.»

Am ganzen Leib zitternd, die Knie gegen die Wand gedrückt, spürte Ario, wie Tränen über seine Wangen strömten und ihm salzig in den Mund liefen. Noch immer bebte er vor Zorn, besonders, wenn er die Stimme seiner Mutter hörte, eine schmeichelnde, sanfte, warme und zärtliche Stimme, die er bisher nicht kennen gelernt hatte. Er hätte nie gedacht, dass seine Mutter so reden konnte. Es schien ihm ungerecht, ein Betrug, dass sie bei ihm immer einen schroffen, barschen Ton anschlug und nun derart zärtlich mit einem Fremden sprach.

«Wenn bloß mein Vater zurückkäme!», dachte er und versuchte ihn mit ganzer Seele herbeizurufen, als könne der Vater, den er in diesem Moment seit jeher zu kennen glaubte, ihn hören, wo auch immer er war. «Wenn er zurückkommt», schwor er sich, und das genügte, um seine Tränen zu trocknen, «werde ich nicht den Mund halten, sondern ihm sofort alles erzählen.» Und so lange diese Vorsätze ihn bestärkten, fühlte er sich für einen kurzen Augenblick fast gerächt.

«Ein Söhnchen? Und wie alt ist er?», tönte die Stimme frech. «Ein Jammer, dass ich nicht diese Art Matrose bin!»

Ario hatte auch die Tage zu fürchten gelernt, die solchen Nächten folgten. Am nächsten Morgen, und das war jedes Mal so, würde seine Mutter übelster Laune sein, würde grob und handgreiflich werden. Wenn er ihr in die Quere kam, schrie sie nicht nur: «Geh mir aus dem Weg, du Idiot!», sondern verpasste ihm unversehens auch eine Ohrfeige. Nach diesen Nächten, inzwischen wusste er das, wurde seine Mutter zu einem Ungeheuer.

Im Dunkeln fasste er mit einer verzweifelten Willenskraft, die ihm heldenhaft erschien, einen Entschluss: «Was ich sehe und höre, alles, was ich weiß, darf ich niemandem sagen.» Seit jenem fernen Tag, als ihm alle in Bertos Küche so bestürzt zugehört hatten, war dieser Vorsatz in ihm gewachsen. «Ich darf davon nichts verraten, nie wieder.» Und er war stolz darauf, dass er imstande war, dieses Geheimnis zu bewahren. Nur einem Einzigen würde er es preisgeben: seinem Vater, wenn er zurückkam. Es war ihm, als würde er dieses Geheimnis für ihn hüten, diese Kraft nur für ihn, für seinen Vater, aufbringen. Diese Gewissheit tröstete ihn und erfüllte ihn mit einer Freude, die ihm die Selbstbeherrschung leichter machte.

IV

Die Jahre, die darauf folgten, waren für Ario ganz anders.

Jetzt liebte er die stürmischen Tage, an denen das Meer ganz blau erschien und lange, weiße Wellenkämme darüber hinwegliefen.

Wenn sich nachts die Bora erhob und die ersten Böen am Ponton rüttelten, tat sein Herz einen Sprung. Während der Wind immer gellender pfiff und heulte, mal aufpeitschte, mal mit geballter Wucht niederging, und die Halteleinen sich knarrend spannten, lauschte er gebannt den Wellen, die bis hinauf zum Dach gegen die Wände klatschten und an den unaufhörlich erbebenden Fenstern rüttelten.

Als er noch klein war, hatte ihm dieses Toben Angst eingejagt. Damals hatte er sich zitternd in seinem Bett zusammengekauert, um es wärmer zu haben, und manchmal auch die Decke über den Kopf gezogen. Hier, wo es warm und sicher war, fühlte er sich geborgen. Das Jaulen des Windes war nicht mehr zu hören, und auch der Ponton schien weniger heftig zu schaukeln.

Aber heute war es, als bräche mit dem ersten Pfeifen, mit der ersten Welle in ihm ein ähnliches Tosen los. Er spitzte die Ohren und spürte, wie sein Herz heftig schlug. Eine unbändige Freude erfüllte ihn. So, als befände er sich auf See, mitten auf dem stürmischen Atlantik, wie sein Vater als junger Mann (der Seefahrer gewesen und alle Weltmeere abgefahren war, wie Ario inzwischen wusste).

Es war schön, am nächsten Morgen wie ein Bootsmaat, mit einem dicken Seemannspulli unter der Jacke und tief in die Stirn gezogener Mütze, die Treppe zum Dach hinaufzusteigen und sich in den Wind zu lehnen. Oben auf der Terrasse blieb er auf der Seite, die zum Hafenbecken zeigte, an der Reling unter dem Fahnenmast stehen, dem der Wind durch die Wanten pfiff. Er war der Steuermann, der Kapitän. Er drehte am Steuerrad, sah mit zusammengekniffenen Augen auf das Meer hinaus, brüllte der Mannschaft auf und unter Deck Befehle zu, während das von allen Seiten geschüttelte und von Gischt und Wellen umspülte Schiff, das sich im tobenden Wind ächzend hob und senkte, im nächsten Moment zu kentern drohte.

Hin und wieder warf er einen Blick nach links, von wo sich das von Berto befehligte Schiff näherte. Denn manchmal, wenn die Sturmböen die beiden Anleger wie Nussschalen gegeneinander schleuderten, mussten die Jungen all ihr Geschick und all ihre Kaltblütigkeit aufbringen, um einen Zusammenstoß zu verhindern. Gerötet und steif vor Kälte hielten die Hände das Steuerrad bis zuletzt umklammert, bis das Schiff endlich in Sicherheit war.

In jenen Jahren gab es eine denkwürdige Kältewelle, die im ganzen Hafen, an den Molen, rund um die Segelschiffe und Dampfer, um die Bojen und Dalben das Wasser gefrieren ließ.

Selbst in den Docks trieben hier und da riesige, fahle Eisschollen von grünlich-grauer Farbe. Und die Schlepper, die einzigen manövrierfähigen Schiffe, rammten sie und brachten sie zum Bersten.

Was aber den Anblick des Hafens so einzigartig machte,

waren die Eiskrusten auf den Hauptdecks, den Bugspriets, den Masten und Tauen der Segelschiffe, auf den Brücken, Decks und Schornsteinen der Dampfer. In einer einzigen Nacht hatten die vom Wind emporgewirbelten und sofort gefrorenen Wasserspritzer überall eine Unzahl von sonderbaren, weißen Tropfgebilden geformt.

Ein jeder Kommandant seines Schiffes, segelten Ario und Berto in diesen Tagen bis zum Nordpol. Beide waren zum Admiral ernannt worden. Dick eingepackt, sodass nur noch Augen, Mund und Nase zu sehen waren, harrten sie furchtlos auf der Kommandobrücke aus, den Sturmböen (und auch den Rufen, die ab und zu aus den Küchen der beiden Wohnboote zu ihnen heraufschallten) trotzend.

Vor ihnen, auf der anderen Seite der Sacchetta, brach sich das Meer am Ufer und stob dabei in einem Sprühregen auseinander, der gefrierend zu Boden fiel und ein Eisfeld bildete, das, uneben und aufgewühlt, den Wellen glich, die es hervorbrachten.

Das war das Packeis, und Seite an Seite segelten die beiden Admiralsschiffe darauf zu.

Im ganzen Hafen, auf den weißen Decks der Segelschiffe ebenso wie auf den eisverzierten Brücken der Dampfer, war keine Menschenseele zu sehen. Und auch das Ufer war, so weit das Auge reichte, ausgestorben wie die eisigen Weiten des Pols.

Es gab nur eine einzige Stimme: das endlose Heulen und Pfeifen des Windes.

Am Steuer seines Schiffes sah Ario hin und wieder zur Mitte des Hafenbeckens hinüber. Dort lag ein kleiner Schlepper, aus dessen hohem, breitem Schornstein, den die Eiskruste noch riesiger und unförmiger gegen den winzigen

Schiffsrumpf erscheinen ließ, eine zarte, bläuliche, aber in dieser Einöde lebendige Rauchwolke aufstieg.

Er beobachtete sie lange. Ihm gefiel die durchaus schauerliche Vorstellung, mit seinem Schiff am Nordpol ohne Nahrungsmittel im Eis ausharren zu müssen.

Und nun tauchte am Horizont diese Rauchwolke auf. Das war die Rettung. Wenn er nur dorthin gelangen könnte!

Als seine Mutter ihm später in der Küche einen Teller Suppe aufgab, war er ganz aufgeregt bei dem Gedanken, nach Überwindung von Schneewehen und Eisspalten endlich in der Hütte angekommen zu sein, aus der er den Rauch hatte aufsteigen sehen. Er war erschöpft, erfroren und hatte einen Bärenhunger. Aber er war in Sicherheit. Dank seiner Unerschrockenheit war er der einzige Überlebende der ganzen Expedition. Und in dieser wunderbar warmen und gut ausgestatteten Hütte, in der es sich getrost überwintern ließ, nahm ihn nun eine Gruppe von Forschern herzlich auf, die vor ihm in diesen Breitengraden eingetroffen war.

«Du hast aber Hunger!», rief seine Mutter. «Als hättest du seit drei Tagen nichts gegessen.»

Und tatsächlich aß er mit einer noch nie gekannten Gier, die genauso neu war wie der Eifer, mit dem er seine Abenteuer erfand und erlebte.

Im Sommer, wenn das Meer stets ruhig dalag, verließen Ario und Berto die Pontons und ruderten mit dem Kajak umher. Sie erforschten alle Gewässer und jeden Winkel des Hafenbeckens zwischen Leuchtturm und Fischhalle, paddelten durch Kohlenschutt, dessen schwarze Schleier das Wasser trübten, durch verfaulte Zitronen, Melonenschalen, Zwiebeln und große, schillernde Ölflecken.

Manchmal fuhren sie dicht an eine der riesigen, verlassenen Molen heran und drangen mit Schaudern in das dunkle Innere vor, wo sich das Wasser wie ein schwarzer Abgrund unter ihnen auftat. Und jedes Mal empfand Ario neben der Furcht, die ihm den Atem stocken ließ, auch eine ungemeine Faszination, weshalb er den Blick von diesem Schlund nicht losreißen konnte. Oftmals ließen sich in eisiger Transparenz die riesigen, reglosen Schiffsschrauben ausmachen. Doch Ario konnte nicht lange hinsehen, ohne dass er eine Gänsehaut bekam.

«Komm, fahren wir», murmelte er hastig. «Lass uns woanders auf Erkundigung gehen.»

Meistens gingen sie auf den Kais am Leuchtturm baden, die außerhalb des Hafenbeckens am offenen Meer lagen. Sie hatten viel Spaß und übten wie besessen schwimmen. Zwar war Ario weniger ausdauernd als Berto, doch war er schneller, und das versöhnte ihn wieder.

Er war froh, dass Berto seine Zeit jetzt wieder mit ihm verbrachte. Er hatte die Jungen aus der «Kaserne» – so nannten sie das gemauerte Gebäude des «Königlichen Wassersportklubs», das oben am Kai stand, wo die Hausboote lagen – nach einigen Jahren der Kameradschaft vollkommen fallen gelassen, und ließ nun keine Gelegenheit aus, sie zu ärgern und ihnen eine Abfuhr zu erteilen.

«Ihr könnt ja gar nicht schwimmen!», rief er.

«Wir können wohl schwimmen, und ob!», schrien sie im Chor und zogen wild planschend wie junge Hunde an ihm vorbei. Berto verzog das Gesicht.

«Ihr habt keinen Stil. Seht uns an.»

Manchmal kam auch Lidia mit, die den Jungen in nichts nachstand. Und sie ließen sie auch wie einen Jungen rudern.

Zu dritt fuhren sie zu einer verfallenen Mole auf der anderen Seite des Leuchtturms, wo sich eine halb verlassene Werft zur Verschrottung von Schiffen befand.

Es war wie auf dem Land. Unterhalb der Mole erstreckte sich eine wilde Blumenwiese mit hohem Gras, in der man die Grillen zirpen hörte, und hier und da lagen Haufen von Alteisen und anderem Schrott aller Art.

Auch auf dem Damm, der teilweise so verfallen war, dass nur noch Stümpfe aus dem Wasser ragten, wucherte in niedrigen, leuchtenden Büscheln das Gras zwischen den Steinen. Und überall huschten Eidechsen umher.

Meist hielten sich die Kinder an einer eingestürzten Stelle der Uferbefestigung zwischen Wiese und Mole auf, wo Kies und Erde, die aus der Bresche gebröckelt waren, einen kleinen Strand gebildet hatten. Von dort aus schwammen sie von einem Molenrest zum nächsten und gelangten schließlich zum äußersten Teil mit der Leuchtbake.

Es waren «Inseln», und jeder von ihnen besaß mindestens eine. Um die Insel mit dem Leuchtsignal, die jeder für sich haben wollte, waren erbitterte Kämpfe und Duelle im Wasser ausgefochten worden. Schließlich wurde entschieden, dass sie allen gehörte.

Hier wurde Lidia eines Morgens der «Prozess» gemacht.

Alle drei lagen unter dem endlos blauen und grellen Himmel in der Sonne und lauschten mit halb geschlossenen Augen dem Schwappen des Wassers, als Berto sich plötzlich aufsetzte und sagte: «Ich hab gesehen, wie du dich seit einiger Zeit in der Nähe des Wassersportklubs herumtreibst. Wie kommt das?»

Lidia hob noch nicht einmal den Kopf.

«Das stimmt nicht. Ich habe mich nie beim Wassersportklub herumgetrieben.»

«Lüg nicht!» Bertos Stimme wurde auf einmal laut. «Alle wissen das. Alle haben dich gesehen.»

«Ja», fiel Ario hitzig ein, obwohl er Lidia noch nie dort gesehen hatte, und starrte sie dabei drohend an. «Wir haben dich alle gesehen. Jeden Abend lungerst du dort herum wie ein Flittchen.»

«Was willst du damit sagen?» Lidia stützte sich auf die Ellenbogen und wandte sich Berto zu. «Dass ich gerne mit Ezio, Gianni und Guido, mit diesen Lackaffen aus der ‹Kaserne›, ausgehen würde? Bist du verrückt? Die haben mich noch nie interessiert, nicht einmal, als ihr befreundet wart.»

«Jetzt tu nicht so. Du weißt ganz genau, was wir meinen», zischte Berto. «Auch Ario hat dich gesehen, wie du dort herumlungerst wie ein Flittchen, damit dich bloß die Wiener beim Abendessen auf der Terrasse sehen.»

Jeden Tag saßen Mitglieder des Wassersportklubs im Freien und aßen dort in weißen Jacketts zu Abend. Bis in die Nacht sah man sie dann im hellen Lichterschein, und ihre Stimmen und das Klappern von Geschirr und Gläsern erfüllten die Stille. Dass sie im Hafen die «Wiener» genannt wurden, hatte nichts mit ihrer Herkunft zu tun, sondern lag vielmehr daran, dass das Gebäude vor langer Zeit einem Klub gehört hatte, den im Sommer eine Gruppe vornehmer Wiener aufzusuchen pflegte.

Ario wusste mit Sicherheit, dass Lidia sich nie dort hatte blicken lassen. Doch war es genau diese Gewissheit, die ihn erregte, und seine und Bertos Verleumdungen erfüllten ihn mit hämischer Freude.

«Doch, doch!», riefen beide, «du lungerst da herum wie ein Flittchen. Und siehst zur Terrasse hinauf. Du brauchst es gar nicht abzustreiten. Wir haben dich beobachtet.»

Mit ernstem Gesicht ließ Lidia die Angriffe über sich ergehen. Sie war blass geworden, stritt aber alles ab.

«Gib es zu», sagte Berto plötzlich, «du bist nicht wie wir. Dir gefallen die bunten Zigarettenschachteln und das silberne Pralinenpapier und all die Feineleuteschweinereien, die beim Klub im Wasser schwimmen.»

«Nein», setzte Lidia sich mit funkelnden Augen zur Wehr, «ich bin wie ihr. Ich mag die Obstschalen und die Zwiebeln auf dem Wasser, so wie bei den Kuttern.»

Auf der Stelle wurde entschieden, ihr den Prozess zu machen, und obwohl Lidia älter als die beiden Jungen war, protestierte sie nicht und schien nahezu einzuwilligen.

Berto sollte den Ankläger und Ario den Zeugen spielen. Danach wollten sie das Urteil fällen.

Lidia verteidigte sich bis zum Schluss und wies beharrlich alle Anschuldigungen zurück. «Verurteilt mich ruhig», sagte sie schließlich und sah die beiden fest an, «aber ich bin unschuldig!»

Die beiden Jungen zogen sich zurück.

Leise und mit leuchtenden Augen unterhielten sie sich. Auf einmal machte Berto eine Bewegung auf Lidia zu. Doch Ario hielt ihn aufgeregt zurück. Die beiden flüsterten erneut. Schließlich ging Berto wieder zu Lidia. «Du wirst nackt ausgezogen», verkündete er, «und dann ...»

Lidia war während des Prozesses noch blasser geworden und hörte mit unbewegter Miene zu. Nur ihre Lider zuckten. Dann schluckte sie.

«Darf ich», fragte sie, «mich wenigstens alleine ausziehen?»

«Nein, wir ziehen dich aus.»

Unverzüglich stürzte Berto sich auf sie und begann sie

auszuziehen, wobei er zwischen den Zähnen hervorstieß: «Du musst dich auf ein glühend heißes Blech legen, so lange es uns gefällt.»

Ario eiferte ihm nach und warf sich auf Lidia. Eine unbändige Lust überkam ihn, auch etwas zu tun, sie ausziehen zu helfen.

In wenigen Augenblicken lag das misshandelte und verprügelte Mädchen bäuchlings am Boden. Sie war halb nackt, der Badeanzug zerrissen. Dennoch gab sie keinen Laut von sich. Auf den Steinen der Mole zogen sie ihr den Rest aus. Dann zwangen sie sie, sich umzudrehen und sie anzuschauen, gaben ihr Ohrfeigen und spuckten ihr ins Gesicht.

Rücklings auf den Steinen liegend, blickte das Mädchen sie mit zusammengebissenen Zähnen an. Es ließ sie gewähren und zuckte jedes Mal nur unmerklich zusammen, wobei sie kurz die Lider schloss und die Jungen dann stumm und mit verklärten Augen ansah, in denen ein merkwürdiges Leuchten lag.

Wie sie so reglos und nackt, geschunden und zerzaust dalag, erschien sie stolzer denn je. Sie glich einem vom Blitz getroffenen Engel und erinnerte Ario an eine Abbildung in seinem Schulbuch, die ihn schon immer fasziniert hatte.

«Du Flittchen! Elendes Flittchen!», schrie Berto und trat mit den Füßen auf sie ein. Noch immer stumm und die Augen halb geschlossen, zog Lidia unter den ständigen Tritten und Stößen nur leicht die Arme und Beine an, die sonnengebräunt vom Weiß ihres Körpers abstachen.

Auf einem nahe gelegenen Kai, jenseits der mit Eisenschrott übersäten Wiese, lag zur Seite geneigt ein rostiger, abgewrackter Schiffsrumpf. Mittlerweile war von dem Dampfschiff, das einiges von der Welt gesehen haben musste, nur wenig mehr als ein Skelett übrig. Ohne Masten und Schornstein, ohne Decks und Aufbauten hatte es selbst bei hellem Tageslicht etwas Düsteres und Geheimnisvolles an sich, eine Atmosphäre, die vielleicht allen Wracks zu eigen ist. Ario gefiel die Vorstellung, dass es während eines Wirbelsturms Schiffbruch erlitten haben könnte und hier, an der Küste einer Insel, gestrandet war.

Zu diesem Schiffsrumpf führten sie Lidia, die Hände auf den Rücken gebunden.

Die Buße begann. Durch ein Bullauge musste sie an Bord des Wracks steigen und sich, Bertos Anweisungen folgend, bäuchlings und splitternackt auf das sonnendurchglühte Schiffsblech legen.

Bevor sie das Schiff verließen, drehten sich die Jungen noch einmal zu ihr um. In der ihr befohlenen Position verharrte Lidia der Länge nach unbeweglich auf dem Blech, und es war merkwürdig zu sehen, wie sich ihr Rücken schneeweiß von den sonnengebräunten Beinen, Schultern und Armen und vom Rostton des Schiffsrumpfes abhob.

Nach einiger Zeit gingen die beiden wieder an Bord, um nach ihr zu sehen. Noch immer lag sie reglos da.

«Jetzt wechsle die Stelle. Geh weiter nach oben, wo das Blech heiß ist, und dreh dich auf den Rücken!», befahl Berto ihr. Noch immer schweigend und mit schnellen, präzisen Bewegungen gehorchte das Mädchen. Sooft es den Jungen gefiel, musste sie den Platz wechseln und sich mal bäuchlings, mal rücklings auf das glühend heiße Metall legen. Lag sie auf dem Bauch, erschien ihr Rücken nicht mehr weiß, sondern rosa und leuchtete an manchen Stellen brandrot.

«Gestehst du?», rief ihr Berto von weitem zu, als schon fast eine Stunde vorbei war.

Das Mädchen antwortete nicht. Sie bewegte sich nicht und hob noch nicht einmal den Kopf.

«Willst du endlich gestehen?», wiederholte er. «Na, dann eben nicht! Solange du nicht gestehst, bleibst du da.» Die beiden Jungen wandten sich um und gingen.

Sie kamen bald wieder, nachdem die Kanone am Leuchtturm den Schuss zur Mittagsstunde abgefeuert hatte.

«Bleib hier», sagte Berto zu Ario, als sie an Bord gingen. «Ich rede mit ihr.» Und mit ernster Miene machte er sich auf den Weg zu Lidia.

Ario erfuhr nie, was Berto ihr gesagt hatte. Alles ging dann sehr schnell.

Während er noch dasaß, den Blick auf die im Gras verstreuten Schrotthaufen gerichtet, hörte er auf einmal Lidias nackte Füße über das Blech laufen.

«Sie hat gestanden und alles zugegeben», rief Berto, noch bevor Ario sich umdrehen konnte. «Sie hat uns betrogen. Sie kennt einen der feinen Herren in weißem Jackett und lässt sich von ihm Pralinen schenken. Jetzt ist sie frei, sie kann gehen. Aber sie ist eine dreckige Betrügerin, ein echtes Flittchen, und von nun an wissen wir, wie wir sie zu behandeln haben.»

Ruhig und würdevoll ging das Mädchen zwischen den beiden hindurch und verschwand über die Wiese, den Kopf über ihrem weißbraunen Körper hoch erhoben. Sie zeigte keinerlei Groll, und in ihren Augen lag ein entrückter, abwesender Ausdruck.

Zu Hause aß Ario an diesem Tag mit ungewöhnlichem Appetit. Er spürte ein noch nie empfundenes Verlangen. In kürzester Zeit hätte er die Mahlzeiten zweier Seeleute verschlingen können.

Auch sein Gesicht strahlte, und er redete ununterbrochen auf seine Mutter ein. Die hörte ihm zu, wobei sie ihn nicht aus den Augen ließ und, wie seit einer Weile schon, aufmerksam umsorgte.

Seit einiger Zeit verstanden sie sich gut. Ario war vor allem glücklich, dass sie sich um die Hausarbeit kümmerte und oft am Herd stand. Er sprang auf und lief wieder ins Freie.

Dennoch fühlte er sich später, nachdem er einige auslaufende Boote versorgt und wieder einlaufende festgemacht hatte und allein auf dem Anleger saß, unzufrieden und unruhig. Mit einem Mal fiel ihm wieder sein Vater ein, und er verspürte eine leise und unerklärliche Reue.

Irgendwie bereute er es, dass er ihn fast vergessen hatte, dass er zufrieden war und sich gut mit seiner Mutter verstand. Er versuchte, an ihn zu denken, er zwang sich dazu. Doch es gelang ihm nicht. Etwas in ihm lehnte sich dagegen auf und ließ diesen Gedanken wieder entgleiten.

Plötzlich fürchtete er seine Rückkehr. Zwar hoffte er, dass es ihm gut ginge, aber weit weg, wenigstens vorerst. «Hoffen wir, dass er dort bleibt, wo er ist!», wünschte er mit finsterer Miene.

V

Mit der Zeit hatten Ario und Berto auf ihren Pontons zu arbeiten begonnen. Es war schön zu arbeiten; sie waren mit Eifer dabei und hatten beinahe mehr Spaß als bei den Spielen von früher.

Außerdem verdienten sie dabei. Vor allem Ario bekam von den Klubmitgliedern immer häufiger ein Trinkgeld. Doch ausgeben konnte er es nicht. Seine Mutter hatte ihm eine Spardose geschenkt, die sie im Zimmer auf ein Bord gestellt hatte mit der Anweisung, dort sein Geld hineinzustecken.

Keiner der beiden empfand die Arbeit als anstrengend. Der einzige Nachteil war, dass sie weniger zusammen sein konnten. Aber auch da ließ sich Abhilfe schaffen, indem Berto, der weniger arbeiten musste, da die Ruderer fast alles allein machten, zu Ario herüberkam und ihm half.

Außerdem gab es täglich, am Vormittag wie am Nachmittag, wenn die Mannschaften und Segelboote draußen waren, einige freie Stunden. Dann gingen sie schwimmen oder paddelten mit dem Kajak durch das Hafenbecken oder zum Leuchtturm hinaus und dachten sich ständig neue Abenteuer aus.

Oft stellten sie sich ihre Zukunft vor und sahen sich an Bord eines großen Dreimasters oder eines Ozeandampfers. Keinem der beiden kam es in den Sinn, dass sie auf den Booten bleiben und das Leben ihrer Eltern führen könnten.

Beide wollten später zur See fahren; sie fühlten sich bereits wie Seeleute. Sie würden alle Weltmeere besegeln und konnten es kaum erwarten, größer zu werden und irgendwo anzuheuern.

Zu dieser Zeit tauchte Eneo auf.

Berto behauptete, ihn schon viel früher im Hafen gesehen zu haben: nämlich in jenem besonders eisigen Winter. Die Rauchwolke, die damals mitten im Hafen, der nur aus Packeis zu bestehen schien, aus dem Schornstein der *Empedocle* aufgestiegen war, sagte Berto, stammte von den Maschinen, die Eneo geheizt hatte, um nicht frieren zu müssen. Doch Ario glaubte ihm nicht. Das musste Berto erfunden haben, weil er darauf aus war, behaupten zu können, Eneo vor ihm entdeckt zu haben. Eneo konnte man danach nicht fragen. Er würdigte sie kaum eines Blickes, und wenn er sich überhaupt auf ihre Fragen einließ, dann antwortete er nur widerwillig und in derart spöttischem Ton, dass sie rot wurden.

Woran Ario sich erinnerte, war Folgendes: Im Frühjahr des vergangenen Jahres war Eneo auf dem Hausboot des Rudervereins *Virtus*, also auf Bertos Ponton, aufgetaucht und hatte dort einige Wochen lang trainiert. Bei den ersten Regatten war er dann von einem Tag auf den anderen landesweiter Champion der Junioren geworden.

Er erinnerte sich an das erste Mal, dass er ihn gesehen hatte. Er war gerade an Bord eines kleinen Segelbootes und vertäute es an einer Boje, da erblickte er, als er wieder aufsah, auf dem Anleger von Bertos Ponton einen mächtigen, gebräunten Männerkörper in einer winzigen Badehose.

Es war ein junger Mann mit breitem Stiernacken und rundem, drallem Hintern, der mit feierlicher Langsamkeit, mit fast schwerfälligem, teilnahmslosem Gang völlig selbstverständlich über den Ponton spazierte. Ario starrte wie gebannt auf die ungeheuer breiten Schultern, die sich über der muskulösen, aber schmalen Taille aufbauten, und die kraftstrotzenden Arme, deren Bizeps sich fortwährend spannten und entspannten.

«Hast du den Athleten gesehen?», fragte Berto später und kam Ario mit leuchtenden Augen entgegen.

«Ja», antwortete er hastig, «aber er gefällt mir nicht. Der ist gar nicht so stark, wie er aussieht.»

«Und ob er das ist! Mein Vater sagt, dass er so einen Koloss noch nie gesehen hat.»

Beide schwiegen. Dann wechselte Ario das Thema. Doch plötzlich unterbrach er sich.

«Und wer ist das? Kennst du ihn?»

«Den Sportler? Noch nicht. Aber ich weiß, dass er Eneo heißt. Das hat mir Lidia erzählt.»

Einige Tage später erblickte ihn Ario an Bord der *Empedocle,* dem kleinsten und ramponiertesten der Schlepper. In einem ölverschmierten Heizeroverall lehnte er sich mit dem Oberkörper aus einer Luke. Als sich ihre Blicke kreuzten, verschwand er.

Ario fühlte, wie ihm das Blut in die Wangen schoss. Er schämte sich für Eneo. Er hatte ihn für einen richtigen Herrn oder einen Profisportler gehalten.

Von nun an kam Eneo täglich zum Training, zu den unterschiedlichsten Zeiten, wann immer er frei hatte.

Vom ersten Tag an wurde Berto sein Bediensteter. Während er darauf wartete, dass Eneo endlich auftauchte, machte er ihm das Skiff fertig, ölte den Bootswagen, polierte die Dollen und brachte selbst die weißblauen Ruderblätter mit einem feuchten Tuch zum Glänzen. Wenn Eneo vom Training zurückkehrte, lief er ihm mit einem Bademantel entgegen – der irgendeinem Klubmitglied gehören musste – und kümmerte sich sogleich um das Skiff; gemeinsam mit Lidia hievte er es auf die Böcke, drehte es um, damit das Wasser aus der Bilge lief, spritzte es mit einem Schlauch ab, säuberte es dann mit einem Schwamm und rieb es schließlich so lange trocken, bis es wie eine Violine glänzte.

In der Zwischenzeit zog Eneo den Bademantel aus und legte sich in die Sonne. Später erhob er sich wieder, stellte sich mit einem geräuschvollen Gähnen auf die Zehenspitzen, reckte die Arme und verschwand unter der Dusche, ohne Berto und Lidia, die sich noch immer eifrig an seinem Skiff zu schaffen machten, eines Blickes zu würdigen.

Seit er nicht mehr mit Berto rechnen konnte, fing Ario an, seine Zeit mit den Jungen aus der «Kaserne» zu verbringen. Sie gingen zusammen schwimmen, und immer häufiger nahm Ario sie in seinem Boot mit hinaus. Es machte mit ihnen nicht besonders viel Spaß, denn sie waren ängstlich und hatten außer vom Angeln, bei dem man stundenlang nur auf der Stelle dümpelte, von nichts eine Ahnung. Dennoch entwickelte Ario eine gewisse Vorliebe für diese Zusammenkünfte, nicht zuletzt, weil die Jungen ihm an den Lippen hingen und in allem folgten.

An einem Nachmittag, als Berto einmal nicht da war, weil er seinem Cousin etwas ins Arsenal bringen musste, schloss Ario unerwartet mit Eneo Freundschaft.

Während er auf dem Anleger der *Virtus* saß und die nackten Füße ins Wasser baumeln ließ, setzte sich plötzlich jemand ganz in seine Nähe. Es war Eneo. Noch bevor er ihn wirklich erkannte, schlug ihm das Herz bis zum Hals.

Er schwieg, bis das Herzklopfen sich gelegt hatte. Dann reckte er das Kinn, holte tief Luft und wandte sich zu Eneo: «Guten Tag!», brachte er mit einer Stimme heraus, die überlegen klingen sollte, jedoch zu einem Krächzen geriet.

Es war, als hätte der Sportler ihn nicht gehört. Einige Augenblicke vergingen, und wieder klopfte sein Herz heftig vor Angst und Verlegenheit. Schließlich wandte Eneo sich langsam und mit einer Drehung des ganzen Oberkörpers zu ihm hin.

Mit kleinen, durchdringenden Augen und gerunzelter Stirn sah er Ario an, dann zog er plötzlich die Brauen hoch:

«Ach, du bist's!», rief er. «Ciao!»

Ario verspürte eine enorme Freude. Eneo erinnerte sich also, ihn gesehen zu haben, er erkannte ihn wieder; und obwohl sie noch nie ein Wort gewechselt hatten, war es, als seien sie bereits befreundet. Wo war Berto? Warum war er noch nicht zurück? Und Lidia, wo hatte die sich wohl versteckt? Er wünschte sich, dass sie hier wären und sehen könnten, wie vertraut er und Eneo miteinander waren.

Nach dieser ersten Annäherung herrschte Schweigen. Wie gewöhnlich wirkte Eneo teilnahmslos, träge. Ario folgte seinem Blick, doch kam er nicht dahinter, worauf er gerichtet war.

Einige Minuten vergingen, in denen nur das Planschen von Arios Füßen im Wasser zu hören war.

Dann hörte auch das auf.

Plötzlich, und ohne dass er selbst wusste wie, begann Ario zu sprechen. «Mein Vater», sagte er, «ist weit weg, in Amerika.» Eneo drehte sich um. Zum ersten Mal schien er leicht zusammenzufahren.

«In Amerika? In Nordamerika?» Er sah ihn durchdringend an. Dann schaute er zum Himmel: «Ja, das ist ein Land!»

Ario wurde munter.

«Zuerst war er in San Francisco, aber jetzt ist er in New York», konnte er sich nicht verkneifen auszurufen. Er war ganz aufgeregt, und seine Augen leuchteten, während er Eneo unverwandt ansah. «Er schreibt uns aus New York», wiederholte er.

Eneo zuckte abschätzig mit den Achseln. Ario hielt den Atem an und verging fast vor Scham. Sein Kopf glühte, und seine Ohren brannten.

«Ja und?», sagte Eneo und sah mit zusammengezogenen Augenbrauen auf ihn herab. «Ich habe drei Brüder in Amerika, alle in Nju York» (so sprach er es aus: Nju York).

Ario schwieg verlegen und spürte einen Kloß im Hals. Auf einmal war er froh, dass Berto und Lidia nicht da waren.

Eneo schien seinen eigenen Gedanken nachzuhängen. Er schwieg, und seine Augen, die hinter den zusammengekniffenen Lidern noch kleiner wirkten, starrten unbeweglich auf das Hafenwasser. Dann gab er sich einen Ruck und schnalzte mit der Zunge: «Das ist ein Land!», rief er. «Wer dort als Sportler nicht sowieso zu den feinen Herrschaften zählt, der tut es bald.»

Er schwieg einen Moment, dann setzte er hinzu:

«Dort ist das Leben einfach. Jemand wie ich wird schnell berühmt, und wenn er berühmt ist, dann wird er auch Millionär.»

Jetzt war Ario wieder glücklich. Mit leuchtenden Augen sah er Eneo an und konnte kaum an sich halten. «Jetzt sag ich's ihm», dachte er und ließ sich dabei keine Regung in Eneos Gesicht entgehen.

«Mein Vater», brach es schließlich aus ihm heraus, «ist auch Sportler. Er ist wegen der Regatta von San Francisco nach Amerika gegangen.»

Eneo drehte sich ihm zu und musterte ihn von Kopf bis Fuß, als hätte er ihn erst jetzt bemerkt. «Was für eine Regatta?», fragte er schließlich und zog die Augenbrauen zusammen, während Ario zu schwitzen anfing und ihm das Kinn zitterte. «Von San Francisco? Nie gehört.» Und damit wandte er sich ab.

Ario verlor die Fassung. In diesem Moment brach etwas in ihm zusammen. Als wäre er mit einem Stoß aus einer Welt befördert worden, die bis dahin die seine gewesen war. Er spürte, wie sich ihm der Magen zuschnürte und seine Arme und Beine kraftlos herabhingen. «Die Regatta von San Francisco!», dachte er bitter. «Die berühmte Regatta.» Er hatte das Gefühl, dass alles, was er bis zu diesem Tag gehört und verstanden hatte, irgendwie falsch war. Er wusste nicht, wem er dafür die Schuld geben sollte. Trotzdem fühlte er sich, als hätte man ihn betrogen. Er wollte einfach nur verschwinden, sich wie als kleiner Junge im dunklen Geräteschuppen verdrücken und allein vor sich hin weinen.

Außerdem verspürte er bei dem Gedanken an seinen Vater so etwas wie Reue und Schmerz.

«Schluss jetzt», sagte er sich schließlich und versuchte sich zusammenzunehmen. «Ich werde nie wieder mit Eneo reden.»

Und als wolle er sich in diesem Vorhaben bestärken, spähte er zu ihm hinüber. Was er dann sah, überraschte ihn so sehr, dass aller Groll sofort verflog. Eneo schaute zum anderen Ende des Hafens, auf den hohen, breiten Schornstein der *Empedocle* hinüber, der übergroß auf dem kleinen

Schiffskörper thronte, und sein Gesicht war dabei so finster und verschlossen wie nie zuvor.

Auf einmal bewegten sich seine Lippen, und Ario verstand so eben, was er sagte: «Verfluchtes Elend!» Seine blitzenden Augen schienen unter den Lidern noch mehr zu verschwinden, und er konnte die feinen roten Äderchen ausmachen.

Einige Minuten vergingen, in denen keiner der beiden etwas sagte.

Erst als Eneo aufstand und ins Bootshaus zurückging, konnte Ario sich nicht mehr zurückhalten und rief hinter ihm her: «Und das Training?» Er bereute es sofort.

Doch Eneo ließ sich nicht aus der Ruhe bringen und setzte seinen Weg unbeirrt fort.

«Heute nicht», antwortete er, und seine Stimme klang wieder gelassen, überlegen. «Ich bin nicht in Form.»

VI

Gleich am nächsten Morgen, nach dem Aufstehen, traf Ario Berto. Er war drauf und dran, ihm von seiner Unterhaltung mit Eneo zu erzählen, doch etwas hielt ihn zurück, und auch später redete er nicht mehr darüber.

Die folgenden Tage verbrachte er wieder mit den Jungen aus der «Kaserne». Doch inzwischen hatte sich etwas in ihm verändert. Es war, als sei er in wenigen Stunden um Jahre älter geworden. Er war ernster geworden, und ein leiser Unmut zehrte in ihm.

Eines Morgens rief Berto ihn von der Terrasse der *Virtus* und hob, kaum stand er darunter, drohend die Faust.

Obwohl er nicht wusste, was los war, war Ario beunruhigt.

«Pass gut auf, was du tust», warnte Berto ihn. «Du erinnerst dich doch, was letztes Jahr nach dem Prozess mit Lidia passiert ist? Wenn du dich weiter mit den Jungen aus der ‹Kaserne› triffst, wird's dir um einiges dreckiger ergehen!»

Ario hielt seinem Blick stand.

«Ich hab keine Angst!»

«Keine Angst?» Berto lachte. «Das werden wir ja sehen. Red keinen Quatsch! Denk lieber daran, was mit Lidia passiert ist, und mach dich schon mal auf was gefasst!»

Ario schoss das Blut ins Gesicht: nackt ausgezogen, bespuckt, getreten und durch den Dreck gezogen zu werden, sich mal bäuchlings, mal rücklings auf das glühende Schiffsblech zu legen, und wer weiß, was er sonst noch alles über sich ergehen lassen müsste!

«Nein, ich hab keine Angst!», rief er lauthals. «Ich hab keine Angst! Weder vor dir noch vor irgendjemandem sonst. Wagt es nur, mich anzufassen.»

«Ach, so ist das also!» Berto schüttelte sich vor Lachen. «Das wollen wir uns gerne ansehen, wie du dich gegen Eneo schlägst! Willst du es mit ihm aufnehmen? Das traust du dir zu?» Mit weit aufgerissenen Augen starrte er ihn an. «Du Pfeife», setzte er dann mit Genugtuung hinterher, «spiel doch nicht den Helden. Du weißt eh, dass du die Hosen runterlassen musst.»

«Ich habe aber keine Angst! Ich habe keine Angst!», schrie Ario, der blass geworden war. «Ich habe auch vor Eneo keine Angst. Der würde mir sowieso nichts tun. Hast du kapiert? Ich kenne ihn und ...»

Berto hörte ihm nicht mehr zu. Mit fuchtelnden Armen hüpfte er auf und ab. «Du hast also vor Eneo keine Angst? Der macht dir keine Angst? Lidia, Papa, hört mal her!»

«Was ist denn los?», ertönte es in diesem Augenblick, und Eneo lehnte sich über das Geländer des Anlegers.

Sie verstummten. Sie hatten ihn nicht bemerkt.

«Ach, du!», rief der Champion, sobald er Ario sah. Der errötete heftig, und als er ihn zurückgrüßte, leuchteten seine Augen.

Berto sah wortlos von einem zum anderen. «Wie», fragte er schließlich, «ihr kennt euch?»

«Und ob wir uns kennen!», rief Eneo ihm im Weggehen über die Schulter zu. «Wir sind Freunde. Alte Freunde.»

Von diesem Tag an war Berto Ario gegenüber wie verwandelt. «Wollen wir wieder gemeinsam losziehen?», hatte er ihn gefragt. Sie zogen gemeinsam los, fuhren mit dem Boot hinaus oder gingen schwimmen, und wie früher kam auch Lidia mit. Aber in diesem Sommer machte es mit ihr keinen Spaß mehr. Sie redete wenig und wenn, dann klang es eingebildet. Bevor sie ins Wasser sprang, zog sie sich eine Gummikappe über den Kopf, und selbst wenn sie nicht barfuß ging, bewegte sie sich mit solcher Vorsicht, als könne sie sich an den Steinen verletzen.

Die größte Neuerung für Ario war jedoch Bertos Verhalten ihm gegenüber. Er ärgerte ihn nicht mehr. Oft hörte er ihm sogar aufmerksam zu, fast so, als sei er der Ältere von beiden. Und er bemerkte auch, dass er ihn in manchen Momenten, in denen er sich unbeobachtet glaubte, aufmerksam anschaute.

In dieser Zeit liefen sich Ario und Eneo ein zweites Mal allein über den Weg.

«Sag mal», erkundigte sich der Champion, der breitbeinig vor ihm stand und sich die Schenkel rieb, «wer ist denn dieses knackige Weibsbild, das da in Männerhosen auf deinem Ponton rumläuft?»

«Ach, deine Mutter!», sagte er dann. «Das dachte ich mir doch.» Er ging in das Hausboot zurück, und man hörte das Rauschen der Dusche. Als er wieder herauskam, lächelte er Ario zu, wie er es sonst nie mit ihnen machte. Dann legte er sich auf den Landungssteg, und während er sich die Badehose sorgfältig ein Stück herunterschob, um sich die Sonne besser auf den Bauch scheinen zu lassen, fragte er: «Und dein Vater, hast du gesagt, ist in Amerika?»

«Ja», antwortete Ario, dem ein wenig mulmig wurde.

«Für länger ...?»

«Ich glaub schon. Nein, vielleicht kommt er auch zurück», verbesserte er sich sofort, wurde rot und versuchte Eneos Blick standzuhalten. Doch der lag ungerührt da und war in den Anblick seiner Füße versunken, wobei er, als handele es sich um eine Turnübung, die Zehen bewegte.

Mittlerweile verbrachte Ario fast den ganzen Tag auf der *Virtus*. Auf seinem Ponton wurde er nicht benötigt, da seine Mutter sich in diesem Sommer wieder selbst um die Boote kümmerte. Normalerweise hätte ihn das geärgert, aber jetzt war er froh, Zeit zu haben und zu Bertos Hausboot herüberlaufen zu können. Außerdem wurde dort seine Hilfe gebraucht. In den Sommermonaten wimmelte der Ponton vor Ruderern, meist Anfängern, die nicht wussten, wie man die Boote klarmachte, und dann schaffte es Berto besonders an den Feiertagen kaum, die Arbeit allein zu bewältigen, zumal er weder auf Lidias Hilfe zählen konnte, die sich den ganzen Tag am Ufer oder am Pier herumtrieb, noch auf Unterstützung seines Vaters, der immer häufiger betrunken und erst im Morgengrauen nach Hause kam.

Ario half ihm. Da er zwischen Segelbooten groß geworden war, genoss er es, sich mit den Gigs vertraut zu machen und die jungen Ruderer kennen zu lernen, die fast alle kaum älter als zwanzig waren. Und er genoss es außerdem, Eneo zu treffen, der für gewöhnlich erst kam, wenn der Ponton verlassen war. Doch in letzter Zeit gelang es ihm kaum noch, mit ihm allein zu sein. Zum einen, weil Berto ihn sofort wegzudrängen versuchte, und zum anderen, weil seine Mutter ihn mal hier-, mal dorthin, ans Ufer und in die Stadt schickte, um Besorgungen zu machen, die sie früher selbst übernommen hatte.

Als sie ihn eines Tages ausgerechnet in dem Moment rief,

als Eneo gerade gekommen war, fragte er Berto mit vor Trotz geröteten Wangen: «Wenn sie mich wieder in die Stadt schickt, um etwas zu erledigen, könnte dann nicht Lidia für mich gehen?»

Berto fiel die Pütz aus den Händen, das Wasser schwappte ihm über die Beine, und er sah ihn mit weit aufgerissenen Augen an: «Aber du kennst sie doch! Du weißt doch, wie sie geworden ist.» – «Wie ist sie denn geworden?», fragte Ario gespannt. «*Empfindlich*», verkündete Berto und hob den Eimer hoch, als hätte er etwas Unumstößliches gesagt.

Es entstand eine Pause. «Was willst du damit sagen?» Ario blieb hartnäckig. Scheinbar gelangweilt zuckte Berto mit den Achseln. «Ich meine, dass sie sich wahnsinnig aufspielt. Sie will ihre Freiheit, und alles geht ihr gegen den Strich.»

Er schwieg für einen Moment und beugte sich mit dem Eimer vor, um Wasser zu schöpfen. Dann richtete er sich wieder auf und sah Ario an: «Hast du gewusst», sagte er, «dass sie sich die Lippen schminkt?»

Ein paar Tage später befand er sich wie üblich auf dem Ponton der *Virtus* und war gerade dabei, auf einer der Galerien ein paar Mastbacken zu schmirgeln, als Ario hörte, wie Lidia, die durch eine kleine Tür auf die Galerie geschlüpft war, ihn leise rief:

«Komm schnell! Sieh dir das an!» Sie zog ihn an der Hand hinter sich her.

Mit einem merkwürdig flauen und doch genüsslichen Kribbeln im Bauch, ausgelöst von der Berührung mit Lidias kleiner, aber unnachgiebiger Hand, schlich er ihr auf Zehenspitzen nach.

Hinter dem Türchen bogen sie in einen dunklen Flur, an

dessen Ende das Rauschen von Wasser zu hören war. Ohne seine Hand loszulassen, befahl Lidia ihm flüsternd, sich an die Wand zu pressen. In dem Moment stieß Berto zu ihnen. «Gleich werdet ihr's sehen», sagte Lidia, und obwohl das Wasserrauschen alles andere übertönte, warteten die drei mit angehaltenem Atem.

Während er klopfenden Herzens still im Dunkeln stand, fand Ario seine Orientierung wieder. Dort drüben befand sich die Dusche der Ruderer, und der Flur, in dem sie standen, mündete in eine Art Abstellraum hinter der Dusche, in dem die Vereinsmitglieder ihre Bademäntel und Handtücher aufbewahrten.

Auf einmal verstummte das Rauschen. Die Tür wurde aufgerissen. Im Lichtschein, der plötzlich den Abstellraum beleuchtete, sah man einen kräftigen Arm, der suchend umhertastete, sich ein Handtuch griff und wieder verschwand.

Fast im gleichen Augenblick tauchte in der Türöffnung eine athletische Gestalt auf, die sich mit dem Handtuch abrieb und ihnen dabei den Rücken zukehrte. Es war Eneo, ohne Badehose. Das Wasser perlte noch immer in Rinnsalen an ihm herab. Er glänzte vor Nässe. Es war merkwürdig anzusehen, wie das leuchtende, fast bläuliche Weiß der Hinterbacken vom glänzenden Bronzeton seines übrigen Körpers abstach.

«Lasst uns verschwinden», wollte Ario gerade sagen aus Angst, Eneo könne sich umdrehen und sie entdecken, und er machte Anstalten zu gehen. Doch Lidias Hand hielt ihn zurück. «Warte.»

Als hätte er ihr Wispern gehört, hielt Eneo im selben Moment mit dem Abtrocknen inne, drehte sich um und sah argwöhnisch in ihre Richtung. Ario blieb wie angewurzelt stehen. Wie er so dastand, aufrecht und nackt, sah Eneo einfach herrlich aus. Während Ario ihn betrachtete, spürte er, wie Lidias Hand die seine immer fester drückte und dabei zwei- oder dreimal zuckte.

Auf einmal kam Leben in Eneo, er streifte sich einen Bademantel über und kam auf sie zu. In der Stille hörte man das schmatzende Geräusch seiner nassen Füße auf den Planken.

Sein Gesicht war ernst, sehr ernst. Er presste die Kiefer zusammen, und die angespannten Muskeln zeichneten sich auf seinen Wangen ab. Die Augen funkelten unter der gerunzelten Stirn.

«Ihr Drecksgören!», sagte er, und seine Stimme klang merkwürdig gepresst und ein wenig heiser. «Was gibt's denn da zu glotzen?»

Die drei blieben stumm. Aneinander gedrängt starrten sie ihn wortlos an. «Na?», wiederholte Eneo, kam näher und machte im gleichen Moment das Licht an. «Was gibt's denn da zu glotzen?»

Er blieb stehen, stemmte mit offenem Bademantel die Hände in die Hüften und betrachtete sie grimmig. «Was gibt's denn da zu sehen, hm?», wiederholte er mit dieser merkwürdig dunklen, heiseren Stimme. Dann kam er noch näher heran und baute sich direkt vor ihnen auf. Schulter an Schulter konnten sie ihren eigenen Atem hören.

«Na? Was gab's denn da zu sehen?», wiederholte die Stimme. Ario spürte, wie Lidias Hand noch immer zitternd die seine drückte. Als er sich kurz zu ihr umdrehte, bemerkte er mit plötzlichem Schrecken, dass sie Eneo aus dunklen, geweiteten Pupillen, bleich und wie entrückt anstarrte. Das dumpfe, warme Gefühl verflog, das ihn bis dahin erfüllt hatte. Er merkte, dass er schweißgebadet war, und bekam plötzlich Angst.

Nach diesem Vorfall, über den keiner der drei je ein Wort verlor und der auch von Eneo unerwähnt blieb, hatte Ario kaum Gelegenheit, Lidia wiederzusehen. Das Mädchen war nur noch selten auf dem Hausboot. «Sie ist ständig unterwegs», sagte Berto. «Und abends geht sie ins Kino, um sich Hollywoodfilme anzuschauen.» Von seinem Ponton aus beobachtete Ario sie manchmal am Fenster gegenüber und sah, wie sie sich die Lippen schminkte oder sich frisierte.

Eines Nachmittags traf er sie auf der Galerie.

Sie trug ein hellblaues Kleid und hatte sich zum Ausgehen fein gemacht, und so, als warte sie auf jemanden, saß sie auf den Planken und ließ die braunen Beine über dem Wasser baumeln.

Nicht weit von ihr blieb Ario stehen. Lidia hob den Kopf, warf ihm jedoch nur einen flüchtigen, eher gleichgültigen als verächtlichen Blick zu, wie Erwachsene ihn Kindern gönnen.

«Oh!», rief Ario plötzlich. «Du hast neue Schuhe. Lass mal sehen.» Sie hörte auf, mit den Beinen zu baumeln, hob sie in die Höhe und zeigte ihre weißen Leinenschuhe. «Jetzt bist du ein richtiges Fräulein», lachte Ario. «Nun musst du nicht mehr barfuß laufen.»

Lidia ließ die Beine wieder sinken, beide auf einmal, wie sie sie hochgehoben hatte. «Ein Geschenk», sagte sie. «Aber du», rief sie nach einer Pause aus und sah ernst und verärgert, beinahe beleidigt zu ihm hoch, «weißt du eigentlich, dass du ein Lügner bist?» – «Nein», antwortete er erstaunt. «Was für Lügen sollte ich dir erzählt haben? Ich lüge nie.» – «Ach, du lügst also nie?» Blitzschnell hob Lidia den Kopf und hörte auf, mit den Beinen zu baumeln. «Dann stimmt es wohl, dass dein Vater euch geschrieben hat und jetzt nicht mehr in San Francisco arbeitet, sondern in New York. Und dass ...» Ario fiel ihr ins Wort: «Ja, das stimmt», flüsterte er. Er wurde blass und hob die Stimme. «Es stimmt!», bekräftigte er.

«Was erzählst du denn da!», gab Lidia zurück und fing wieder an, mit den Beinen zu baumeln. «Wenn es wahr wäre, wüssten es doch alle. Deine Mutter würde es als Erste herumerzählen, stattdessen ...»

«Aber», hörte Ario sich hastig sagen, «er hat uns erst vor kurzem geschrieben. Meine Mutter», er senkte die Stimme, «will nicht, dass es alle gleich erfahren.»

Lidia hob den Kopf und sah Ario direkt in die Augen: «Ach!», sagte sie und senkte gleichfalls die Stimme. «Erzähl doch mal», flüsterte sie, «was schreibt er denn?» Ario spürte, wie er rot wurde. Ohne es zu wollen, hatte er schon wieder und ohne Grund gelogen, und Lidia glaubte ihm.

«Was er uns schreibt?», antwortete er und blickte mit halb geschlossenen Augen, als würde er etwas in der Ferne beobachten, vor sich auf die leicht bewegte See, auf der die Sportboote im Becken schaukelten. «Er schreibt uns ...», er zögerte, dann sah er Lidia plötzlich unverwandt an, «er schreibt uns, dass er bald zurückkommt.»

In den folgenden Monaten – es war ein wunderschöner Herbst – konnte Ario gar nicht genug kriegen von Sonne und Seeluft. Sooft es irgend ging, sprang er ins Boot und hisste das Segel. Es war herrlich, aus dem Hafenbecken hinauszugleiten, so schnell und leicht, als flöge das Boot davon, und die Leuchtturmmole zu umsegeln, sich dabei über Bord zu lehnen und die kühle Gischt ins Gesicht sprühen zu lassen. Und dann das offene Meer: das Wogen und Spritzen, die über den Bug klatschenden Wellen.

Immer öfter begleitete Berto ihn. Ario nahm ihn gerne mit, denn auf dem Segelboot hatte er das Sagen und war er der Fähigere: Er war der Gastgeber und konnte Berto jedes Mal etwas zeigen oder beibringen. Es war, als sei er auf einmal der Ältere von beiden.

Er hatte aber auch immer mehr Spaß daran, allein hinauszufahren. An manchen Morgen packte ihn direkt nach dem Aufstehen eine leise Unruhe. Er trat auf den Anleger hinaus, sah das klare Wasser und die Sonne, die auf den Wellen tanzte, und konnte nicht widerstehen. Bevor seine Mutter oder ein Klubmitglied ihn mit irgendetwas beauftragen konnten, band er das Boot los, hisste das Segel und war fort. Beim Hinausfahren drückte er sich flach auf den Boden, damit ihn niemand entdeckte, und sein Herz klopfte so wild, als wage er Außerordentliches. War er erst einmal draußen, wo ihn keiner sehen konnte, jubelte er vor Freude. Mit dem Segel hart am Wind schoss er dahin, als segele er Regatta. Und oft begann er, allein auf weiter See, zu singen.

«Nimmst du mich mit?», hörte er es eines Morgens vom Landungssteg der *Virtus* rufen, und noch bevor er antworten konnte, war Lidia schon an Bord.

Am Bug zusammengekauert blickte sie in die Ferne, ihre Haare flatterten im Wind. Die ganze Zeit über sprach sie kaum ein Wort. Auch Ario schwieg. Er schwieg und sah sie an. Mit ihr an Bord gelang es ihm nicht mehr, auf das Meer hinauszusehen. Wie auf einem Ausguck hockte sie dort im Bug. Ario beobachtete sie und versuchte sich zu erinnern. Er hatte sie schon einmal so gesehen. Aber wann? Bilder aus dem Kino kamen ihm in den Sinn: eine einsame Insel, Eingeborene. In Lidias Blick und in ihrer ganzen Haltung lag etwas Gieriges, und ihre Nasenflügel bebten.

Er fuhr weit auf das offene Meer hinaus, wo er noch nie gewesen war. Am Horizont tauchte, kaum sichtbar gegen das Blau des Himmels, die Küste Istriens auf. Er holte die Schot dicht, ließ das Boot wenden und lauschte zufrieden dem ansteigenden Gurgeln des Wassers. «Könnte ich doch», dachte er, «Lidia so wie jetzt eines Tages mitnehmen und mit ihr fortgehen.»

Noch lange dachte er an diesen Ausflug zurück. Seltsamerweise sagte er Berto nie ein Wort davon, und auch Lidia sprach mit niemandem darüber.

Solange das Wetter es ermöglichte, fuhr er weiterhin mit dem Boot hinaus. Aber etwas war anders geworden. Manchmal schien es ihm, als sei er nicht allein, und sein Blick wanderte zum Bug.

Er liebte es, weit hinauszufahren. Immer häufiger segelte er gen Süden und nahm wie die in See stechenden Schiffe Kurs auf das offene Meer.

Manchmal aber steuerte er das Boot unversehens in eine Flaute, ließ die Segel schlagen und warf sich auf die Planken. Rücklings lag er dann da, den Blick ins Blaue gerichtet, und schaute geistesabwesend den grellweißen Wolken nach, die sich unablässig formierten und wieder auflösten.

VII

In diesem Herbst tauchte der Zirkus auf. Eines Morgens sahen Ario und Berto die schwankenden blauen, gelben und roten Zirkuswagen am Ufer entlangfahren. Ganz außer Atem liefen sie neben ihnen her und bestürmten die Frauen und Kinder, die sich aus den kleinen Fenstern lehnten, mit Fragen, bis sie zu ihrem Lagerplatz kamen, auf dem Wiesenstreifen zwischen Bahnhof und Meer.

An diesem Tag kehrte keiner von beiden zum Hafen zurück. Sie sahen zu, wie das Zelt errichtet wurde, und versuchten fieberhaft, sich mit den Stalljungen anzufreunden. Einer von ihnen, der gerade große, blutige Fleischbrocken in einen Eimer steckte, nahm sie auf die andere Seite des Lagers mit und zeigte ihnen, wie er die Raubtiere fütterte.

Am folgenden Tag, einem Sonntag, rannten sie, sobald sie frei hatten, zum Zirkus. Während sie mit nackten Füßen über den Ufersand liefen, kamen ihnen aus Lautsprechern Marschmusik und Lieder entgegen, unterbrochen von einer lauten Männerstimme. Als sie um die Ecke des Bahnhofes bogen, entfuhr ihnen ein Schrei.

Vor ihnen ragte eine Art Portal aus Pfosten und wehenden Wimpeln auf, hinter dem zahllose bunte Zelte standen.

Sie eilten darauf zu. Doch am Eingang hielt eine Stimme sie auf: «Eure Eintrittskarten!» Eine Gestalt in blauroter Uniform versperrte ihnen mit ausgebreiteten Armen den Weg. Beschämt machten sie kehrt.

Sie versteckten sich hinter einem Schuppen, blickten verstohlen nach allen Seiten und durchwühlten ihre Taschen. Nur ein paar kleine Münzen kamen zusammen.

Doch sie gaben nicht auf. Zum Hafenbecken zurückkehren, um Geld zu holen, wollten sie nicht: Womöglich hielt sie jemand zurück und gab ihnen Arbeit, und dann hätten sie sich nicht mehr aus dem Staub machen können.

Während immer noch Lieder und Marschmusik aus den Lautsprechern schallten und die laute Männerstimme zum Eintreten aufforderte, hielten die beiden mit besorgtem Gesichtsausdruck in alle Richtungen Ausschau, ob nicht ein Bekannter auftauchte. Ungeduldig verspürten sie ein Kribbeln in den Beinen, und sobald die Musik anschwoll, juckte es sie unter den Fußsohlen.

Wer hatte zuerst die Idee? Vielleicht kam sie beiden gleichzeitig.

Sie liefen zum Ufer und rannten den Deich hinunter zu den Felsen. Als sie außer Sichtweite waren, rissen sie sich die Hemden vom Leib, knüllten sie zusammen und versteckten sie zwischen den Steinen. Dann zerrauften sie sich die Haare, kletterten auf die Böschung, nahmen Erde und Dreck und beschmierten sich damit Gesicht, Brust und Beine.

Als sie wieder auftauchten, halb nackt und verdreckt, mit staubigen, zerlumpten Hosen, sahen sie wie zwei Landstreicher aus.

Und tatsächlich fühlten sie sich elend, als müssten sie betteln. Mit ausgemergelten Gesichtern und den großen, apathischen Augen hungernder Kinder streckten sie die Hände aus.

Plötzlich war Berto verschwunden. Kurz darauf kam er

humpelnd zurück. Er trug einen Verband um das Knie, der aus einem Taschentuch mit getrockneten Blutflecken bestand. Wieder streckten sie die Hand aus und zogen den Bauch ein, um bedürftig genug auszusehen.

Sie waren arm und ganz allein auf der Welt. Wer gab ihnen etwas zu essen? Die Seeleute am Leuchtturm vielleicht, die manchmal ein paar Reste an die Bettler verteilten. Und nachts? Im Freien, auf irgendeiner Bank am Ufer, auf den Bahnhofstreppen oder in einem Boot. Immer so weiter, ein Hundeleben. Dennoch waren sie eigenartig glücklich. Glücklich und frei. Man musste sich ihrer nur erbarmen.

Die Passanten fingen an, sich nach ihnen umzudrehen, stehen zu bleiben und die Portemonnaies zu zücken. Ab diesem Moment trennten Ario und Berto sich. Der eine blieb vor dem Zirkus stehen, und der andere postierte sich an der Bahnhofsecke.

Ario schauderte vor Glück und Ergriffenheit. Befremdet und verwundert, als sei er zum ersten Mal dort, sah er sich um. Ein leichtes, sanftes Kribbeln, das ihn wie im Halbschlaf mit einer wohligen Wärme erfüllte, durchlief seinen Körper, zugleich packte ihn helle Begeisterung. Er glühte, und seine Augen waren feucht. Und die Zelte, all die Farben, die flatternden Wimpel? Er war auf Ceylon oder in Sumatra, allein. Er hatte Reißaus genommen und sich in einem Kohlenverschlag an Bord eines Frachters versteckt, und zu Hause hatten sie keine Ahnung, wo er war. Wenn sie ihn bloß sehen könnten, seine Mutter, Lidia – und Berto, der auch weggelaufen war, aber wer weiß wohin –, wenn sie bloß wüssten, dass er jetzt hier im Orient war! Wieder durchlief ihn ein glückseliges Schaudern, heiß und kalt zugleich, das ihn fast zu Tränen rührte.

Das Geräusch von Stimmen riss ihn aus seinen Träumen. Augenblinzelnd kam er zu sich. Drei kleine, blasse Mädchen gingen in Begleitung ihres Vaters an ihm vorbei, drehten sich nach ihm um und starrten ihn mit riesigen Augen an.

Der Mann konnte nicht weitergehen, denn sie klammerten sich an seine Hand und seine Jacke, hielten ihn fest und zeigten auf Ario.

Da bemerkte er, während die Wärme und das Kribbeln allmählich verschwanden, dass er vollkommen außer sich war und ihm Tränen in den Augen standen. Die drei kleinen Mädchen kamen auf ihn zu und legten ihm ein paar Münzen in die Hand. «Danke, danke», stammelte er und war wieder der verwahrloste Junge, der beim Leuchtturm betteln musste. Er hatte das Gefühl, noch etwas sagen zu müssen, um sich erkenntlich zu zeigen, sie zufrieden zu stellen. «Seit vorgestern habe ich nichts mehr gegessen», brach es in einem Anfall von Dankbarkeit aus ihm heraus.

Während sich die drei im Schlepptau des Vaters entfernten und weiterhin gelegentlich nach ihm umschauten, durchfuhr ihn erneut ein Schaudern und Kribbeln; er fühlte sich merkwürdig heiter und zufrieden mit sich.

Nachdem er und Berto sich wiedergetroffen hatten und der Eintritt bezahlt war, blieb ihnen noch ein wenig Kleingeld. Sie schlenderten von Wagen zu Wagen und leisteten sich mehrere Eis.

Außer den Raubtieren, den Affen, Schlangen, Pferden, Zebras und den Clowns, die auf einem kleinen Platz ihre Kunststücke vorführten, gab es verschiedene Stände: eine Spinnenfrau, eine Schießbude, eine Schiffschaukel und den Flohzirkus, man konnte lebende Fische angeln, Autoskooter fahren und vieles andere mehr. Ein Großteil der Dinge war ihnen schon vom Jahrmarkt bekannt. Trotzdem liefen die beiden gierig von Stand zu Stand, von einer Attraktion zur nächsten, um sich dann alles noch einmal von vorne anzusehen, ganz aufgeregt bei der Vorstellung, am Abend in den Zirkus zu gehen.

Sie erlebten ihre erste Enttäuschung, als sie erfuhren, dass für die Vorführung ein weiteres Mal Eintritt verlangt wurde. Man sollte eine zweite Karte an der Kasse vor dem Zelt erwerben. Sie fühlten sich völlig vor den Kopf geschlagen, betrogen, zumal sie inzwischen keine Lira mehr übrig hatten.

Sie liefen zum Kassenhäuschen, um nachzufragen. Wie betäubt standen sie davor: nicht nur, dass man eine Eintrittskarte brauchte, sondern die letzten waren bereits weg. An diesem Abend war der Zirkus ausverkauft.

Trotzdem gaben sie nicht auf. «Komm!», rief Berto. Er hoffte, dass die Stallburschen helfen konnten. Vielleicht gab es ja noch eine Lücke, einen winzigen Stehplatz; man musste ihn nur suchen – und finden.

Sie liefen dem Jungen in die Arme, der ihnen am Tag zuvor die Raubtierfütterung gezeigt hatte, und baten ihn inständig um Hilfe.

Der stützte sich auf einen riesigen Besen, schaute weg und biss sich auf die Unterlippe. «Na bitte», dachte Ario, «er überlegt. Es gibt also doch eine Möglichkeit, sich hineinzuschmuggeln.»

«Und das Geld?», fragte der Junge in diesem Moment, drehte sich brüsk zu ihnen um und sah sie frech an.

«Das haben wir», sagte Ario grimmig, «aber nicht hier. Zu Hause. Wir gehen es sofort holen.» Der Junge ließ seinen

Blick rasch vom einen zum anderen wandern und musterte skeptisch die verdreckten Gestalten, die barfuß und mit abgerissenen Hosen vor ihm standen.

Schließlich legte er sich den Besen über die Schulter, trat von einem Bein auf das andere und sah erneut woanders hin. «Nein, das hat keinen Zweck», sagte er. «Es gibt sowieso keine Plätze mehr.» Dann ließ er sie stehen.

Ario und Berto sahen sich an. Verärgert wurde ihnen klar, wie der Junge sie gesehen haben musste. Verschwitzt, zerzaust und völlig verdreckt machten sie einen noch kläglicheren Eindruck als zuvor beim Betteln: zwei Landstreicher.

Doch je mehr ihr Unmut wuchs, desto hartnäckiger bestanden sie auf ihrem Vorhaben. Diesmal knöpften sie sich einen kleineren Jungen vor. Sie baten ihn, ihnen einen Weg zu zeigen, wie man während der Vorstellung in den Zirkus gelangen konnte.

«Irgendwo muss es doch ein Loch geben», beharrte Berto, «durch das man reinschlüpfen kann. Vielleicht lässt sich die Zeltplane hochheben. Zeig es uns, wir geben dir Geld …»

Der Junge ging schneller und setzte ein trotziges Gesicht auf. Sie mussten hinter ihm herlaufen. «Nein», sagte er schließlich. «Lasst mich in Ruhe. Das Zelt wird von zwei Leuten bewacht. Wenn sie euch schnappen, bekommt ihr Prügel.»

Müde und niedergeschlagen machten die beiden sich auf den Weg zum Hafen. Sie sprachen kein Wort. Mit den zusammengerollten Hemden unter dem Arm, die sie sich bei den Felsen am Deich wiedergeholt hatten, trotteten sie langsam durch den warmen Staub. Ehe sie um die Bahnhofsecke bogen, blickten sie sich noch ein paar Mal um.

Sie fühlten sich betrogen. Dieser merkwürdige Jahrmarkt, für den man Eintritt zahlen musste, war nichts anderes als ein Mittel, um die Leute in den Zirkus zu locken. Auf diese Weise verdienten die Besitzer der Zirkuswagen gleich doppelt. Dennoch lauschten sie in einer Mischung aus Begeisterung und Widerwillen der immer leiser werdenden Musik aus den Lautsprechern und der verhassten Stimme hinter ihnen, die zum Eintreten einlud.

Erleichtert bogen sie auf die Mole, wo die Hausboote lagen, und atmeten genüsslich die schwere, würzige Luft des Hafens ein, der abends nach Holz, Teer und brackigem Seewasser roch: ein frischer Geruch von Booten und nassen Ankertauen.

Hier fühlten sie sich zu Hause. Niemand konnte sie hier hinters Licht führen. Vor der *Virtus* wollten sie sich gerade verabschieden, als sie Lidias Stimme hörten.

Sie fragte, ob sie am Abend alle zusammen in den Zirkus gehen wollten. «Nein!», sagte Berto heftig. «Wieso denn nicht?», fragte das Mädchen, das ihnen entgegengekommen und auf dem Bootssteg stehen geblieben war. «Ich habe nein gesagt», rief Berto. «Außerdem ist es dafür zu spät.»

«Zu spät? Aber es fängt doch erst in einer Stunde an!» Ario erklärte ihr, dass es für den Erwerb der Eintrittskarten zu spät sei.

«Aber ich habe doch Eintrittskarten!» Lidia streckte ihnen etwas entgegen.

Tatsächlich hatte sie drei rosafarbene Karten in der Hand, mit dem Namen des Zirkus darauf, und quer darüber war in violetter Farbe FREIKARTE gestempelt.

Ario und Berto rissen sie ihr aus der Hand. Sie trauten ihren Augen nicht.

«Woher hast du die denn? Von wem hast du die?» Das Mädchen zuckte mit den Achseln und lachte.

Während er in der Küche das Abendbrot herunterschlang, horchte Ario voller Ungeduld auf die Zirkusmusik, die mal lauter, mal leiser zum Hafen hinüberwehte. Er war selig. Und er war Lidia dankbar, war hingerissen von ihr.

VIII

Eine halbe Stunde später im Zirkus war er in absoluter Hochstimmung. Er blickte sich nach allen Seiten der Tribüne um, die vor Menschen wimmelte. Er wünschte sich sehnlichst, dass ihn die beiden Jungen sähen, die ihnen keinen Eintritt hatten verschaffen wollen. Sie sollten ihn hier in der ersten Reihe sehen, neben Lidia, zu der alle sich hindrehten und der drei Matrosen scherzhaft Silberpapierkügelchen zuwarfen.

Von den ersten drei Nummern, die Ario und Berto vornüber gebeugt und mit angehaltenem Atem verfolgten, gefielen ihnen vor allem die Messerwerfer. Lidia dagegen, die jedes Mal die Augen schloss, wenn eine neue Klinge auf das junge Mädchen in der Manege zuschoss, mochte die Pferdedressur.

Während der Pause, in der die Rufe der Eisverkäufer im allgemeinen Stimmengewirr untergingen, dachte Ario zufrieden, aber auch ein wenig beklommen daran zurück, wie sie am Nachmittag gebettelt hatten. Jetzt hingegen waren sie ordentlich angezogen, frisch gewaschen und gekämmt und hatten Schuhe an den Füßen.

«Und wenn uns jemand wiedererkennt, der uns ein Almosen gegeben hat», fragte er sich. Trotz des turbulenten Abends ließ ihn diese Besorgnis nicht mehr los.

Ganz deutlich kamen ihm wieder die drei kleinen, blassen Mädchen in den Sinn. Dauernd war ihm, als sehe er ihre schmächtigen Gestalten mit den riesigen, erstaunten Augen vor sich. Die Erinnerung wurde plötzlich so stark, dass es ihm schien, als seien sie dort im Zirkus und starrten ihn an. Und obwohl er sich suchend und ein wenig vorsichtig nach ihnen umblickte und sie nicht entdecken konnte, spürte er ihre Gegenwart immer deutlicher, fühlte sich ertappt und ständig beobachtet.

Die ersten schmetternden Takte eines Marsches ertönten. Das Stimmengewirr ebbte ab und verstummte. Ario beobachtete, wie in der Manege vor ihm in kürzester Zeit ein Käfig errichtet wurde, den ein paar junge Männer in rotblauen Uniformen in Windeseile zusammenbauten, dabei an den Gittern hochkletterten und lange Eisenstäbe mit einem harten Klirren hindurchschoben.

Dann erscholl eine laute Stimme, die Musik brach jäh ab, und während sich alle Köpfe in eine Richtung wandten, wurde ein geschmeidiges Tappen vernehmbar, dem ein gedehntes, raues Brüllen folgte. Dort, wo die Tribüne einen schmalen Durchgang frei ließ, stand bewegungslos und mit aufgerissenem Rachen ein Raubtier mit einer prächtigen, rotblonden Mähne.

«Saib!», rief eine Stimme wie ein Peitschenhieb, und man hörte ein lautes Schnalzen.

Der Löwe schüttelte sich und lief in die Manege.

Ario sprang auf. Als ihn alle in seiner Umgebung anschauten und lachten, setzte er sich mit hochrotem Kopf wieder hin.

Er hatte geglaubt, die Raubkatze sei frei. Erst jetzt sah er den niedrigen Gittergang, der zum Käfig führte.

«Saib! Eleonor!», erscholl die Stimme des Dompteurs erneut, und wieder hörte man die Peitsche knallen.

«Hast du Angst gehabt?», fragte Lidia ihn lächelnd.

Als sich die fünf Löwen im Käfig befanden, zog der Dompteur mit einer schwungvollen Geste den feuerroten Umhang aus und warf ihn in hohem Bogen einem Jungen zu, der ihn im Flug auffing. Halb nackt wie ein Gladiator, den Oberkörper, die Arme und Schenkel sonnengebräunt, betrat der Mann den Käfig. Die Peitsche knallte abermals und immer dichter vor den Raubkatzen, die mit hochgezogenen Lefzen die Zähne fletschten.

Weit vorgebeugt und mit bebendem Atem saß Ario da. Ihm schwindelte, und doch stieg erneut ein überwältigendes Glücksgefühl in ihm auf.

Jetzt wusste er, was er später einmal werden wollte: Dompteur. «Ich werde berühmt sein, und alle Zeitungen auf der ganzen Welt und das Radio werden über mich berichten, und selbst im Kino werden die Leute mich sehen.» Aber zuerst musste er fortgehen, irgendwo anheuern und – er glühte vor Begeisterung und nur mit Mühe hielt es ihn auf seinem Sitz – die Länder bereisen, in denen es Tiger und Löwen gab. Er würde die Ozeane überqueren, an Bord eines Segelschiffes, als Schiffsjunge oder in der Kombüse, egal was.

Er spürte, wie sein Herz immer heftiger schlug. «Und Eneo», dachte er, «Eneo wird seinen Augen nicht trauen, wenn ich zurückkomme.» Wieder schossen ihm Tränen in die Augen.

«Was hast du gesagt?», fragte Lidia.

«Nichts.»

«Hast du nicht eben etwas gesagt?»

«Nein.» Er wurde rot.

Der Dompteur ließ die Löwen auf Hocker steigen und zwang sie mal zu dieser, mal zu jener Formation. Dabei halfen ihm zwei junge Männer, die von außen Eisenstangen durch das Gitter schoben und die trägeren Raubkatzen damit reizten.

«Saib! Nein, nicht! Saib!», hörte man immer häufiger.

«Wer weiß», dachte Ario, der heftig atmete, und ließ den Dompteur nicht aus den Augen, «ob Eneo auch so mutig wäre?»

Es war heiß, und von außen schien nicht das geringste Lüftchen in das Zelt zu dringen. An der Uferpromenade ging sicherlich wie gewöhnlich ein sanfter Wind, und durch die offene Zeltkuppel konnte man den Himmel sehen. Überall auf der Tribüne fächelten sich die Zuschauer mit Taschentüchern Luft zu, und viele sahen nach oben, ob nicht vielleicht eine leichte Brise die Zeltplane bewegte.

Auch Ario schwitzte und spürte mit Behagen, wie Lidia neben ihm unruhig wurde und seufzend ausatmete. Die drückende Hitze wurde durch die dicht gedrängten Menschen immer stärker.

Doch plötzlich – eine Bewegung und ein Raunen gingen durch die Reihen – grollte ein Donner. Ein Windstoß folgte, der am Zelt rüttelte und die Planen des Zirkusdaches laut flattern ließ.

Als kurz darauf die ersten Tropfen niederprasselten und viele aufstanden, um zu gehen, sah Ario, wie sich Saib mit gefletschten Zähnen auf den Dompteur zubewegte, der seinerseits zurückwich.

Der Regen prasselte, und man hörte das Rauschen des Meeres; obwohl die Kuppel sofort geschlossen worden war, drang ein Geruch von Brackwasser in das Zelt, der sich mit einem anderen, intensiven Geruch nach Erde, Stroh und feuchtem Stall mischte.

Die Raubkatze und der Dompteur standen sich einige Sekunden lang regungslos gegenüber. Dann ertönte ein lang gezogenes Brüllen.

Voller Schreck bemerkte Ario, dass dem Dompteur die Peitsche aus der Hand gefallen war. Er sah sie nutzlos und rotblau leuchtend in der Manege liegen, als der Mann leicht den Kopf zur Seite drehte und einem der Jungen, die den Käfig von außen bewachten, etwas zumurmelte.

Der Junge ließ die Eisenstange fallen, lief zu dem Türchen, durch das der Dompteur den Käfig betreten hatte, und öffnete mit zwei oder drei Hieben die Riegel.

Unterdessen wich der Mann Schritt für Schritt rückwärts zum Ausgang zurück. Gegen das stolze Gladiatorenkostüm nahmen sich seine vorsichtigen Bewegungen merkwürdig aus. Ario sah ihn enttäuscht an. Es war, als fiele etwas in ihm zusammen, und sein Herz pochte heftig, fast so, als müsse er sich für den Dompteur schämen, der ihm vor wenigen Augenblicken noch stärker und mutiger als Eneo erschienen war.

Plötzlich stockte ihm der Atem. Der Löwe näherte sich mit weit aufgerissenem Maul, als wolle er losbrüllen, und mit gefletschten Zähnen und gesträubter Mähne dem Dompteur.

Man munkelte, das sei nichts als ein Trick, trotzdem reckten die Zuschauer überall auf der Tribüne die Hälse und Ario spürte, wie ihm das Herz bis zum Hals schlug.

Bei dem Geräusch, das das Zurückschieben der Riegel verursachte – sonst war in der Stille nur das Rauschen des Regens zu hören –, erhoben sich zwei der Löwen, die auf ihren Hockern neben dem Türchen bereits unruhig geworden waren, und drehten sich um. Als sie den Jungen sahen, der sie sonst mit der Eisenstange triezte, machten sie erschrocken einen Satz zur Seite und sprangen von den Hockern, die umfielen und den Ausgang versperrten.

Noch immer fixierte der Dompteur Saib und wich dabei nichts ahnend zurück. Noch zwei Schritte, noch einen Schritt, und er wäre gestrauchelt und gefallen.

Während von draußen ein Krachen zu hören war, dem grollender Donner folgte, blickten alle auf den Mann, der halb nackt, wie er war, noch verwundbarer aussah als vorher.

Vielleicht würde er ja das Hindernis noch rechtzeitig bemerken, aber wie käme er hinaus? Die Zeit, die er bräuchte, um die Hocker aus dem Weg zu räumen, ohne dabei Saib im Blick behalten zu können, würde verhängnisvoll sein.

Wie eine Antwort auf das immer heftiger werdende Gewitter ertönte in diesem Moment abermals ein langes, gedehntes Brüllen, und als würden sie seinem Ruf folgen, drängten sich die beiden Löwen, die von den Hockern gesprungen waren, unruhig neben Saib.

«Das Wasser!», rief jemand.

Die beiden Jungen, die den Käfig bewachten, drehten sich um und waren mit einem Satz unter der Tribüne bei den anderen Zirkusleuten, die herbeigelaufen kamen.

Ario dachte, sie würden sich aus dem Staub machen, und erst jetzt erkannte er einen der beiden, der ihm bis dahin den Rücken zugewandt hatte. Es war der Junge mit dem Besen, der ihnen am Abend zuvor die Raubtierfütterung gezeigt und sich noch vor wenigen Stunden geweigert hatte, ihnen zu helfen; kreidebleich ließ er die Eisenstange in den Sand fallen und suchte das Weite.

«Für Wasser ist es zu spät», rief eine Stimme vom oberen

Tribünenrand. «Geht in den Käfig! Macht den Ausgang frei!» Ario sprang auf.

«Was machst du denn da?», hörte er jemanden hinter sich sagen.

Er wusste nicht, was ihn trieb. Sein Kopf drehte sich, und er fühlte sich leicht. Er schien zu schweben.

Hinter sich vernahm er ein Wogen, ein Raunen der Menge; alle Zuschauer waren aufgesprungen.

«Die drei kleinen Mädchen», dachte er, «Lidia, Berto. Sie können mich sehen.» Er fühlte sich von seiner eigenen Kühnheit mitgerissen. Noch immer meinte er zu schweben und spürte mit Ergriffenheit, wie alle Blicke auf ihn gerichtet waren.

Die kleine Tür aufsperren, den Käfig betreten, ohne nachzudenken, ohne etwas wahrzunehmen. Und dann blindlings die beiden Hocker, einen nach dem anderen, aus dem Weg räumen.

Der Applaus, der ringsum aufbrandete, rüttelte ihn auf und machte ihn benommen. Der ganze Zirkus war aufgesprungen und jubelte. Auch er applaudierte, doch hatte er Mühe, sich zurechtzufinden, als sei er gerade aus einem Traum erwacht.

Der Dompteur, den er halb nackt unten im Gedränge erspähte, hatte den Käfig verlassen – unversehrt.

«Wer hat ihm herausgeholfen?», fragte Ario sich. «Wie ist das passiert?»

Er begriff das Ganze nicht. Das Durcheinander in ihm und um ihn herum war zu groß. Doch ihm war, als sei er nicht umsonst losgelaufen, als hätte auch er geholfen.

Während triumphierend die ersten Takte einer Fanfare erklangen und die Menge durch die Arena wogte, drückte die

Hand des Dompteurs im Gedränge auch die seine. Ein Gefühl der Freude durchfuhr ihn, und es kam ihm auf einmal so vor, als hätte er tatsächlich zu seiner Rettung beigetragen. In diesem Augenblick entdeckte er ganz hinten auf der Tribüne die beiden Jungen in rotblauer Uniform – er erkannte den mit dem Besen wieder –, die mit dem schlaffen Wasserschlauch in der Hand ungläubig und fassungslos nach unten sahen.

Als er auf dem Rückweg zum Hafen Arm in Arm mit Lidia und Berto hinter dem Triumphzug des Dompteurs herlief, dem alle Straßenkinder des Ufers folgten (noch nie hatte er so viele gesehen), war er noch immer ganz aufgewühlt.

Er fühlte sich mehr wert als die Jungen aus dem Zirkus, besser als Eneo, besser als alle. Und Lidia lachte, redete und lachte, drückte seinen Arm und schlenderte ausgelassen neben ihm her, als wollten sie alle drei bis ans Ende der Welt marschieren.

Wie sie erhobenen Hauptes durch die vom Gewitter gereinigte Nacht gingen und dabei – aber was machte das schon – in Schlamm und Pfützen traten, weitete eine nie gekannte Freude Arios Brust, und er bekam Lust, zu laufen und zu singen. Er fühlte sich auf einmal zu allem fähig, als hätte er den Dompteur gerettet, er allein.

Er konnte irgendwo anheuern, fortgehen, neu anfangen, wann immer er wollte.

Eingehakt zwischen Lidia und Berto, atmete er tief die kühle Luft ein, die mal süß, mal salzig roch, betrachtete den weiten, klaren, sternenbeglänzten Himmel, und ein unbändiges, gieriges Gefühl von Glück und Freiheit erfüllte ihn, als gehöre die Zukunft ihm.

IX

In den Küstenländern kommt der Frühling über das Meer.

Ario und Berto kündigte er sich in diesem Jahr durch einen durchdringenden feinen Seegeruch an, der sich in der dann milden, bald rauen Märzluft im Hafenbecken ausbreitete. Es war ein Geruch nach Algen und Gischt und nach jungem Meer, der einen schnell trunken machte.

Die kalten Monate, der Regen und die Bora waren vorbei, und ein neuer Sommer stand vor der Tür.

Im Frühjahr belebte sich der Ponton der *Virtus* wieder, der in den klaren, windstillen Wintertagen nur von wenigen, meist älteren Ruderern besucht wurde, die unermüdlich über die Mannschaften und Regatten von früher redeten und dort zusammenkamen, um in der Sonne zu sitzen und zu plaudern, anstatt zu rudern. Mit der milder werdenden Luft tauchten auch die jungen Ruderer vom Sommer wieder auf. Sie kamen in Gruppen, begrüßten sich mit großem Hallo, schubsten und rempelten sich spaßhaft an und waren bereits – wie Lidia Berto erklärte – vom Skifahren in den Bergen braun gebrannt.

Für Ario und Berto war die große Neuerung in diesem Jahr, dass zum ersten Mal ein paar Jungen ihres Alters auf der *Virtus* auftauchten, um rudern zu lernen. Dieses Ereignis erstaunte sie und rüttelte sie auf, da es das Bild, das sie von sich und den Ruderern hatten, vollständig auf den Kopf stellte. Bisher hatten die Ruderer den beiden als etwas Besseres gegolten, und nicht im Traum hätten sie daran gedacht, sich mit ihnen auf eine Stufe zu stellen und es ihnen gleich zu tun. Die Ruderer waren die Erwachsenen, die bewunderten und verehrten Großen, gegen die sie nicht viel mehr als ahnungslose, eilfertige Kinder waren. Doch auf einmal kamen vier Jungen aus der Stadt auf den Ponton, zwei davon in Bertos Alter, und fingen an, ganz selbstsicher, ohne Furcht und ohne Scham drauflos zu rudern.

Anfangs beobachteten die Jungen sie spöttisch («Sieh mal», sagte Berto, «diese Hänflinge wollen sich mit Eneo messen!»), dann neidisch und voller Bewunderung («Die werden's schaffen», hatte Eneo erklärt, «denn in dem Alter sollte man anfangen. Hätte ich so früh angefangen, wäre ich heute Weltmeister!»), um schließlich voller Ungeduld ihnen nachzueifern und sie zu übertreffen.

Im Bootsschuppen lag eine alte Zweiergig ohne Riemen, die von den Vereinsmitgliedern verschmäht wurde, da sie schwerer als die anderen und auf den Seiten schon mehrfach ausgebessert worden war. Als eines Morgens noch keine Besucher auf dem Hausboot waren und sie niemand beobachten konnte, wagten sich Ario und Berto, die das Rudern in den Tagen zuvor geübt hatten, aus dem Hafenbecken hinaus und ruderten bis jenseits des Leuchtturmes.

Anfangs hatten sie Mühe, den richtigen Rhythmus zu finden, die Riemen gleichzeitig einzutauchen und durchzuziehen, außerdem rutschte bei jedem Ruderschlag, kaum dass das Blatt das Wasser berührte, der Rollsitz weg, doch auf dem Rückweg ging es schon recht gut, und sie kamen schnell voran. Erschöpft, aber glücklich und mit leuchtenden Augen kehrten sie zurück.

Sie gaben Obacht, nicht entdeckt zu werden, da Berto als

Sohn des Wärters der *Virtus* die Vereinsboote nicht benutzen durfte, trainierten aber weiter jede Woche mit wachsender Begeisterung.

Sie fühlten sich jetzt als Männer. Ihre Muskeln wurden kräftiger und durchtrainiert, und es war schön, sie nach der Rückkehr an Schenkeln, Armen und Brust zu betasten. Sie fühlten und prüften sich gegenseitig, stolz auf ihre Fortschritte und beseelt von dem Wunsch, Sportler zu werden und den anderen bald zu übertreffen.

Höhnisch sahen sie zu den Jungen hinüber, die in ihre Segelboote stiegen: «Mädchensport.»

Auch Lidia bedachten sie mit Spott. Sie begegneten ihr kühl und herablassend. In ihren Augen war sie irgendwie zurückgeblieben und verstand nichts von dem, was sie fühlten und – besser noch – lebten. Sie verachteten sie, ebenso ihre Freundinnen und das Kino.

In kurzen Hosen und Bootssandalen schlenderten sie über die Galerien und warfen sich manchmal lässig ein Handtuch über die Schulter. Während der ruhigen Stunden, in denen das Hausboot verlassen da lag und sie ohne Beschäftigung waren, legten sie sich mit ernster, fast grimmiger Miene auf dem Landungssteg in die Sonne, musterten ihre Schenkel, Schultern und Arme und blickten verstohlen zum anderen hinüber.

Manchmal blieben sie auch unter Deck zwischen den Bootsböcken, die zweifach und dreifach übereinander gestapelt bis zur Decke reichten. Genüsslich sogen sie den Geruch ein, der den Schuppen erfüllte und einem bald mit einem leichten Schwindel zu Kopf stieg. Ein angenehmer, scharfer Geruch nach Bootslack, Meer und Sportlerschweiß. «Sportsgeruch», sagte Berto.

Ario war froh, dass seine Mutter sich um den Ponton und die Boote kümmerte, denn so konnte er auch in diesem Jahr seine Zeit auf der *Virtus* verbringen und statt den Segelbootbesitzern den Ruderern helfen. Doch wenn er sie beobachtete, wie sie von einem Boot zum anderen ging, geschäftig auf dem Landungssteg und den Galerien umherlief, sich nach den Leinen bückte und Ruder und Taue heranschaffte, fragte er sich unruhig: «Kann sie denn nicht mal ein bisschen Ruhe geben und im Haus bleiben? Hat sie wirklich so viel zu tun?» Und auch über ihre Hosen ärgerte er sich.

Seine Unruhe wuchs, als er seine Mutter heimlich zur *Virtus* hinüberspähen sah, während sie sich auf dem Ponton zu schaffen machte.

Immer öfter ertappte er sie dabei, wie sie gespannt hinübersah. Doch kaum bemerkte sie, dass er sie beobachtete, da wandte sie sich wieder hastig ihrer Arbeit zu.

Eneo war in diesem Jahr noch verschlossener. Er schien noch hochmütiger oder noch mehr mit sich selbst beschäftigt zu sein und blieb nur selten stehen, um sich mit ihnen zu unterhalten.

Dennoch verbrachte Ario gelegentlich Zeit mit ihm – während Berto am Steuer einer Gig auf dem Wasser war, denn auch das machte ihm Spaß, und er wurde oft von den Ruderern an Bord geholt.

Eines Tages traf er Eneo in einer vollkommen ungewohnten Haltung auf dem Landungssteg an. Mit ungekämmtem Haar beugte er sich über eine Zeitschrift, die er weit aufgeschlagen in den Fäusten hielt.

Als er Ario kommen hörte, schaute er mit finsterer Miene und stumpfem, verworrenem Blick auf. Er wirkte apathisch und zornig zugleich.

«Dieser Hurensohn hat Glück gehabt!», rief er und wies erregt mit geballter Faust auf das Porträt eines Filmstars. Es war ein junger Mann mit markanten, gefälligen Gesichtszügen, einer niedrigen Stirn, breiter Nase und schwarzem, brillantineglänzendem Haar. Er lächelte mit vollen Lippen und zeigte dabei sein strahlendes Gebiss.

«Dieser Sportler», erklärte er, «hat mehr Glück gehabt als ich. Er war Boxer in Amerika, aber dann hat er aufgehört, weil ihn eine Millionärin ausgehalten hat. Eine Klassefrau, wie es sie da drüben eben gibt, und sie hat ihren Mann mit ihm betrogen – den dritten oder vierten –, und er ist mit allen fremdgegangen, aber sie war angeblich ganz verrückt nach ihm und wollte ihn heiraten. Dann hat er sie verlassen, weil sie ihm schnuppe war, doch da ging seine Karriere erst richtig los. Er wurde Filmstar und ist mittlerweile millionenschwer, und alle Weiber sind hinter ihm her. Das ist das wahre Leben!», schloss er und schüttelte die Faust über der Zeitung.

Abends hatte Ario ihn ab und zu mit Lidia gesehen. Aber sie verließen das Hausboot nie gemeinsam. Nach dem Training schlenderte Eneo allein davon, das Bündel mit Badehose und Handtuch unter dem Arm. Weiter drüben – so hatte Ario bemerkt –, hinter dem Wachhäuschen der Zollbehörde am Anfang der Mole wartete Lidia auf ihn. Dabei tat sie, als schaue sie sich in der Gegend um, und manchmal schien es, als verstecke sie sich hinter dem Wachhäuschen.

«Ist sie noch immer empfindlich?», hatte Ario vor einiger Zeit gefragt. «Empfindlich?» Berto warf ihm einen niederschmetternden Blick zu. «Unmöglich trifft es besser!» Und mit einem Achselzucken hatte er ihm zu verstehen gegeben, dass es nicht lohne, sich weiter mit ihr zu beschäftigen.

In jenem Winter hatte sich eines Tages ein Matrose auf der *Virtus* gezeigt und war sogar bis in die Küche vorgedrungen, während Lidia wieder einmal unauffindbar war, und hatte gefragt, ob hier das «Fräulein» Lidia wohne. Sofort hatte Berto es Ario weitererzählt und ihm außerdem verraten, dass Lidia auch Briefe und Postkarten bekam, woraufhin die beiden sie eine Zeit lang aufzogen und «Fräulein» nannten.

Und nun interessierte sich seit einer Weile auch Arios Mutter für sie. Die wenigen Male, die Lidia sich auf dem Hausboot blicken ließ, folgte sie ihr ununterbrochen mit den Augen und sah ihr lange nach, wenn sie fortging.

«Die wird mal eine Nutte», sagte sie eines Tages.

Ario fühlte, wie er tiefrot wurde, doch er schwieg.

Ihm fiel auf, dass seine Mutter, die glänzende Augen hatte und abgemagert erschien, sich unablässig mit ihr befasste. Sie redete nie mit ihr, doch von ihrem Ponton aus verfolgte und musterte sie das Mädchen mit düsterer Miene.

Eines Tages sah Ario, wie sie über die Treppen und Galerien bis zur oberen Terrasse des Hausbootes hinaufstieg und von dort aus unruhig Lidia beobachtete, die gerade fortging. Mit der Hand über den Augen blickte sie ihr nach, bis sie am Ufer hinter den Masten der Segelschiffe und den Stapeln von Ziegelsteinen und Holz verschwunden war.

Warum beobachtete sie Lidia auf diese Weise? Warum spionierte sie ihr nach?

Er wurde wütend, wollte hinaufgehen, die Mutter zur Rede stellen, sie fragen ... In dem Moment trafen sie sich. Ihre Blicke hielten einander stand, bis Ario schlagartig rot wurde.

«Das wird mal eine Nutte», murmelte die Frau nur, als hätte sie seine Gedanken gelesen, und wollte an ihm vorbeigehen.

Ario brannte vor Zorn, und seine Kehle war wie zugeschnürt. «Warum?», stellte er sie mit dumpfer, heiserer Stimme zur Rede und blieb stehen.

Die Frau wich ihm aus und drückte sich ohne ihn anzusehen an ihm vorbei. «Wenn man auf den Booten lebt», murmelte sie achselzuckend, «wird man eben zur Nutte.»

Dass ihr Vater strenger mit Lidia sein müsste, meinte auch Berto, und dem hatte es ein Cousin gesagt, der sie sogar einmal auf offener Straße geohrfeigt hatte. Doch seit dieser Versager eines Nachts betrunken nach Hause gekommen und vom Steg ins Wasser gefallen war, aus dem ihn zwei Fischer, die mit ihrem Kutter gerade in der Nähe waren, herausgezogen hatten, war von ihm nichts mehr zu erwarten: Nachts soff er, und tagsüber schlief er.

So lagen die Dinge in jenem Jahr, als es zu einigen Vorkommnissen kam, die Ario erschüttern sollten.

Seine Mutter, die sich nach wie vor merkwürdig verhielt, als zehre eine innere Unruhe an ihr, erschien ihm an einem Sonntagabend finsterer und nervöser als gewöhnlich. Beim Abendessen schlang sie nur einige kalte Bissen hinunter und ließ für Ario ein paar Sardellen auf dem Teller, dann ging sie wieder eilig hinaus auf den Anleger.

Ario, der aufblieb, da er noch nicht müde war und eine unbestimmte Erregung ihn dazu trieb, ihr zu folgen und sie zu beobachten, sah sie lange dort draußen sitzen. Sie verharrte vollkommen reglos, das Kinn in die Hände gestützt und den Blick starr auf die Mole oder vielmehr auf eine Straßenlaterne gerichtet, die ein breites Stück der Mole vor der

Gangway der *Virtus* beleuchtete. Unablässig sah sie dort hinüber, und manchmal, wenn eine Gestalt in den Lichtkreis trat, fuhr sie zusammen und machte Anstalten aufzustehen.

Wie viel Zeit verging? Ario, der sich auf einer Tonne zusammengekauert hatte und sie aus der Dunkelheit des Geräteschuppens wie aus einer Höhle beobachtete, hörte, wie am Ufer und im Hafen nach und nach alle Geräusche verstummten. Nur hin und wieder hallte Gelächter merkwürdig laut durch die Stille: die Nachtschwärmer des Königlichen Segelklubs, die Wiener.

Reglos blieb er sitzen und sah, wie die Rahen, Wanten und Aufbauten der Boote sowie die große unförmige Silhouette eines Saugbaggers im immer gleichen Rhythmus des Leuchtturmlichtes auftauchten und wieder verschwanden.

Auf einmal stand die Frau auf. Eilig ging sie zur linken Galerie. Dann verschwand sie.

Mit angehaltenem Atem und einem eigenartigen Gefühl in der Brust, sodass ihm das Herz mal langsamer und mal schneller schlug, schlich Ario auf Zehenspitzen auf den Anleger hinaus. Er sah sich um, spähte ins Dunkel, doch konnte er sie nirgends entdecken. Stattdessen erblickte er im milchigen Licht der Straßenlaterne zwei Gestalten.

Mit einem Mal, und sein Herz pochte schneller, erkannte er Lidia in einem ihrer leichten Kleidchen, die nackten Beine hell beleuchtet. Die andere war ein Mann, den er sich erst gar nicht genauer ansah, denn er wusste, er fühlte bereits, wer es war. Aber wo war seine Mutter? Was hatte sie vor?

Instinktiv, und er fühlte das Blut in seinen Schläfen pochen, lief er zur rechten Galerie und die Treppe hinauf zur

Dachterrasse. Oben blieb er wie angewurzelt stehen. Am anderen Ende der Terrasse stand seine Mutter aufrecht und regungslos auf dem obersten Absatz der linken Treppe. Sie bemerkte ihn nicht. Sie hatte ihm den Rücken zugewandt und sah zu den beiden Gestalten hinunter.

Geduckt, um nicht entdeckt zu werden, zog Ario sich zurück und kauerte sich auf die oberen Stufen.

Außer der großen, reglosen Silhouette seiner Mutter konnte er jetzt nichts mehr erkennen. Nur von der Einfahrt zum Hafenbecken blinkten ein rotes und ein grünes Licht herüber und spiegelten sich im schwarzen, glitzernden Wasser. Das vielstimmige Knarren der Masten auf den Seglern, Kuttern und Booten, die in der Nachtluft schwankten, erfüllte die Dunkelheit ringsum und mischte sich mit dem sachten Glucksen des Wassers. Hin und wieder war auch das Quietschen der Ankerketten zu hören.

Ario wusste nicht, warum er dort zusammengekauert sitzen blieb und still die schwere Luft des Hafens einatmete, doch er blieb. Und es gefiel ihm, an nichts zu denken, obwohl er noch immer eine Unruhe verspürte, die ihn hin und wieder zu seiner Mutter hinüberblicken ließ. Diese hatte sich inzwischen auf eine Bank nahe am Geländer gesetzt und spähte noch immer hinunter.

Erst als Hundegebell von einem Schoner erklang, fuhr Ario hoch. Wieder spähte er zu seiner Mutter hinüber, und seine Unruhe wuchs. Sie saß noch immer – und einen Augenblick lang tauchte sie der Scheinwerfer des Leuchtturms in taghelles Licht – bewegungslos auf der Bank.

«Ob sie wohl noch immer da unten stehen?», fragte Ario sich. Um nachzusehen, stieg er über die Treppen und Galerien hinunter. Nein. Umtanzt von einem Schwarm Mücken, beleuchtete das milde und freundliche Licht der Straßenlaterne einzig das Pflaster der Mole. «Vielleicht haben sie sich gerade in dem Moment getrennt», überlegte er, «als ich hinuntergegangen bin.» Er stellte sich vor, wie Lidia die Gangway überquerte und Eneo davonging. «Wenn es so ist, wird Mama bald herunterkommen und hineingehen.»

Nein, sie kam nicht herunter. Reglos blieb sie auf der Bank sitzen. «Worauf wartet sie noch? Was macht sie da?», fragte er sich und schlich vorsichtig wieder hinauf. Sie rührte sich noch immer nicht. Als würde sie auf etwas warten, betrachtete sie die Straßenlaterne.

Wieder kauerte Ario sich auf den Stufen zusammen. Nicht einmal er selbst wusste, warum er sie so beharrlich beobachtete. Aber er hatte das Gefühl, als müsse er dableiben, als wäre es seine Pflicht.

Inzwischen überkam ihn Müdigkeit, die er zuvor nicht verspürt hatte. Gewiegt vom sanften Plätschern des Wassers und dem Knarren und Quietschen, das mal hier, mal da im Hafenbecken laut wurde, fühlte er seine Lider schwer werden, und er hatte Mühe, seinen Kopf oben zu halten.

«Es ist wohl besser, wenn ich nach unten gehe und mich ins Bett lege», dachte er, öffnete die Augen und sah die Frau noch immer am Geländer sitzen. «Sonst schlafe ich noch ein, und sie geht vor mir herunter und sperrt mich aus.»

Kaum hatte er sich hingelegt, nickte er sofort ein. Als er erwachte, brannte die Lampe an der Zimmerdecke noch immer, und das Bett seiner Mutter auf der anderen Seite des Geräteständers war leer und unberührt.

Erst als er viel später zum zweiten Mal in den Schlaf gefallen war und nicht wieder daraus erwachen wollte, hörte er sie hereinkommen, und ihm war, als sei bereits Tag.

X

Kaum war Ario am folgenden Morgen aufgestanden, als Berto ihn auf seinem Ponton suchen kam, was sonst nie geschah. «Mach schnell», flüsterte er und blickte sich dabei um. «Komm mit.»

Sie bestiegen den Kajak und fuhren, um allein zu sein, in die Mitte des Hafenbeckens hinaus. Als sie weit genug draußen waren, weg von den Pontons und Schonern, ließ Berto, der bis dahin wortlos und beharrlich gerudert hatte, die Riemen los und drehte sich um. «Weißt du eigentlich», sagte er, «dass ich sie heute Nacht gesehen habe?» Ario fuhr zusammen: «Wen?»

«Sei nicht blöd», Berto starrte ihn an. «Du weißt schon, wen ich meine. Ich habe sie gesehen. Von oben bis unten.»

Ario antwortete nicht. Er schluckte mehrmals.

«Redest du von Lidia?», getraute er sich schließlich zu fragen. «Meinst du sie?» Obwohl Lidia die Schwester von Berto war und ihn somit nichts anging, fühlte er sich in seinem tiefsten Inneren getroffen, weil der sie so gesehen hatte.

Berto starrte ihn noch immer an und nickte.

«Also Lidia!», sagte Ario benommen und schaute zur Seite.

Die Brise kräuselte das Meer und trieb den Kajak auf die große, rotweiße Boje zu, die sich am Rande des Hafenbeckens beim Leuchtturm auf dem Wasser wiegte.

Ario betrachtete noch immer das dunkelblaue Wasser, das an dieser Stelle trotz einiger Zwiebelschalen frischer und sauberer erschien, ließ den Blick dann Richtung Ufer zu den Schonern, Schleppern und Lastkähnen schweifen und streckte die Hände aus, um den Zusammenstoß mit der Boje abzufedern.

«Erzähl», murmelte er, obwohl Berto bereits angefangen hatte.

Was er an jenem Morgen dort draußen erfuhr, während die Sonne ihm die Stirn verbrannte und der Kajak immer wieder taumelnd gegen die Boje stieß, würde Ario nie vergessen. Es schien vielmehr, als hätte er all die Dinge, die Berto ihm erzählte, selbst gesehen und erlebt.

Er und nicht Berto schlief im gemeinschaftlichen Schlafzimmer der *Virtus*, als ihn plötzlich ein Krach weckte.

«Licht, Licht!» Das war nicht die gewohnte Stimme eines Betrunkenen, sondern das Gebrüll eines Verrückten. Mit schweißnasser Stirn setzte Berto sich auf, stieg aus dem Bett, und in der Dunkelheit schien sich das ganze Zimmer zu drehen. Während die Stimme weiterbrüllte, hatte er Mühe, sich zurechtzufinden. Was war das? Eine Wand? Nein, Lidias Bett. In seiner Erregung konnte er den Lichtschalter nicht finden.

Dann – und es war tatsächlich, als hätte er und nicht Berto diese Situation erlebt – sah er sich mit einer Kerze in der Hand an Lidias Bett stehen. Während der Mann die Decken fortriss und ihr das Nachthemd hochzog, erhellte er die Szenerie, indem er mit der Kerze näher trat.

«Hier! Hier unten!», brüllte der Betrunkene, packte ihn am Arm und zwang ihn, die Flamme so dicht an Lidia heranzuhalten, dass er Angst hatte, sie zu verbrennen. Dann versuchte er wieder, das Mädchen festzuhalten, das sich wortlos und mit zusammengebissenen Zähnen wand, von einer auf die andere Seite warf und die Schenkel zusammenpresste.

«Hier unten! Hier! Und du, du verfluchtes Miststück, lass dich gefälligst anschauen, wenn du nicht sofort aus dem Haus gejagt werden willst.»

Die Mutter hatte es bereits aufgegeben dazwischenzutreten. Sie war bei der Auseinandersetzung mit ihrem Mann mit Wucht in eine Zimmerecke gestoßen worden und hatte sich nun wieder aufgerappelt; weiß wie ihr Nachthemd presste sie sich mit weit aufgerissenen Augen gegen die Wand und raufte mit immer langsameren Bewegungen ihr Haar.

Plötzlich schrie sie auf: «Rühr mein Kind nicht an! Nein, rühr es nicht an!» Sie machte Anstalten, sich auf den Mann zu stürzen, doch im selben Moment sah Berto sie in die Knie sacken, kleiner werden und schließlich auf den Boden niedersinken.

«Lass dich anschauen!», brüllte der Mann und rang mit Lidia, die die Schenkel zusammenpresste, sich krümmte und immer heftiger keuchend aufbäumte. «Bist du noch in Ordnung oder ...»

Auf einmal gab Lidia ihre Gegenwehr auf. Ihre bloßen Gliedmaßen – das zerrissene Nachthemd lag auf dem Kopfkissen – erschlafften. Erschöpft lag sie auf dem Rücken, die Kehle und den Kopf zurückgebogen, die Augen halb geschlossen. Immer langsamer hob und senkte sich keuchend ihre Brust.

Sogleich schob der Mann, der Berto abermals dazu nötigte, mit der Kerze näher zu kommen, seine Hand zwischen ihre Knie. Lidia reagierte nicht, sie ließ ihn gewähren; und fast schien es Berto, als öffneten sich ihre Schenkel bei der ersten Berührung ganz von selbst.

«Wenn du noch so bist, wie es sich gehört», murmelte der Mann nun ruhiger, betastete sie mit seinen dicken, rötlichen Fingern und beugte sich schwankend zu ihr hinunter, um sie zu untersuchen, «bleibt das hier dein Zuhause. Wenn nicht, kannst du dir einen Stein um den Hals binden und dich in der Sacchetta ersäufen.»

Rücklings und mit geschlossenen Augen, das Gesicht seitwärts in das Kissen gedrückt und noch immer schwer atmen lag das Mädchen so da, wie man sie gezwungen hatte: mit gespreizten Beinen – in dieser Position hatte Berto sie oft beim Rückenschwimmen gesehen –, und ohne weitere Scham gab sie sich im flackernden Kerzenlicht der Untersuchung des Mannes und den Blicken Bertos preis.

Lediglich als der Mann tiefer in sie eindrang, öffnete Lidia plötzlich die Augen, bäumte sich auf, und ihre Brüste bebten. «Au!», schrie sie. Dann blickte sie reglos und starr an die Decke. Doch sie schien nichts zu sehen, als wäre ihr Blick nach innen gerichtet. Als sie noch einmal zusammenzuckte, weil ein Tropfen Wachs sie verbrannt hatte, begegnete Berto für einen kurzen Moment ihrem Blick.

Mit geweiteten Pupillen starrten ihn diese Augen an und wollten ihn schier verschlingen, sodass ihm schwindelig wurde. Ihr Ausdruck war derart verändert und abwesend, dass Berto nicht einmal wusste, ob sie ihn erkannte.

«In Ordnung», sagte der Mann und ließ von ihr ab. «Aber vergiss diesen Abend bloß nicht und denk dran, dass ich dir eher den Schädel einschlage, als dass ...»

Nachdem er sich ein paar Schritte entfernt hatte, drehte

er sich noch einmal um und kam zurück. «Und gnade dir Gott», er hob die Hand, «wenn du dich auch nur mit an Bord nehmen lässt! Das kannst du auch Eneo bestellen.»

Ein heftiger Stoß ließ Ario nach Luft schnappen. Er spürte einen Schmerz in der Nierengegend, während Berto ihm etwas zurief und die Luft über ihm zitterte.

Als seine Verwirrung verflogen war, begriff er. Sie hatten mit Wucht die Boje gerammt. Einige Möwen, vom Zusammenstoß aufgeschreckt, flogen mit heiseren Schreien davon.

Überrascht stellte er fest, dass nur wenige Minuten vergangen waren, seit Berto mit seiner Erzählung begonnen hatte.

Es war ein strahlender Morgen, die Sonne schien vom tiefblauen Himmel, und eine Brise spielte mit Arios Haar. Doch hielt er missmutig die Augen halb geschlossen. Es gelang ihm nicht, einen klaren Kopf zu bekommen. Ein Teil von ihm befand sich noch immer im Schlafzimmer der *Virtus*, im unruhig flackernden Kerzenlicht vor Lidias Bett.

Er sah sie vor sich, wie der Betrunkene sie auf ihrem Strohlager zurückgelassen hatte: reglos, nahezu ohnmächtig und mit geweiteten Pupillen.

So war sie für alle sichtbar liegen geblieben, ohne daran zu denken, sich etwas überzuziehen oder sich zuzudecken, bis das Zimmer wieder im Dunkeln lag. Und selbst in der Dunkelheit stellte sie sich der Junge, der sie die ganze Zeit von seinem Bett aus angesehen hatte und es kaum fassen konnte, dass sie sich so offen und eingehend betrachten ließ, nackt und reglos auf ihrem Strohsack vor, ja beinahe leblos, wäre ihm ihr verwaister Körper nicht selbst in dieser Reglosigkeit allzu lebendig erschienen.

«Sie sieht nicht mehr aus wie vor ein paar Jahren, als wir

ihr hinter dem Leuchtturm den Prozess gemacht und sie ausgezogen haben», schloss Berto. «Da war sie noch ein kleines Mädchen, lang und dünn wie ein Riemen. Du müsstest sie jetzt mal sehen!» Er war rot im Gesicht und sah ihn aufgeregt und mit glänzenden Augen an. Er schien noch mehr erzählen zu wollen.

Ario wich seinem Blick aus. Er sah nach unten, als suche er etwas in der Bilge, in der zwei Finger hoch das Wasser stand, das bei jedem Ruck des Bootes hin und her schwappte und auf dessen Grund ein paar kleine weiße Kiesel und ein Laubblatt schimmerten. Dann sah er auf das Meer hinaus. Er spürte, wie auf einmal ein heftiger Widerwille gegen den Betrunkenen und gegen Berto in ihm aufstieg. Was sie nachts in der Dunkelheit des Schlafzimmers bei Kerzenschein mit Lidia angestellt hatten, erschien ihm abscheulich. Wäre er dabei gewesen, er wäre dem Vater an die Gurgel gesprungen und hätte ihn erwürgt. Und Berto hätte er die Kerze ausgeblasen und ihn hinausgeworfen.

Doch während er sich seiner Wut überließ, sah er wieder Lidia ausgestreckt auf dem Bett liegen, und bei diesem Anblick empfand er seltsamerweise etwas Erfrischendes, Befriedigendes, ja Wärmendes. «Du hättest mal sehen sollen, wie sie sich gewehrt hat!»

Ario war wie vor den Kopf geschlagen, und seine Kehle brannte.

Ja, er sah sie vor sich, er stellte sie sich vor. Er erinnerte sich an ihre kräftigen Schenkel, die er mit Erstaunen diesen Sommer beim Schwimmen wahrgenommen hatte.

Erst recht kam es ihm abscheulich vor, dass ausgerechnet Berto und der Vater ihr dabei zugesehen hatten, wie sie sich mit bloßem Körper wand und krümmte.

Er wollte diese Unterhaltung beenden, sofort. «Ich kann's mir vorstellen», rutschte es ihm stattdessen heraus. Trotzdem vermied er es, Berto direkt anzusehen. «Nein, das kannst du dir nicht vorstellen, wenn du sie nicht gesehen hast. Ich kann es mir nur vorstellen, weil ich sie heute Nacht gesehen habe. Aber du ...»

Ario spürte, wie ihm das Blut in den Kopf schoss. Ja, Berto und sein Vater hatten sie gesehen und auf diese Weise untersucht. Aber all das war abscheulich und verrückt. Wieso begriff Berto das nicht? Er mochte ihm nicht mehr zuhören. Ihm schlug das Herz bis zum Hals. «Es reicht!», war er drauf und dran zu schreien. «Hast du kapiert? Es reicht!»

«Du kannst dir nicht ...»

«Was kann ich nicht?» Arios Kopf schnellte hoch, und er sah Berto in die Augen.

«Du hast sie nicht gesehen, wollte ich sagen, und kannst dir deshalb nicht vorstellen, wie sehr sie eine Frau geworden ist.»

Es entstand eine Pause, und nur das Schlagen des Wassers gegen die Bordwände war zu hören.

«Wer weiß», dachte Ario, «wie sich Lidia wohl heute Morgen beim Aufwachen geschämt hat!» Sicher hatte sie nicht den Mut, den Ponton zu verlassen wie an den anderen Tagen, und sicher wurde sie allein bei der Vorstellung rot, den Blicken ihres Vaters oder Bertos zu begegnen. Er stellte sich vor, wie sie ganz allein in dem trostlosen Schlafzimmer bäuchlings und schluchzend auf dem Bett lag, das Gesicht im Kissen vergraben.

«Angeblich», fing Berto wieder an, «hat Eneo sie bei Dunkelheit mit an Bord der *Empedocle* genommen ...» Mit ernsten, großen Augen starrte er Ario an. «Ich verstehe allerdings nicht», fügte er hinzu, «wer ihnen nachspioniert haben könnte. Irgendjemand muss Papa heute Nacht alles erzählt haben. Wer bloß?»

Arios Wangen fingen zu glühen an. «Dieses Thema muss ich umschiffen», dachte er.

«Und ...», murmelte er, «hast du wirklich alles von ihr gesehen?»

«Aber ich hab's dir doch erzählt. Was hätte ich denn noch sehen sollen?» Trotzdem fing er wieder an und beschrieb Einzelheiten, die er vorhin in der Eile vergessen hatte.

Berto redete und redete, währenddessen stieg in Ario abermals Widerwille auf. Nein, das war zu viel. Er konnte sich nicht mehr ruhig auf dem Sitz halten. Der Betrunkene und Berto hatten sich wie zwei abscheuliche Verrückte benommen. Dennoch schlug ihn das, was er hörte, unwiderstehlich in seinen Bann. Eine geheimnisvolle Faszination ging davon aus, und obwohl er es kaum ertragen konnte, wünschte er, dass Berto es ihm wieder und wieder erzählte.

«Schämst du dich denn überhaupt nicht?», rief er auf einmal und sprang auf. Berto verstummte. «Mich schämen?», fragte er. «Aber wenn es Papa doch nur getan hat, um auf sie aufzupassen und ihr den Kopf zu waschen? Zu ihrem Besten, wie er heute Morgen gesagt hat. Und ich habe nur gehorcht, das musste ich.»

«Du hast nicht gehorcht! Ihr habt es zu zweit getan. Und dir hat es gefallen.» Berto, der noch immer ungerührt auf der Bank saß, zuckte mit den Achseln, und sein Blick schien zu sagen: «Na und? Wenn schon!»

«Du hast Eneo verraten!», rief Ario. «Du hast dich gegen Lidia und Eneo gestellt!»

«So ein Quatsch!», protestierte Berto verblüfft. «Ich war

auf Lidias Seite und nicht auf der meines Vaters. Ich war für Lidia und gegen Papa.»

«Das nennst du auf Lidias Seite sein? Du hast mir doch erzählt ...»

«Jetzt mach aber mal 'nen Punkt», unterbrach ihn Berto verblüfft. «Du weißt ganz genau, dass ich mich freue, dass Lidia und Eneo zusammen sind. Und deswegen ...»

«Was?», fiel Ario ihm ins Wort. «Und deshalb», er wurde rot bis unter die Haarwurzeln und konnte keinen klaren Gedanken mehr fassen, «hast du ihnen nachspioniert? Deshalb hast du deinem Vater erzählt, dass Eneo Lidia auf die *Empedocle* mitgenommen hat?»

Berto war aufgesprungen. Für einen endlos scheinenden Moment standen sich die beiden gegenüber und sahen sich direkt in die Augen.

Dann spürte Ario einen harten Schlag gegen seinen Kiefer. Er stolperte und fiel nach hinten. Als er aufstand und der Kajak dabei ins Wanken geriet, hatte sich Berto noch immer nicht von der Stelle gerührt.

«Sieh dich bloß vor», zischte er. Aus winzigen Augen unter der gerunzelten, vorspringenden Stirn sah er Ario an.

«Eneo sollte sich lieber vorsehen, dir noch zu trauen. Wenn er erfährt, dass du ihm letzte Nacht nachspioniert hast ...»

Plötzlich waren sie aufeinander, fest umklammert und ineinander verkeilt, keuchend und mit zusammengebissenen Zähnen. Trotz des schaukelnden Kajaks kämpften sie im Stehen.

«Versuch nur», zischte Berto, «Eneo alles zu erzählen.»

«Doch, doch. Und ob ich's ihm sagen werde. Ich prügle dich windelweich!»

«Wenn er wüsste», dachte Ario, «dass meine Mutter die Spionin ist! Gut, dass er sie heute Nacht nicht gesehen hat, wie sie auf der Terrasse saß und auf den Betrunkenen gewartet hat!»

Ineinander verhakt, erprobten sie immer neue Kniffe und Hiebe, und wenn sie beim Versuch, den anderen zu überwältigen, manchmal eine gewisse Balance gefunden hatten, standen sie ganz still.

Beide waren von den Kräften des anderen überrascht. Sie hatten sich seit Jahren nicht mehr geprügelt oder miteinander gekämpft. Inzwischen waren sie muskulös geworden, fast erwachsen, und sie begannen, ineinander verkeilt, wie sie waren, Spaß und Bewunderung für den anderen zu empfinden.

«Ich prügle dich windelweich», wiederholte Ario langsam und keuchend und biss Berto ins Ohr.

Mit verzweifelter Anstrengung gelang es Berto, ihn niederzuringen. Doch sie verloren das Gleichgewicht und fielen beide ins Wasser.

XI

In den darauffolgenden Tagen sah Ario Lidia von morgens bis abends auf dem Ponton der *Virtus*.

Sie schien nicht mehr wegzugehen. Doch sie sah nicht verärgert aus. Leise vor sich hin trällernd schlenderte sie in ihren weißen Sommerschuhen über die Terrassen und Galerien und hielt sich lange auf dem Anleger auf, um mit den Ruderern zu plaudern.

«Und mit Eneo trifft sie sich nicht mehr?», hatte Ario Berto gefragt. «Mama sagt, nein.»

Gelegentlich sah Ario sie zusammen auf dem Anleger. Aber es schien, als behandele Lidia Eneo wie jeden anderen auch. In seiner Gegenwart stand sie sogar oft bei den Ruderern, lachte und rauchte die Zigaretten, die sie ihr anboten, und schien ihn nicht einmal zu bemerken.

In den Stunden, wenn niemand sonst auf dem Ponton war, kam sie auch zu Ario herüber. «Wie geht's?», fragte sie ihn eines Tages und musterte seine kurzen Hosen. «Ich hab schon gehört, dass du drauf und dran bist, ein Champion zu werden.» Ihr eindringlicher Blick verwirrte Ario. «Es gefällt mir, dich so zu sehen», sagte sie im Weggehen schmeichelnd, und ihre Hand streifte seinen Arm.

Er sah ihr lange nach. «Wenn sie wüsste», dachte er, während er seine Augen nicht von ihrem wippenden Rock abwenden konnte, «was Berto mir erzählt hat, und dass ich alles von dieser Nacht weiß!»

Und er ließ seinen Blick über ihre braunen Beine wandern.

Sie trafen sich jetzt häufiger. Jedes Mal, wenn sich von weitem ihre Blicke kreuzten, verspürte Ario eine leichte Erregung und war versucht umzukehren und ihr aus dem Weg zu gehen. Stattdessen blieb er stehen, und Lidia erkundigte sich lächelnd, was er denn in den letzten Stunden gemacht habe. Manchmal setzten sie sich dicht nebeneinander und sahen schweigend den Booten zu oder lauschten der bewegten See.

Wenn sie auseinander gingen, hatte Ario jedes Mal den Eindruck, als sähen ihre zugleich ernsten und lachenden Augen ihn tief an, und sie verabschiedete sich mit einer merkwürdigen Herzlichkeit.

Inzwischen verbrachte sie den ganzen Tag auf der *Virtus*.

Berto verbrachte seine freie Zeit, wenn er nicht mit dem Boot hinausfuhr, immer häufiger mit Eneo und ließ sich kaum noch bei ihnen sehen.

Er gesellte sich erst zu ihnen, wenn der Champion gegangen war. Dann wurde Lidia lebhafter. Anscheinend wollte sie auch Berto unterhalten, lächelte ihn an und sah ihm tief in die Augen.

«Merkwürdig», dachte Ario, während er sie unruhig beobachtete, «wie ist es möglich, dass sie sich vor Berto nicht schämt und keinen Groll auf ihn hegt? Und wieso kommt ihr nicht der Verdacht, dass er ihr nachspioniert und sie beim Vater angeschwärzt hat?»

Tatsächlich behandelte Lidia Berto freundschaftlicher als zuvor. Jedoch in einer besonderen Weise, eher wie ein Mädchen denn wie eine Schwester. Ario hatte sogar den Eindruck, als flirtete sie mit ihm.

Das kam allerdings selten und nur die wenigen Male vor, da sie zu dritt waren. Sonst hatte Lidia fast nie Gelegenheit, ihre Zeit mit Berto zu teilen, und es schien, als meide er sie. Ständig beschäftigt, behandelte er sie schroff und redete kaum mit ihr, fast so, als hätte er ihr etwas zu verzeihen.

«Es ist auch besser so», dachte Ario. «Wenn Berto Lidia aus dem Weg geht und immer mit Eneo zusammen ist, kommt Eneo nicht mehr so leicht an sie heran.» Er hatte den Eindruck, als würden sich die Freundschaften so, wie sie waren, festigen: Berto und Eneo, und er mit Lidia. Und von da an mied er den Champion.

Eines Tages war er allein mit Lidia auf der Galerie, und gemeinsam betrachteten sie das Sonnenlicht, das sich glitzernd im Wasser spiegelte. Schweigend saßen sie nebeneinander.

Plötzlich sagte Lidia in die Stille hinein: «Würdest du mich gern küssen?»

Ario war wie vom Donner gerührt. «Nein!», gab er zurück.

Noch lange klangen diese Worte in ihm nach, als er an diesem Abend zu Bett ging. Er wälzte sich unruhig hin und her und fand keinen Schlaf. «Warum habe ich bloß nein gesagt?»

«Aber vielleicht ist es auch besser so», beschwichtigte er sich. «Hätte ich ja gesagt, hätte sie bestimmt nein gesagt.» Er hörte sie förmlich: «Ach, das hättest du wohl gern? Aber ich will nicht, dass du mich küsst!»

In den darauffolgenden Tagen sah er sie mal mit dieser, mal mit jener Gruppe auf dem Anleger zusammenstehen, ging aber nicht zu ihr. Sie trug meistens einen Badeanzug und lief zwischen den Ruderern umher. Wenn er sie beobachtete, wie sie so über den Ponton schlenderte, mit braunen, kräftigen Schenkeln und bloßem Rücken, verspürte Ario gegen seinen Willen den Wunsch, sie zu erniedrigen und zu verletzen.

Zu gerne hätte er sie bloßgestellt und ihr verraten, dass Berto ihm von jener Nacht erzählt hatte, dass er jede Kleinigkeit an ihr kannte. Und je länger er sie beobachtete, wie sie nur spärlich bekleidet auf dem Ponton umherspazierte, sich zu den Männern gesellte, lachte und dabei das Gewicht mal auf das eine, mal auf das andere Bein verlagerte, desto heftiger wurde dieser Wunsch.

«Schämt sie sich nach jener Nacht nicht vor dir?», fragte er Berto eines Morgens, als Lidia mit gelösten Badeanzugträgern bäuchlings zwischen zwei Ruderern, die sich unterhielten, in der Sonne lag.

«Du weißt doch, wie Lidia ist. Aus ihr wird man nicht schlau», antwortete Berto und sah zu ihr hinüber. «Aber ich glaub nicht, dass sie sich schämt. Weißt du, was sie mich gestern gefragt hat?»

«Was denn?»

«Ob ich schon mal mit einer Frau *zusammen* war.»

Ario setzte sich auf.

«Und was hast du geantwortet?», fragte er etwas beklommen.

«Dass sie zu neugierig ist.»

«Ah!»

«Dann hat sie mich angestarrt und gefragt: ‹Warum willst du es mir denn nicht sagen?› Sie hat weiter gestarrt, mit den Achseln gezuckt und plötzlich ausgerufen: ‹Was ist denn schon dabei? Das machen doch alle! Ich an deiner Stelle hätte es schon längst getan.›»

Während er redete sah Berto Ario mit großen Augen an, der ihm mit leisem Zittern zuhörte.

«Das hat sie dir also gesagt!», murmelte er.

«Ja. Und weißt du, was ich ihr dann gesagt habe?», fuhr Berto fort. «Und bist du schon mal mit einem Mann *zusammen* gewesen?»

«‹Du bist zu neugierig›, hat sie mir geantwortet und auf ihren Stöckelschuhen kehrtgemacht. Aber dann ist sie wieder zurückgekommen und meinte: ‹Ich war schon oft mit Männern zusammen, nicht nur mit Eneo, aber nicht so, wie du jetzt denkst. Warum fragst du überhaupt? Du weißt doch ganz genau›, hat sie dann noch gesagt und mich dabei angestarrt, ‹dass ich noch nie mit einem Mann *zusammen* gewesen bin.›»

«Das ist wahr», meinte Ario.

«Wahr? Wart's ab. ‹Ja›, hab ich jedenfalls geantwortet, ‹bis vor einer Woche vielleicht, aber dann?› Sie hat sich vor Lachen ausgeschüttet und mir dabei die Zunge rausgestreckt.»

Als Ario einige Tage später auf der *Virtus* den Flur entlangging, konnte er im Halbdunkel plötzlich die nackten Arme und Beine des Mädchens ausmachen, das im Badeanzug auf ihn zukam. Noch bevor er sie erkannte, begann sein Herz schneller zu schlagen.

«Komm mal mit, ich will dir was zeigen», sagte sie ihm und griff, kaum dass sie ihm gegenüberstand, nach seiner Hand. «Ich kann nicht», wich Ario herzklopfend aus, «Berto wartet auf mich.»

Am folgenden Tag, als der Ponton verlassen war, fragte ihn Berto: «Weißt du, dass sie mich geküsst hat?»

«Nein!»

«Doch, aus Spaß. Selbst ich hätte damit nicht gerechnet.»

«Aber …», fing Ario an.

«Es war so», unterbrach Berto ihn. «Wir sind uns in dem dunklen Gang begegnet, du weißt schon, der bei der Dusche. ‹Was machst du denn hier?›, hab ich sie gefragt. Sie hat sich mit dem Rücken gegen die Wand gelehnt und gelacht. ‹Nichts›, hat sie geantwortet, ‹und du?› – ‹Ich suche Eneo.› – ‹Ah!›, sagte sie. Wir standen da, und sie lehnte noch immer mit dem Rücken an der Wand und hat mich dabei ganz verstohlen angesehen. ‹Weißt du eigentlich›, hat sie mich auf einmal gefragt, ‹wie Mädchen küssen? Soll ich's dir zeigen?›, und dabei nimmt sie mich am Arm. ‹Nein›, hab ich gesagt und wollte mich losmachen. ‹Dann bring ich dir jetzt mal bei›, hat sie lachend gesagt, ‹wie Eneo mich küsst.›»

Berto brach ab und sah weg. «Ihr Mund war ganz heiß.»

Noch am selben Tag fand sich Ario mit Lidia um die Mittagszeit allein. Der Anleger war zu dieser Stunde menschenleer, und das Mädchen lag auf den Planken und sonnte sich. Ario setzte sich neben sie.

«Sag mal», nach einer kleinen Weile hob sie abermals den Kopf, «magst du eigentlich Mädchen?»

Ario blieb die Luft weg.

«Berto und ich …», fing er an. Und brach ab. Nicht einmal er selbst wusste, was er sagen wollte.

«He!», rief Lidia und setzte sich auf. «Berto ist anders als du. Er mag Mädchen. Er hat zwar noch keine Freundin, aber ich hab wohl gemerkt, dass er sie mag!»

Zwei Tage darauf stand Ario am frühen Morgen auf dem Anleger seines Pontons und war gerade dabei, den Klüver eines Kutters zu klarieren, als Berto am Steuer einer Gig vorbeifuhr und ihm mit zornigem Gesicht eine Drohung zurief.

Erregt wartete Ario auf seine Rückkehr und achtete nur mit halbem Ohr darauf, was die Klubmitglieder ihm auftrugen.

Kaum war er wieder da, kam Berto auf ihn zumarschiert. Sie gingen sich auf dem Pier entgegen und sahen sich fest in die Augen. «Jetzt stürzt er sich auf mich», dachte Ario, «und wir prügeln uns.»

«Du dreckiger Schnüffler!», rief Berto. «Ach, du bist schlimmer als ein Schnüffler, weil du nicht die Wahrheit gesagt und dir alles ausgedacht hat!»

«Was meinst du denn damit? Bist du verrückt geworden?», fragte Ario. Er war blass geworden. «Was hab ich dir denn getan?»

«Du bist ein Verräter, ja, das bist du!», schrie ihm Berto ins Gesicht. Das Wort «Verräter» schien ihm Genugtuung zu bereiten: «Ein Verräter bist du! Ein dreckiger Verräter, wie dein Vater!»

«Hör auf!», schrie Ario und machte mit geballten Fäusten einen Satz nach vorn.

Berto wich zurück. «Wer sonst», erklärte er dann gelassener, «könnte Lidia gesagt haben, dass ich sie bei Papa verpfiffen hätte? Weißt du noch, was du mir versprochen hast, als wir uns nach der Prügelei im Boot wieder vertragen haben? Du wolltest weder Lidia noch Eneo jemals solche Lügen auftischen. Und jetzt versuchst du, sie mit solchen Geschichten gegen mich aufzuhetzen!»

«Hör auf! Du bist ja verrückt!», rief Ario. «Du hast sie wohl nicht mehr alle. Ich habe Lidia kein Sterbenswörtchen gesagt.»

«Schwörst du?»

«Ich schwöre.»

Berto schwieg und sah ihn an. Er schien verblüfft, aber auch erleichtert. Doch plötzlich verfinsterte sich seine Miene wieder.

«Du schwörst, dass du Lidia nichts gesagt hast?», schrie er. «Aber du hast was viel Schlimmeres getan, jetzt kapier ich's erst. Du bist zu Eneo gerannt und hast es ihm brühwarm berichtet!» Puterrot packte er Ario am Arm und schüttelte ihn.

«Lass mich!» Ario riss sich los. «Wenn ich es Lidia oder Eneo erzählt hätte, würde ich es dir sofort sagen. Vor dir habe ich doch keine Angst.»

Berto ließ von ihm ab. Doch er war noch immer wütend und argwöhnisch.

«Penner!», sagte Ario. «Wann siehst du mich denn schon mit Eneo? Du bist doch immer mit ihm zusammen.»

«Mir ist plötzlich durch den Kopf gegangen», noch einmal blitzte Misstrauen in Bertos Augen auf, «dass du es Eneo gesagt haben musst, und er hat es dann Lidia weitererzählt. Aber wenn du Wort gehalten hast, wer könnte es Lidia erzählt haben?»

«Wie kommst du darauf, dass Eneo es Lidia erzählt hat? Treffen sie sich denn noch?» Berto zuckte mit den Achseln.

«Wer weiß. Aber jetzt mal ehrlich: Wenn du Wort gehalten hast, wer kann es Lidia dann gesagt haben?»

Diesmal zuckte Ario mit den Achseln.

«Warum ist das denn so wichtig? Sie wird von selbst drauf gekommen sein.»

Nachdem er sich beruhigt hatte, fing Berto an zu erzählen.

Er hatte sich am Abend zuvor im Schuppen aufgehalten, um die Abdeckplanen über den Gigs geradezuziehen, was er immer gerne tat, bevor er schlafen ging, als er dort Lidia antraf. Lachend war sie auf ihn zugekommen und hatte ihn unverwandt angesehen. «Was machst du?»

«Das siehst du doch. Ich ziehe die Planen gerade», antwortete Berto und wandte sich wieder seiner Arbeit zu, um ihrem Blick auszuweichen. Wartend schlenderte sie umher, pfiff leise vor sich hin und trommelte tänzelnd mit den Absätzen auf die Planken.

Als Berto fertig war, machte er das Licht aus und ging zur Tür. Lidia folgte ihm. Noch bevor sie bei der Dusche waren, deren Licht vom Ende des Flures herüberschien, sagte sie unvermittelt:

«Willst du, dass wir wieder so tun, als sei ich Eneo und du ich?»

Berto ging schneller. «Nein.»

«Du willst nicht?» – «Nein.»

Lidia huschte an ihm vorbei. Kaum war sie an der Tür, lehnte sie sich mit dem Rücken dagegen, sodass kaum noch Licht in den Flur drang, und versperrte ihm den Durchgang:

«Gib es zu», ihre Stimme war völlig verändert, «du hast Papa erzählt, dass ich an dem Abend mit Eneo in der Kajüte war!»

«Nein, das habe ich nicht. Woher hätte ich das wissen sollen?»

«Du hast mir nachspioniert. Du hast mich an Bord gehen sehen ...», sie sah ihn durchdringend an, «oder eine meiner Freundinnen hat es dir gesagt ...»

«Ich kenne deine Freundinnen gar nicht. Aber wer hat dir denn überhaupt gesagt, dass ich es gewesen bin?»

«Das spielt keine Rolle. Warum gibst du es nicht zu?»

«Weil es nicht wahr ist.»

Wieder fing sie an, ihn zu umschmeicheln. «Ich weiß», sagte sie, und ihre Stimme klang wieder wie vorher, «dass es wahr ist, aber wenn du es zugibst, bin ich nett zu dir. Du wirst schon sehen.» Und sie ließ ihre Finger über seinen nackten Arm gleiten.

Berto wich ihr aus.

«Möchtest du abends mal mit einem Mädchen ausgehen?», schlug sie vor. «Ich stelle dich einer Freundin vor. Ich rede mal mit ihr. Die Blonde, mit der ich ins Kino gegangen bin …»

«Nein. Lass mich in Ruhe. Ich habe nichts zuzugeben. Es ist einfach nicht wahr», brauste Berto auf und stieß sie zur Seite. Doch im selben Moment trafen ihn eine schallende Ohrfeige und Lidias warme Spucke gleichzeitig ins Gesicht.

«Ich weiß, dass es stimmt! Und dass du ein mieses Aas bist! Endlich kann ich es dir mal sagen. Du bist ja noch widerwärtiger als dein Vater, hast ihm auch noch Licht gemacht!» Sie ging hinaus und ließ ihn verdattert im Dunkeln stehen.

«Was sagst du nun dazu?», schloss Berto.

Ario schwieg. Er atmete ein paar Mal tief durch und räusperte sich. Das neue Bild, das er sich mit einem Mal von Lidia machen sollte, erschütterte ihn. Er hatte einen Kloß im Hals.

«Also, was meinst du», fragte Berto noch einmal. «Wer kann sie gegen mich aufgehetzt haben?»

«Was?» Ario hörte nicht zu und hatte Mühe, klar zu denken. Seine Hände fühlten sich taub an, und seine Fingerkuppen kribbelten. «Wer sie gegen dich aufgehetzt haben kann?» Er fuhr aus seiner Benommenheit auf. «Niemand. Wenn du mich fragst, vermutet Lidia einfach nur, dass du es warst, der sie gesehen und verpfiffen hat. Vermutlich hat sie gehofft, dass sie dich irgendwie dazu bringen könnte, es zuzugeben.»

Sie schwiegen.

«Aber stimmt das denn überhaupt», Ario sah Berto argwöhnisch an, «was du mir die ganze Zeit über Lidia erzählst? Und hast du dir die Geschichte vor ein paar Tagen nicht bloß ausgedacht, dass sie dich gefragt hat, ob du jemals mit einer Frau *zusammen* warst, und dir gezeigt hat, wie Eneo küsst?»

Er hatte auf einmal den Verdacht, dass alles, selbst die nächtliche *Untersuchung* Lidias durch den Vater, nichts anderes waren als verrückte Phantasien Bertos. Ja, er musste sich das alles ausgedacht haben, nur um es ihm genüsslich erzählen zu können. Je mehr er darüber nachdachte und sich die gelassene und fröhliche Lidia der vergangenen Tage vor Augen führte, desto fester war er davon überzeugt, dass Berto gelogen hatte. Auch seine Wutausbrüche, neulich im Boot und heute auf dem Pier, waren nur gespielt. Er machte sich einfach einen Riesenspaß daraus, Lidia schlecht zu machen und sich mit ihm in die Haare zu kriegen.

Er sagte, was er dachte. Berto blieb gelassen. Er zuckte mit den Achseln und lachte.

«Offensichtlich war es ein Fehler, dich wie einen Mann zu behandeln.»

«Aber Lidia …»

«Ich sehe es schon kommen», Berto sah ihn böse an, «dass du eher ihr traust als mir!»

Er schwieg und schien unsicher, ob er noch etwas sagen

sollte. Dann gab er sich einen Ruck. «Du kannst dir nicht vorstellen, wie sie ist. Neulich zum Beispiel – und das habe ich dir noch gar nicht erzählt –, als ich sie gefragt habe, ob sie schon mal mit einem Mann *zusammen* war, fing sie erst an zu lachen und streckte mir die Zunge raus, und dann rief sie: ‹Nein, noch nicht! Aber sobald ich die Gelegenheit habe, tue ich es, um Papa eins auszuwischen.› – ‹Mit Eneo?›, hab ich gefragt. ‹Mit Eneo oder mit einem anderen.› – ‹Dann lieber mit Eneo›, meinte ich zu ihr. ‹Glaubst du?›, war ihre Antwort.»

Ario hörte beklommen zu. Am liebsten hätte er sich auf Berto gestürzt und wäre ihm an die Gurgel gegangen. «Hör auf! Hör auf!», wollte er schreien. «Merkst du denn nicht, dass du ein mieses Aas bist und sie Recht hat, wenn sie sagt, dass du ein mieses Aas bist?» Aber er bekam keinen Ton heraus.

«Ja, du hast Recht», sagte Berto. «Lidia vermutet nur, dass ich es war, der ihr nachspioniert und sie verpfiffen hat, und gestern Abend wollte sie sehen, ob es stimmt, und mich zum Reden bringen. Deswegen scharwenzelt sie seit Tagen um mich herum, jetzt versteh ich das …»

Ario hörte ihm nicht mehr zu. «Er ist verrückt», dachte er. «Er verstellt sich, er denkt sich alles aus.»

Kurz darauf gingen sie auseinander, und Ario war augenblicklich erleichtert. «Nein, es kann nicht sein», dachte er sich auf dem Rückweg zu seinem Ponton. «Warum habe ich das nicht von Anfang an begriffen?»

XII

Abends im Bett dachte Ario noch einmal über die aufwühlenden Ereignisse dieser Wochen nach.

Manchmal schien es ihm, als müsste alles stimmen, und ihn befiel eine Angst, die ihn ganz kopflos machte. Ein andermal war er dagegen sicher, dass Berto sich alles ausgedacht hatte, und er beruhigte sich und musste fast über sich selbst lachen. In diesen Momenten tat es ihm Leid, dass er auf die genüssliche Vorstellung der nächtlichen Untersuchung würde verzichten müssen.

«Aber nein», dachte er dann wieder, «in der Nacht, als Mama ihr nachspioniert hat, muss etwas geschehen sein. Es kann nicht nichts passiert sein. Der Betrunkene», wieder sah er Lidia im flackernden Licht der Kerze auf ihrem Bett liegen, «muss sie *untersucht* haben.» Gegen seinen Willen glaubte er schließlich einen Teil von Bertos Geschichten.

Da seine Mutter noch immer nicht zu Hause war, schlief er in der Kammer neben der Küche ein, wo seit geraumer Zeit seine Matratze lag, und wachte immer wieder auf.

Im Halbschlaf litt er bald an einem Gefühl der Bedrückung, bald wurde er von einem Wohlgefühl ergriffen. Schließlich durchdrang die Lust jede Faser seines Körpers, und ihn überkam eine angenehme, süße Wärme, in der er, ohne noch einmal aufzuwachen, versank.

Das Gemurmel von Stimmen weckte ihn auf. Auf seinem Weg zum Klo bemerkte er im Zimmer auf der anderen Seite des Geräteständers – er musste blinzeln, und sein Herz schlug heftig – einen athletischen nackten Männerkörper.

Sofort sah er sich wieder im Flur vor der Dusche auf dem Ponton der *Virtus*, neben Lidia und Berto, und hörte Eneos schmatzende Schritte auf den Planken.

«Bist du so weit?», flüsterte eine warme Stimme, die er kaum wiedererkannte.

Eneo. Wieder sah er ihn im Licht des Leuchtturms, das in diesem Moment durch die halb geschlossenen Fensterläden fiel, hinter dem Geräteständer neben dem Bett stehen.

Ario schloss die Augen. Ein Keuchen erfüllte die Dunkelheit. Etwas schrie in ihm auf.

Taumelnd und mit schmerzhaft pochenden Schläfen tastete er sich zum Schuppen mit den Segeln und Tauen vor und versuchte erst gar nicht, dabei leise zu sein. Dort sank er im ersten freien Winkel, der sich ihm bot, zu Boden.

«Eneo. Eneo ist da.» Eine rasende Abscheu erfasste ihn. Er umklammerte den Riemen, den er neben sich gefunden hatte, so fest, dass ihm die Fingernägel brachen, und musste all seine Kraft aufbieten, um nicht zu schreien, aufzuspringen und etwas zu zerschmettern.

Eneo. Seine Mutter. Er fühlte sich bloßgestellt, vor aller Augen zutiefst gedemütigt, und selbst dort im Dunkeln wäre er vor Scham am liebsten im Boden versunken.

In dieser Nacht wachte er stündlich auf, und sobald ihm alles wieder einfiel, fing sein Herz wie wild zu schlagen an.

Lange lag er zwischen Wachen und Schlafen. Er war wieder klein und stand in Bertos Küche, und er meinte unter den Blicken aller Anwesenden vor Angst vergehen zu müssen, während die Worte, die er nicht für sich hatte behalten können, noch im Raum standen: «Heute Nacht hat Mama mit einem Mann geschlafen!» Dann sah er sich, ein wenig älter, in seiner Koje gegen die Wand gekauert, und mit bebendem Kiefer und Tränen im Mund hörte er hinter dem Geräteständer eine Stimme, die er noch nie gehört hatte: «Du hast ein Söhnchen? Wer hat dir denn dieses hübsche Geschenk gemacht?»

Als er am folgenden Morgen gerade in seine Kajüte zurückgekehrt war und sich angezogen hatte, kam seine Mutter mit fahlem, verzerrtem Gesicht herein und stellte ihn zur Rede: «Da bist du ja endlich! Die ganze Nacht unterwegs gewesen, was? Du fängst früh an!» Und sie versetzte ihm zwei Ohrfeigen. «Ich möchte wetten, du treibst dich auch mit dieser Nutte herum!» Sie atmete schwer, und ihre Augen blitzten.

«Auch du machst also bis um diese Uhrzeit mit Lidia herum. Das hat sie dir wohl schon beigebracht, wie man zu Hause entwischt.»

«Glaubt sie das wirklich?», fragte sich Ario und wich ihrem Blick aus. «Ahnt sie denn nicht, wann und warum ich gegangen bin? Und selbst wenn ich mit Lidia zusammen gewesen wäre, wie kommt sie dazu, mir das vorzuwerfen?»

Nur halb angezogen, schrie die Frau ihn an: «Mit dieser Nutte, die schlimmer rumhurt als ihre Mutter! Du Idiot! Weißt du denn nicht, dass sie's schon mit allen treibt? Sich zu Hause wegschleichen und sich die ganze Nacht herumtreiben, nach allem, was ich für dich getan habe ...»

«Ist sie übergeschnappt», fragte sich Ario, «oder tut sie nur so, weil sie sich ertappt fühlt?» Und beinahe herausfordernd sah er sie direkt an.

«Ich wette, du gibst ihr auch noch Geld!», schrie sie plötzlich. Ihre vollen Brüste bebten unter dem Unterrock, und sie hatte einen blauen Fleck auf der Schulter. «Du tust schon seit einer ganzen Weile nichts mehr in die Spardose!» Sie gingen aufeinander los. Ihre üppigen, muskulösen Schenkel pressten sich gegen seinen Körper. Rücklings fiel er auf das Bett, doch er rappelte sich wieder auf und rang weiter mit ihr. «Ich muss mich beherrschen», dachte er mit zusammengebissenen Zähnen. «Ich darf sie nicht schlagen.»

«Betrüger!», zischte die Frau keuchend. Sie war fahler denn je, und ihre Augen funkelten. Ein Träger war von der Schulter gerutscht, und ihr Busen quoll hervor, doch in ihrer Wut schien sie nichts davon zu bemerken.

«Betrüger! Elender Betrüger, wie dein Vater!»

Sie hatte ihn auf das Bett zurückgeworfen. Mit ihren kräftigen Händen drückte sie ihn nieder und stemmte ihm ein Knie, das dreist unter ihrem Nachtrock hervorkam, in den Magen. Dennoch gelang es ihm, sich aus ihrem Griff herauszuwinden.

«Wag du ja nicht, von Papa zu sprechen! Sprich du ja nicht von Papa!», schrie er sie an, stürzte sich auf sie und packte sie bei den Haaren.

Doch anders als erwartet hob die Frau nicht die Hand zu ihrer Verteidigung, sie schrie auch nicht los oder wich zurück. Regungslos schien sie nur darauf zu warten, dass er sie schlug. Mit weit aufgerissenen, dunklen Augen, die in ihrem bleichen Gesicht riesig wirkten, starrte sie ihn an.

Arios Zorn verflog. Er ließ die Hände sinken und wich zurück.

Als er später allein in der Nähe des Leuchtturmes spazieren ging, wunderte er sich noch immer über ihren Ausruf: «Ich wette, du gibst ihr auch noch Geld!»

In seiner Niedergeschlagenheit waren seine Gedanken klarer denn je, verzweifelt hellsichtig und wissend, als hätte er mit einem Mal alle Geheimnisse der Welt restlos durchschaut und begriffen. Diese Tatsache erfüllte ihn mit einer bitteren Zufriedenheit.

Er wanderte auf und ab. Von Zeit zu Zeit setzte er sich auf einen Haufen Schrott oder Steine, stand aber sogleich wieder auf und ging weiter. Immer wieder blickte er sich um, ob nicht jemand auftauchte, fast so, als befürchtete er, dort auf der Wiese hinter dem Leuchtturm entdeckt zu werden.

Inzwischen war er sicher, dass alles, was Berto ihm erzählt hatte, der Wahrheit entsprach. Im unbarmherzigen Licht der Wirklichkeit ließ er noch einmal alle Szenen Revue passieren, wie er sie sich aufgrund von Bertos Erzählungen ausgemalt hatte.

Ja, es war alles wahr, eine andere Möglichkeit gab es nicht. Was er in dieser Nacht bei sich zu Hause gesehen hatte, war der Beweis, auch für das, was Berto über Lidia erzählt hatte.

Wieder musste er an seine Mutter denken, an ihren wahnsinnigen Wutausbruch an diesem Morgen, und er dachte an Eneo, wie er ihn in dieser Nacht nackt am Bett seiner Mutter gesehen hatte. Abermals schlug ihm das Herz bis zum Halse.

Bei seiner Rückkehr, die Kanone hatte bereits den Schuss zur Mittagsstunde abgefeuert, durchfuhr ihn unfreiwillig ein Gedanke, für den er sich später schämte: «Vielleicht ist es ja besser so: So wird Eneo Lidia wenigstens in Ruhe lassen.» Unwillkürlich fühlte er sich erleichtert.

«Ich hätte es wissen müssen», sagte er sich, als er bei den Pontons angekommen war und seinen Blick über die weiße Silhouette der *Virtus* wandern ließ. «Wenn Mama Lidia so nachspioniert und sie dann verraten hat, musste etwas dahinter stecken.»

Auf einmal wurde ihm alles klar. Er erinnerte sich an jede Einzelheit, wie seine Mutter zur *Virtus* hinübergesehen hatte und dann hastig verschwunden war, als sie bemerkte, dass sie von ihm ertappt worden war, er erinnerte sich an gewisse Fragen von Eneo und an die unerwartete Freundschaft, die er ihm entgegengebracht hatte.

Eneo! Er würde ihn keines Blickes mehr würdigen und kein Wort mehr mit ihm sprechen. Und welch eine Genugtuung wäre es, wenn drei oder vier der kräftigsten Ruderer, oder besser noch die ganze Mannschaft einer Achtergig, Streit mit ihm anfingen und ihn in aller Öffentlichkeit auf dem Anleger zusammenschlügen. Was für ein Spaß, ihn zu schnappen, während er gerade in seinem winzigen Badehöschen herumstolzierte, und ihn womöglich nackt auszuziehen, zu Boden zu werfen, ihn zu treten, zu demütigen, und vom anderen Ponton aus musste seine Mutter hilflos dabei zusehen.

Mit Freude bemerkte er, dass die jungen Ruderer der *Virtus*, gerade die neuen Sportler, die für die Regatten trainierten und schon besser waren als die besten der Alten, über Eneo herzogen und ihn offen und schamlos auslachten.

«Er lässt nach», sagte einer.

«Er verweichlicht», argwöhnte ein anderer.

«Er hat keinen Kampfgeist mehr», waren sich alle einig.

Andererseits verletzte es ihn auch, Eneos Ansehen derart sinken zu sehen, und unwillkürlich wünschte er, dass Eneo sich bald wieder aufrappeln und zur Schande aller wieder ganz der Alte sein würde: das bewunderte und gefürchtete Idol der *Virtus*.

Doch augenblicklich verflog dieser Wunsch wieder, und er fühlte sich von Eneo selbst auf ganz andere Art verletzt. Er genoss die Vorstellung, Eneo unter dem Spott der neuen Sportler von seinem Sockel stürzen zu sehen.

Seine Mutter verbrachte in dieser Zeit ganze Stunden allein in ihrem Schlafzimmer. Gebückt saß sie neben dem Fenster auf der Bettkante, und sobald er hereinkam, versteckte sie etwas. Schließlich sah er, was sie da tat. Sie nähte. Er erspähte auch einen Zipfel des Stoffes: rosafarbener Frottee. Er ging wieder hinaus, um sich für ihre Verlegenheit nicht genieren zu müssen.

Inzwischen vermied er es ebenso, Lidia zu begegnen.

Was er in jener Nacht im Zimmer seiner Mutter mitbekommen hatte, ließ ihn auch für sie nichts als Ekel empfinden.

Wenn er nur daran dachte, dass sie mit Eneo in die Kajüte gegangen war, packte ihn die kalte Wut. In diesen Momenten fluchte er auf seine Mutter, als sei sie verantwortlich für das, was Lidia tat, und auf alle Frauen.

Als er sich eines Tages allein auf der Galerie befand und gerade die Beschläge an den Blättern zweier alter Ruder zu befestigen versuchte, setzte sich das Mädchen neben ihn. Er tat so, als bemerke er sie nicht, und vertiefte sich in seine Arbeit.

«Ich hab schon verstanden», sagte Lidia nach einer Weile, «dass du das absichtlich tust. Wieso eigentlich? Sind wir denn nicht Freunde?»

Er hob den Kopf und sah sie an. «Nein. Das sind wir nie gewesen.»

«Ah!» Lidia versuchte zu lachen. Kurz danach stand sie pfeifend auf. «Ciao», sagte sie und ging weg.

«Hure», dachte Ario voller Groll, als hätte sie getan, was er seiner Mutter nicht verzeihen konnte. «Sie hat sich mit allen amüsiert, und jetzt, wo Eneo nichts mehr für sie übrig hat, meint sie, sie könne es mit mir versuchen.»

Er glaubte, sie verachten zu müssen, und gerade weil Eneo sie verlassen hatte, sank sie noch mehr in seiner Wertschätzung. Was zählte sie denn? Wer war sie denn überhaupt? Eine Göre, die auf den Pontons groß geworden war, die sich aufgespielt hatte und jetzt klein beigeben musste; die mit allen angebändelt hatte und nun von niemandem mehr beachtet wurde. Nun hatte Eneo sie verlassen: Er wusste es, und niemand sonst – vielleicht nicht einmal sie selbst – konnte es besser wissen. Von Eneo sitzen gelassen: Er hatte sie für ihre Eroberung so bewundert, aber jetzt war sie in seinen Augen tief, wenn nicht tiefer als je zuvor, gesunken. Für ihn war sie nun das allerletzte Mädchen im ganzen Hafen.

Ein weiteres Mal wollte sie sich neben ihn setzen, und dieses Mal tat sie ihm sogar Leid.

«Meinst du das im Ernst», fragte sie ihn lächelnd, als sie bei ihm saß, «dass du es dir nie gewünscht hast?»

«Was denn?» Lidia sah ihm lachend in die Augen, doch empfand er lediglich Mitleid und Abscheu.

«Mich zu küssen.»

«Nein», erwiderte er, und es gelang ihm nicht einmal mehr, ihre Erniedrigung auszukosten, sondern er schämte sich für sie.

Nach den letzten Ereignissen empfand er, wenn er Lidia sah, einen Ekel, der jede andere Regung lähmte. Alles an ihr erschien ihm erbärmlich, sogar abstoßend. Und selbst die nächtliche Untersuchung, deren Vorstellung ihn vor wenigen Wochen noch erregt hatte, kam ihm nun jämmerlich vor.

In diesen Tagen begegnete er ab und zu auch Eneo. Und überrascht stellte er fest, dass ihn sein Anblick nicht mehr wie in jener Nacht mit Feindseligkeit und Wut erfüllte.

Dennoch vermied er es, von ihm angesprochen zu werden. Sobald er Eneo sah, beschleunigte er seinen Schritt und schaute woanders hin.

Eines Morgens war Ario gerade damit beschäftigt, auf der Terrasse seines Pontons die Wanten des Fahnenmastes auszubessern, als er auf dem Anleger der *Virtus* ein ungewöhnliches Treiben bemerkte. Einer nach dem anderen liefen die Ruderer in den Schuppen und kamen feixend wieder heraus. Die anderen standen am Ende des Anlegers zusammen und sahen immer wieder zum Schuppen hinüber. Kaum hatte sich derjenige, der gerade hineingegangen war, wieder zu seinen Kameraden gesellt, redete er aufgeregt auf sie ein, und alle prusteten los.

«Was ist denn da los?», fragte sich Ario.

Plötzlich nahm die ganze Gruppe, als sei nichts gewesen, wieder Haltung an. Alle setzten ein ernstes Gesicht auf, und nur in ihren Augen lag noch ein boshaftes Funkeln. Einige drehten sich zum Meer, andere schlenderten davon. Doch die meisten blieben stehen und spähten erwartungsvoll zu der Schuppentür hinüber.

«Jetzt werde ich ja sehen, was los ist», dachte Ario.

Was er dann sah, versetzte ihm allerdings einen heftigen Stich.

In einem Bademantel, der ihm bis zu den Fersen reichte, trat Eneo stolz und anmaßend aus dem Schuppen. Doch was Ario geradezu unsäglich erschien, war die Farbe des Bademantels: ein zartes, blasses Mädchenrosa. Jetzt verstand er, und noch immer verspürte er ein bohrendes Stechen, warum die Ruderer gelacht hatten. Er schämte sich für Eneo, aber noch viel mehr, in einer Mischung aus Empörung und Schmerz, schämte er sich für seine Mutter, die Eneo den Mantel geschenkt haben musste (das durften sie auf dem Anleger nie erfahren!). Ein roter Bademantel hätte Eneo sicher gut gestanden, einer wie ihn der Dompteur an jenem unvergesslichen Abend im Zirkus getragen hatte: Knielang und feuerrot hatte er sich an seinen Körper geschmiegt und seine ganze Kraft zur Geltung gebracht.

In diese rosa Tunika gehüllt, schritt Eneo mit gewölbter Brust und zusammengekniffenen, ausdruckslosen Augen in einer seltsamen Stille zur Mitte des Anlegers.

In dem Moment rief ein Junge, ein kleiner Steuermann, den Ario kaum kannte, von dem er aber wusste, dass er einen griechischen Nachnamen hatte, mit lauter Stimme: «Guten Tag, Enea!», und alle brachen in höhnisches Gelächter aus.

Eneo tat so, als hätte er nichts gehört. Mit stierem Blick, steifem Nacken, die Augenbrauen unter der niedrigen Stirn eng zusammengezogen, stolzierte er auf dem Anleger mehrmals auf und ab. Dann ging er wieder auf den Schuppen zu, und von hinten erschien er Ario in seinem bodenlangen rosa Bademantel lächerlicher denn je, wie die Karikatur eines römischen Kaisers, die er im Kino gesehen hatte. Wieder musste er an seine Mutter denken, und sein Magen krampfte sich zusammen.

Während Eneo auf die Tür zuging, lief der kleine Steuermann hinter ihm her und bückte sich nach dem Saum, als wolle er ihm die Schleppe tragen. Eneo fuhr herum und warf ihm einen drohenden Blick zu.

Doch hatte er nicht mitbekommen, was hinter ihm geschah, und unter erneutem Gelächter verschwand er im Schuppen.

XIII

Eines Tages hatte ihm ein Klubmitglied ein paar Lire Trinkgeld gegeben, und Ario lief ins Haus, um sie, wie er es schon länger nicht mehr getan hatte, in seine Spardose zu stecken.

Er sah auf das Bord und traute seinen Augen nicht. Die Spardose war nicht mehr da. Später fand er die Scherben und ein paar Münzen in der Nachttischschublade seiner Mutter. Der Rest war verschwunden.

Seine Wut und Empörung richteten sich sofort gegen Eneo.

Er hatte ihn am Tag zuvor, mit dem Bademantel unter dem Arm und onduliertem, brillantineglänzendem Haar, auf dem Anleger auftauchen sehen. Während Berto das Skiff fertig machte, legte Eneo sich in die Sonne und zog mit einer nonchalanten Geste ein Päckchen mit goldumrandeten Zigaretten aus der Tasche des Bademantels.

Mit einem Mal begriff Ario. Wie mühsam hatte er dieses Geld seit seiner Kindheit zusammengespart!

Vor Wut schossen ihm fast die Tränen in die Augen. Doch dann ging ihm auf, dass diese Entdeckung, die er seiner Mutter verschweigen würde, ihn ein für alle Male der Pflicht enthob, seine Trinkgelder zu sparen. Und als Entschädigung für das, was er verloren hatte, fühlte er sich erleichtert und Herr seiner selbst. Von den nächsten Trinkgeldern würde er einen täuschend echten Revolver, eine Schreckschusspistole, kaufen und damit auf den Jahrmarkt gehen.

Berto traf er in dieser Zeit eher selten, und auch darüber war er froh. Er fürchtete, dass Berto bereits alles über Eneo und seine Mutter wusste und Andeutungen machen oder – schlimmer noch – Fragen stellen könnte. So verbrachte er seine Zeit allein auf dem Hausboot, das seine Mutter immer häufiger verließ, oder streunte, wenn er frei hatte, über die Molen und am Ufer entlang, sah den Fischern und Hafenarbeitern, den fliegenden Händlern und Straßenfotografen zu oder lief zu den Jahrmarktbuden und übte sich eifrig im Scheibenschießen. Auch Berto ließ sich bei ihm nicht mehr blicken. Seit einigen Wochen hatten sie aufgehört, zusammen zu rudern. Soweit Ario wusste, hatte Berto angefangen, frühmorgens heimlich mit dem Skiff zu trainieren, so als wolle er Eneo nacheifern. Und obwohl er sich verschlossen und misstrauisch verhielt, hatte Ario aus einigen seiner Bemerkungen heraushören können, dass er auf die Einführung einer Meisterschaft für die Jugend hoffte.

Die Zeit der großen Regatta von Neapel rückte näher, und einigen Spöttern zum Trotz richtete sich die Erwartung aller erneut auf Eneo. Endlich würde er sich mit dem Senior-Champion messen können, der seit fünf Jahren unangefochtener nationaler Meister war, und im Hinblick auf die bevorstehenden Olympischen Spiele fieberten alle Ruderhochburgen Italiens und – behauptete Berto – sogar das Ausland dem Wettkampf entgegen.

«Ihr werdet schon sehen», sagte er ständig. «Den hält keiner auf. In einem Monat ist er italienischer Meister und in einem Jahr Weltmeister. Wisst ihr noch, wie er in der ersten Regatta an allen vorbeigezogen ist und in null Komma nichts Juniormeister geworden ist?» Von seinem Idol völlig eingenommen, lief er geschäftig auf der *Virtus* umher, ohne sich um etwas anderes zu kümmern. Ario beachtete er noch weniger als sonst. Es wollte schon etwas heißen, dass er Lidia bemerkte, die in einem neuen, groß geblümten weißrosa Badeanzug und mit lackierten Fingernägeln über den Ponton spazierte.

Ario wiederum scherte sich nicht im Geringsten um Berto: weder um ihn noch um sonst jemanden. Ernst, fast abweisend hing er seinen Gedanken nach und wollte einfach bloß in Ruhe gelassen werden. Selbst das Rudern war ihm gleichgültig geworden. Ruderer werden, und dann? Nein, es interessierte ihn nicht mehr.

Manchmal sah er auf das offene Meer jenseits der Hafeneinfahrt hinaus, beobachtete die einlaufenden Schiffe und versuchte seltsam erregt, ihre Flaggen zu erkennen. Ja, das war es, was er wollte: irgendwo anheuern und fortgehen. Und wie früher musste er an seinen Vater denken.

Fortgehen, nie mehr wiederkommen. Es schien ihm, als warte sein Vater dort drüben, jenseits des Ozeans, noch immer auf ihn. Dort würden sie sich eines Tages in einer riesengroßen Stadt mit Häusern, die bis zum Himmel reichten, wiedertreffen.

Er dachte an das Meer und an seinen Vater, jedoch nicht wie früher voller Abenteuerlust und freudiger Erwartung. Sein Traum vom Fortgehen barg jetzt etwas Bedeutsameres, Schwermütigeres. Und ihm war, als müsste sein Vater damals, vor vielen Jahren, genauso empfunden haben. Unter dem Vorwand, die Ruderer zur Regatta von San Francisco zu begleiten, war er – Ario wusste und fühlte es – nicht nach Amerika gegangen, um ein besseres Leben zu suchen, sondern einfach nur, um fortzugehen, etwas hinter sich zu lassen, sich zu befreien und nie mehr wiederzukommen.

Auch er würde sich – und allein bei dem Gedanken machte sein Herz einen Sprung – bald einschiffen und davonmachen, als blinder Passagier, egal ob im Laderaum, im Kohlenbunker oder zwischen den Maschinen versteckt. Hauptsache, auf nach Amerika. Und sein Geheimnis für sich behalten, bis es so weit war.

Berto beobachtete ihn schon seit Tagen heimlich, als müsse er ihm etwas sagen und könne sich nicht dazu entschließen; eines Abends winkte er ihn kurz vor dem Abendbrot zu sich auf die Galerie.

Ario spürte, wie ihm heiß und dann kalt wurde. «Jetzt ist es so weit!», dachte er. «Das musste ja kommen.» Sein Herz schlug heftig gegen die Rippen, und er bekam kaum Luft. Nicht hingehen? Nein, das machte alles noch schlimmer. Aber was könnte er Berto sagen? Alles abstreiten, einschnappen, wütend werden und so tun, als hätte er keine Ahnung? Oder sollte er schweigen und ihm zu verstehen geben, dass er Bescheid wusste?

Völlig benommen ging er zur *Virtus* hinüber. Als er seinen Fuß auf die Gangway des Pontons setzte, wo Berto noch immer auf ihn wartete, hatte er das verzweifelte Gefühl eines Menschen, der den einzig ihm möglichen Weg einschlägt, wohl wissend, dass es kein Zurück gibt.

«Was gibt's?», fragte er heiser, als er Berto gegenüberstand. Dabei hatte er das Gefühl, er fordere ihn auf, ihm einen Knüppel über den Schädel zu ziehen. «Eneo, Mama», dachte er immer wieder. «Jetzt wird er mich fragen, ob ich davon weiß, und mir alles erzählen.»

«Warte», antwortete Berto, sah sich nach allen Seiten um, ging zur Tür, die auf die Galerie führte, und gab ihm ein Zeichen, ihm zu folgen.

«Ich muss dir etwas erzählen», wandte er sich beim Eintreten zu Ario um, «worauf du nicht einmal im Traum kommen würdest!» Seine Augen funkelten verschwörerisch.

«Was denn?»

Als sie in den Gang einbogen, der in die Diele vor der Dusche mündete, sah sich Berto abermals um, legte den Finger auf die Lippen, flüsterte «warte» und schlich weiter.

Ario spürte, wie sich etwas in ihm sträubte, und blieb stehen. «Na komm schon, sag's mir!»

Mit weit aufgerissenen Augen fuhr Berto herum. «Psst!», zischte er. «Wenn du nicht mitkommst … Aber du wirst schon sehen! Du wirst Augen machen!»

«Ich weiß doch schon alles», wollte Ario schreien. «Und es ist mir wurscht. Lass mich in Ruhe.»

«Gleich erzähl ich's dir», flüsterte Berto und schlich weiter. «Dein Gesicht will ich sehen, wenn du es erfährst. Ich wäre nie im …»

Ario wurde wütend.

«Ich weiß es doch. Ich weiß es längst. Und es ist mir völlig egal, verstehst du? Völlig egal!», konnte er sich gerade noch verkneifen herauszuschreien. Ihm war heiß, und er hatte einen Kloß im Hals. «Warum verpasse ich ihm nicht einfach eine?», dachte er. «Warum stürze ich mich nicht auf ihn und polier ihm die Fresse, diesem miesen, feigen Drecksack?»

«Nie im Leben», sagte Berto, und seine Stimme klang merkwürdig, «wäre ich darauf gekommen.» Wieder drehte er sich um und sah ihn an. Sie hatten die Diele erreicht, in der es fast vollkommen dunkel war. Berto blieb stehen und lehnte sich mit dem Rücken gegen eine Tonne voller Putzwasser, mit dem die Planken in der Abstellkammer geschrubbt wurden. In der Dunkelheit waren nur seine Augen zu sehen.

Er schwieg eine Weile. «Findest du», fing er schließlich an, und seine Stimme klang tief und feierlich, «dass Lidia mir ähnlich sieht?»

«Was für ein albernes Theater», wunderte sich Ario, «bloß um mir etwas zu sagen?»

«Na klar!», antwortete er. «Obwohl», verbesserte er sich sofort, «nicht besonders. Aber ein bisschen schon!»

«Siehst du, du sagst es auch. Trotzdem ...»

«Was druckst er so herum?», lächelte Ario in sich hinein.

«Und trotzdem ...?», fragte er spöttisch. «Hat Eneo dir vielleicht gesagt ...»

«Ach, Quatsch! Eneo hat damit nichts zu tun.»

Wieder schwieg Berto und starrte ihn an. Ario sah woanders hin.

«Es geht um Lidia. Sie hat es mir gesagt.»

«Was hat sie dir denn gesagt?»

«Dass sie nicht meine Schwester ist.»

Verdutzt sah Ario ihn an. Darum ging es also? Er war enttäuscht und zugleich erleichtert und hatte Mühe, einen klaren Gedanken zu fassen. Noch immer starrte er Berto argwöhnisch an, der mit leuchtenden, fast irren Augen an seinen Lippen hing. Hatte er ihn etwas gefragt?

«Wie?», fragte Ario.

«Hast du ...», Berto ließ ihn nicht aus den Augen, «es etwa schon gewusst?»

«Nein, Berto hat nichts mitbekommen. Und er darf auch nichts davon erfahren», dachte Ario. Dann nickte er.

«Du hast es gewusst?», rief Berto verdattert. «Aber woher denn? Hat deine Mutter etwa ...»

«Was sagst du?» Ario zuckte verwirrt zusammen. «Ja, ja», nickte er sofort wieder unwillkürlich.

«Ach so!», gab Berto zurück. «Dann wissen es also alle. Und du hast es mir nie gesagt!»

«Sie ist nicht seine Schwester. Lidia ist nicht seine Schwester», wiederholte Ario ständig und wachte aus seiner Erstarrung auf, während sie zurück auf die Galerie gingen.

Plötzlich blieb er stehen und packte Berto am Arm.

«Aber was redest du denn da? Was soll das heißen?»

«Nichts. Nicht mehr als das, was sie mir erzählt hat: Dass sie nicht meine Schwester ist.»

«Was meinst du denn damit?»

«Was ich dir gesagt habe. Sie ist nicht die Tochter meines Vaters, meine Mutter hat sie von einem anderen bekommen. Aber du ...»

«Von einem anderen?» Ario spürte, wie er plötzlich den Halt verlor. «Du bist ja verrückt!», rief er. Noch immer hielt er Bertos Arm fest und schüttelte ihn. «Du bist ja verrückt! Was redest du denn da?»

«Aber es stimmt. Und du ...»

Ario versetzte ihm zwei heftige Ohrfeigen. Nachdem sie sich geprügelt und wieder versöhnt hatten, berichtete ihm Berto alles. Lidia war – sagte er – die Tochter des ersten Mannes seiner Mutter. Er war gestorben, und dann hatte sie wieder geheiratet.

«Warum», fragte Berto wieder, «hast du mir nicht gesagt, dass du es wusstest?»

«Habe ich das behauptet? Ich?»

«Na, klar. Vorhin.»

Ohne es zu merken, waren sie in die dunkle Diele zurückgekehrt.

«Und weißt du, was Lidia mir gesagt hat?», fragte Berto, als er wieder mit dem Rücken an der Tonne lehnte.

«Was?»

«Dass mein Vater in der bestimmten Nacht kein Recht hatte, sie zu *untersuchen*, weil sie gar nicht seine Tochter ist. Und wir sollten uns davor hüten, es noch mal zu versuchen. Das würde sie niemals mehr zulassen.»

«Moment mal», fragte Ario stockend, «ihr redet noch immer darüber?»

«Vor ein paar Tagen haben wir davon gesprochen. Sie hat damit angefangen, und so kam es, dass sie mir alles erzählt hat. Ich wusste bis dahin gar nicht, dass Mama Witwe war und Lidia nicht meine richtige Schwester ist.»

«Ob das wohl stimmt?», fragte sich Ario auf dem Rückweg zu seinem Ponton. Oder war das wieder so ein Hirngespinst von Berto, schließlich kam dieser durchgedrehte Verrückte jede Woche mit einer neuen unglaublichen Geschichte an. Und wenn er sich die Geschichte nicht ausgedacht hatte, konnte es dann womöglich eine Erfindung von Lidia sein?

Er schwor sich, die Sache ein für alle Mal auf sich beruhen zu lassen.

Einige Tage später stieß er zufällig im Flur vor der Dusche auf Eneo.

Einen Moment lang sahen sie sich an, und beinahe hätte Ario ihn gefragt, ob es wahr sei, was Berto ihm von Lidia erzählt hatte. Doch die Art und Weise, wie Eneo ihn anblickte, hielt ihn davon ab. Mit Pupillen, die zwischen den halb geschlossenen Lidern wie zwei leuchtende Schlitze aussahen, fixierte er ihn und ließ dann seinen Blick blitzschnell von oben nach unten gleiten. Ario, der nur in Badehose dastand, fühlte sich unwohl. Im Freien hatte Eneo ihn noch nie so angesehen, und das Merkwürdige war, dass er jetzt, obwohl er ihn so eindringlich gemustert hatte, erhobenen Hauptes in seiner athletischen Nacktheit ohne Gruß an ihm vorüberging.

Nach diesem Zusammentreffen hatte Ario ein mulmiges Gefühl. Erst als er sich wieder an der Luft und in der Sonne unter den Ruderern auf dem Anleger befand, beruhigte er sich und war froh, Eneo nicht angesprochen zu haben. «Was soll's», dachte er, «was kann er schon über Lidias Vater wissen?»

Zu seiner eigenen Überraschung fand er eines Tages den Mut, mit seiner Mutter darüber zu sprechen. «Die und Witwe?» Breitbeinig baute sich die Frau mitten in der Küche auf, verzog ihren großen Mund und lachte schallend. «Von wegen Witwe. 'ne Hure war sie, auch wenn sie jetzt so scheinheilig tut. Und als sie sich diesen Schlappschwanz von Ehemann geangelt hat, da hatte sie Lidia bereits von was weiß ich wem.»

Es stimmte also. Die Wahrheit auf diese Weise von seiner Mutter zu erfahren, machte auf Ario beinahe mehr Eindruck als Bertos Enthüllungen.

«Da hatte sie Lidia schon von was weiß ich wem ...» Ständig klangen ihm diese Worte im Ohr, und es gelang ihm nicht, die Stimme in ihm zum Schweigen zu bringen.

Je mehr Zeit verging, desto mehr beschäftigte ihn dieser Gedanke, besonders nachts. Erst allmählich beruhigte er sich und war über diese Entdeckung beinahe erleichtert. Er dachte an den längst vergangenen Tag in seiner Kindheit zurück, als Lidia ihn zu sich auf die *Virtus* gerufen und ihm im dunklen Kämmerchen eröffnet hatte, dass auch er einen Vater habe, der nach Amerika *abgehauen* sei. «Auch wenn mein Vater *abgehauen* ist, so weiß sie nicht einmal, wer ihr Vater ist.» Jetzt waren sie quitt. Tag und Nacht dachte er über alles nach, was er inzwischen wusste: Lidia, Berto und die gemeinsam verbrachten Jahre erschienen ihm mit einem Mal in einem völlig anderen Licht. An die beiden und an ihre Mutter zu denken, die Lidia von einem anderen hatte, dieses ganze verborgene Leben aufzudecken, kam ihm vor, als starre er wie gebannt in ein Wasser, das immer tiefer wurde, je länger man es betrachtete.

Gelegentlich gelang es ihm, sich loszureißen und Abstand zu gewinnen, dann fiel es ihm schwer zu glauben, dass die Geschichte von Lidia und alles andere wirklich stimmte.

Nein, es konnte nicht wahr sein: Es war nur ein Albtraum, eine Erfindung von Berto und von seiner Mutter.

XIV

Die Regatta von Neapel rückte näher, und Eneos Name war in aller Munde. Doch keiner bekam ihn zu Gesicht. Berto behauptete, dass er frühmorgens trainiere, wenn noch niemand auf der *Virtus* sei, und tagsüber Ruhe halte, um sich zu schonen.

Nichts wünschte Berto sehnlicher, als Eneo nach Neapel zu begleiten. Er behauptete, ihm beim Zurechtmachen des Skiffs unentbehrlich zu sein, und vertraute Ario an, dass ihm die Direktion diese Aufgabe übertragen habe.

«Bei der Rückkehr will ich den Pokal tragen. Kannst du ihn dir vorstellen?»

«Wen?»

«Den Pokal.»

«Ach so!», gab Ario zurück. «Wie sieht er denn aus?»

«Großartig, du wirst sehen. Er ist aus Silber, mit etwas Gold.»

Schließlich war der Tag vor der Abreise gekommen, und erst da wurde bekannt, dass Eneo vom Sekretär der *Virtus* begleitet werden sollte sowie einem der älteren Ruderer, einem «Profi», der an allen Regatten der letzten Jahre teilgenommen hatte; sie würden nach Neapel vorausfahren.

Von Berto war nicht die Rede.

Er war auf die Terrasse der *Virtus* gelaufen, um besser sehen und allein sein zu können; von dort verfolgte er mit feuchten Augen die Abfahrt des Skiffs. Bis spät in die Nacht hatte er es ein letztes Mal poliert und auf Hochglanz gebracht, dann war es nach allen Regeln der Kunst verpackt worden, und nun trugen es die Ruderer mit erhobenen Armen über die Gangway und luden es auf einen Lieferwagen, der am Kai wartete und (dies war ein unvergesslicher Moment) unter zahlreichen Glückwunschrufen losfuhr.

Nicht nur von der *Virtus*, sondern von allen Hausbooten jubelten die Menschen ihm zu. Selbst auf den Schonern und Schleppern sah man Hände, Mützen und Taschentücher winken. Es ging nicht mehr allein um die *Virtus*, sondern um die ganze Stadt, ja die ganze Region, und sogar die Ruderer der gegnerischen Vereine und mit ihnen der gesamte Hafen verbrüderten sich in der Gewissheit des Sieges.

In diesem Moment sah Ario zu Berto hinüber. Aufrecht stand er an der Brüstung, die Augen voller Tränen. Eine Mischung aus Rührung und Verzweiflung musste ihn dabei überkommen haben, das Skiff abfahren zu sehen und selbst nicht mit zu dürfen. Auch als die anderen johlten und jubelten, stand er reglos und stumm, fast versteinert da (doch Ario bemerkte, dass ihm das Kinn zitterte), und erst als der Lieferwagen in Richtung Bahnhof hinter der Fischhalle verschwand, hob er kurz die Hand und winkte, als nähme er von einem Menschen Abschied.

Ario stieg von der Terrasse und ging ihm entgegen. Er fühlte sich von Herzen mit seinem Freund solidarisch und platzte vor Empörung über die Direktion der *Virtus*:

«Das war ein Fehler, dich nicht mitfahren zu lassen», rief er stürmisch, sobald sie beieinander angelangt waren, und sah Berto in die Augen. «Ich glaube … Naja, ohne dich», unterbrach er sich, «werden sie kein Glück haben. Du wirst schon sehen.»

«Sag das nicht.» Berto ballte die rechte Hand zur Faust und streckte beschwörend den kleinen und den Zeigefinger aus. «Eneo muss gewinnen. Und er wird auch gewinnen.»

In diesen Tagen fühlte Ario sich ebenso mit Lidia verbunden. Auf eine andere Art als mit Berto und mit einer tieferen, fast bangen Ergriffenheit, deren Ursprung in seiner frühesten Kindheit liegen musste. Zwar waren sie keine Waisen, aber sie hatten beide keinen Vater mehr. Er spürte, dass dadurch zwischen ihnen ein tiefes, geheimnisvolles Band bestand, von dem keiner etwas ahnte: fast als seien sie Geschwister. Es gelang ihm nicht mehr, mit Groll an sie zu denken wie noch wenige Tage zuvor.

Alle Feindseligkeit, alle Bitterkeit und Verachtung waren verflogen. Er empfand nur noch Zärtlichkeit für sie und versuchte, sie in allem zu verstehen. Lidia war ein Opfer: ein Opfer ihres zweiten Vaters, ihrer Mutter, nun auch Eneos und sogar Bertos. Doch jetzt klärte sich alles auf. Er würde sie beschützen und verteidigen. Und er würde ihr viele Dinge zeigen und erklären. Sie würden sich gegenseitig helfen. «Wenn ich nach Amerika gehe», dachte er entschlossen, «wäre es schön, wenn wir zusammen fortgingen. Ja, wir werden zusammen fortgehen.»

Schließlich war der Tag der Regatta von Neapel gekommen. Im Festsaal der *Virtus*, der im ersten Stock über dem Bootsschuppen lag, drängte sich eine wachsende Gruppe von Ruderern und Vereinsmitgliedern um ein Radio. Alle waren da. Selbst die Mannschaft des Achters, der in einer Woche zu der Regatta nach Como aufbrechen sollte, und die übrigen Ruderer, die sich bis vor wenigen Tagen noch einen Spaß daraus gemacht hatten, Eneo aufzuziehen. Sogar der kleine Steuermann, der so getan hatte, als wolle er ihm die

Schleppe tragen, war gekommen. Und alle redeten nur über ihn, über Eneo, voller Stolz und banger Erwartung.

«Wir sind ein kleiner Verein», sagten sie. «Aber jetzt werden wir's ihnen zeigen. Was für eine Überraschung, was für ein Triumph!» Spätestens in einem Jahr wäre die *Virtus* berühmt.

«Zur Olympiade», rief einer, und ein Jubeln ging durch den Saal, «müssen wir dann alle Eneo begleiten.»

Plötzlich wurde es still. Der Präsident kam herein. Lächelnd und grüßend durchquerte er den Raum und ging zum Radio. «Liebe Freunde ...», sagte er mehrmals und forderte dabei mit wiederholten Gesten zum Hinsetzen auf, obwohl es nicht genügend Stühle gab.

Als er in einem Korbsessel neben dem Radio Platz genommen hatte, rief er: «Dies wird ein großer Tag. Ich habe immer an Sigòn geglaubt.» Die meisten reagierten verblüfft, denn merkwürdigerweise kannte keiner Eneos Nachnamen. Alle nannten ihn Eneo, einfach nur Eneo.

Dann schaltete der Präsident das Radio ein, und ein Sprecher gab aus Neapel die gegeneinander antretenden Vereine und Sportler bekannt.

Ario ging hinaus. Es ärgerte ihn, dass alle so viel Aufhebens um diesen Angeber Eneo machten, obwohl er natürlich auch neugierig auf den Ausgang der Meisterschaft war. Er wollte sich unterdessen lieber mit Lidia treffen, die er drinnen nicht entdeckt hatte.

Suchend schlenderte er über die Galerien und Terrassen, überquerte den Anleger und warf einen Blick in den Schuppen. Der Ponton war verlassen und Lidia nirgendwo zu sehen. Er ging auf die untere Galerie zurück und spähte durch die Fenster des Wohnraumes, ob Lidia vielleicht dort sei.

Nichts.

Als hätte das Mädchen ihn versetzt, kehrte er missmutig in den Saal zurück. Das Durcheinander und der Lärm, der ihm entgegenschlug, ließen keinen Zweifel. Irgendetwas war passiert.

In der Mitte des Raumes stand unter großem Geschrei und Geschubse eine aufgeregte Menschentraube, und überall bildeten sich neue Grüppchen. Jeder wollte sich Gehör verschaffen, und alle versuchten, sich vorzudrängeln.

Als der Lärm sich legte, ertönte eine heisere Stimme: «Er ist ein Schwein! Ich hab's gewusst, dass er ein Schwein ist! Das habt ihr jetzt davon, aber ihr wart ja alle so verrückt nach ihm!»

Bertos Vater stand inmitten der wogenden Menge in der Mitte des Saales. «Eneo sollte bestraft werden! Ich wüsste schon, was für eine Strafe er verdient hat ...», rief er.

«Na, dann lass mal hören!»

Er machte eine Geste, als würde er jemandem etwas abschneiden. «Und dann», setzte er hinzu, während der Lärm ringsherum wieder anschwoll, «ab in die Sixtinische Kapelle!»

Ario entdeckte Berto, der blass in einer Ecke stand. Er versuchte, zu ihm hinüberzugelangen, um zu erfahren, was passiert war, doch als er sich zwischen den völlig aufgebrachten Menschen hindurchgezwängt hatte, war Berto fort. Er suchte ihn überall. Doch er blieb verschwunden.

Es spielte auch keine Rolle mehr; was hätte er von ihm noch erfahren können? Schon als er beim Hereinkommen das Durcheinander gesehen hatte, war ihm sofort klar gewesen: «Eneo hat verloren.»

Einen Moment lang erfüllte es ihn mit tiefer Genugtuung, dann überwogen eher dumpfe Ratlosigkeit und Leere. «Eneo hat verloren», dachte er immer wieder ungläubig. «Verloren.»

Schließlich freute er sich für Berto. «Na bitte», sagte er sich, «sie hatten kein Glück.» Sicher wäre alles anders gekommen, wenn sie Berto nach Neapel geschickt hätten. Er stellte sich den Sekretär der *Virtus* vor, diesen spindeldürren, bebrillten Schwachkopf, der zu nichts nütze war, einem dauernd im Weg stand und allen auf die Nerven fiel; und den alten Ruderer, der stets einfältig lächelte und seine gute Laune zur Schau trug.

Doch dann sah er Berto wieder vor sich, wie er bleich in der Ecke gestanden hatte. Er begriff, dass Berto litt, für ihn war eine Welt zusammengebrochen, und obwohl Ario sich über Eneos Niederlage freute, bedrückte ihn das.

Plötzlich stand der kleine Steuermann vor ihm. Warum sah er ihn so an? Er hatte sich breitbeinig vor Ario aufgepflanzt und blickte ihn mit einem spöttischen, fast herausfordernden Glitzern in den Augen an.

«Tolle Leistung, was?»

«Eine echte Blamage», sagte Ario und wurde gegen seinen Willen rot. «Erst die ganze Aufregung, und dann so eine Niederlage!»

Der Junge schien mit Arios Antwort zufrieden zu sein, wirkte aber dennoch ein wenig überrascht, dass er über Eneo herzog.

«Aber er hat doch gar nicht verloren!», sagte er.

«Wie, er hat nicht verloren?»

«Er hat nicht verloren. Weißt du das denn nicht? Hast du denn kein Radio gehört?»

«Wie, er hat nicht verloren?», fragte Ario zögernd, fühlte,

wie er von neuem errötete und unruhig wurde. «Aber wenn doch alle ...»

«Ich sage doch, er hat nicht verloren. Wo bist du denn bloß gewesen? Er hat nicht teilgenommen. Die Regatta hat ohne ihn stattgefunden. Und deshalb ...»

Es war ihm unmöglich auszureden. Ein paar Ruderer hatten Ario entdeckt und kamen laut rufend auf ihn zu: «He, du! Du bist doch sein Freund. Dann klär uns doch mal auf: Ist er nach Neapel gefahren, um das Rennen mitzumachen, oder ...»

«Ach Quatsch! Hör doch auf!», schrien die anderen. «Das war bestimmt kein Trick. Er soll uns lieber sagen, ob er bei der Abfahrt noch in Form war oder sich da schon schlecht gefühlt hat.»

Erhitzt und zerzaust, als hätten sie sich geprügelt, standen sie vor Ario und starrten ihn mit erwartungsvollen Augen an, in denen fast etwas Bedrohliches lag.

«Ich bin nicht sein Freund!» Ario war blass geworden, jedoch nicht vor Angst, sondern vor Aufregung und Wut.

«Wie, du bist nicht sein Freund?», fragte einer. «Aber ich hab doch gesehen, wie du sein Skiff geputzt und poliert hast!»

«Nein!», schrie Ario. «Ich habe ihm nie das Skiff poliert. Noch nie!» Er war noch blasser geworden und zitterte.

Er sah, wie der kleine Steuermann den Hals reckte, um jemandem aus der Gruppe etwas zuzuflüstern; ihm schien es derjenige zu sein, der gerufen hatte, er hätte ihn beim Polieren des Skiffs gesehen. Dieser beugte sich mit gerunzelter Stirn zu dem Jungen hinunter.

«Na und?» Er zuckte die Achseln. «Ob er oder Berto, was macht das schon?»

Wieder redeten alle auf Ario ein.

«Lasst ihn doch in Ruhe!», rief einer. «Was soll der schon wissen!»

Sie wandten sich ab und schlenderten davon.

«Habt ihr gehört, wie er geschrien hat, dass er nicht Eneos Freund ist?», meinte einer. «Da vergöttern sie einen Sportler, und kaum kommt es zu einem kleinen Zwischenfall, verleugnen sie ihn. Das sind mir vielleicht welche!»

«Tja», pflichteten die anderen ihm bei, «so ist sie, die Jugend von heute.»

Ario packte die Wut. «Ihr Idioten!», rief er. «Was glaubt ihr eigentlich, mit wem ihr es zu tun habt?»

Verblüfft drehten sich alle um und starrten ihn an. Während die anderen noch verunsichert herumstanden, machte einer von ihnen plötzlich einen Schritt nach vorn.

«Ja, Idioten seid ihr, nichts anderes! Und Feiglinge!», wiederholte Ario kühn. «Und Eneo, der die *Virtus* verraten hat, ist auch einer von euch. Wartet bloß ab», ihm wurde ganz schwindelig vor Stolz und Zorn, die ihn über sich selbst hinaustrugen, «wir werden es euch schon noch zeigen!»

Mit trotziger Überzeugung sah er sich zusammen mit Berto schon als Sieger im Zweier ohne Steuermann. Italienischer Meister, ja Weltmeister.

Er würde gewinnen. Er würde ein Held sein, das glaubte er genauso fest wie damals, als er einen Moment lang dachte, vor den Augen der aufgebrachten Zuschauer den Dompteur gerettet zu haben.

Noch ehe er geendet hatte, hob in der Gruppe ein tiefes Gemurmel an; man lächelte mitleidig mit ihm, sonst gab es keine Reaktion. Ario hatte den Eindruck – wie sie so durchtrainiert, breitschultrig und kräftig vor ihm standen –, als genüge allein sein Blick, ihnen einen Peitschenhieb zu versetzen, sie zu bändigen und in die Schranken zu weisen.

Nur einer von ihnen verhielt sich still und sah ihn feindselig an. Ein magerer Junge mit schiefen Schultern und schwarzen, stechenden Augen, derselbe, der einen Schritt auf ihn zugemacht hatte. Er schien der Schwächste der Gruppe zu sein und war vielleicht nicht einmal ein Ruderer. Er antwortete als Einziger.

«Ihr?», fragte er mit verzerrtem Gesicht und lief rot an. «Aber ihr seid doch nur Eneos Stiefellecker!»

Plötzlich erkannte Ario ihn wieder. Es war derjenige, der ihn verteidigt und gerufen hatte: «Lasst ihn doch in Ruhe! Was soll der schon wissen?»

«Ich werd's ihm zeigen, dass ich mehr weiß als sie alle zusammen», dachte er und lachte seinem Gegenüber herausfordernd ins Gesicht.

«Ich und Eneo die Stiefel lecken? Aber er ist doch euer Idol, das Idol der *Virtus*, und ich gehöre noch nicht einmal zur *Virtus*, sondern zum Segelverein! Was kümmern er oder eure Regatten mich? Für mich ist Eneo ein Ruderer», und er verzog den Mund, «wie alle anderen auch, aber eigentlich ist er noch bekloppter, weil er sich für wer weiß wen hält.»

Er hatte in einem Atemzug gesprochen. Er schwieg, während ihn die anderen verdattert anstarrten. «An seine Stärke habe ich nie geglaubt.»

Eine Bewegung, ein Raunen gingen durch die Gruppe.

«An seine Stärke», beharrte Ario, «habe ich nie geglaubt. Ihr werdet ja sehen, ob ich Recht behalte. Letztes Jahr hat er durch Zufall gewonnen. Und außerdem, ob er nun stark ist oder nicht, es war doch sonnenklar, dass er keine Lust hatte, ins Rennen zu gehen!»

Fast schämte er sich, so über Eneo zu sprechen und ihn vor allen bloßzustellen. «Eigentlich», dachte er, «ist er trotzdem noch besser als alle anderen.» Außerdem zitterte er bei dem Gedanken, dass jemand von seiner Mutter wissen und irgendwelche Anspielungen machen könnte, doch inzwischen war es für einen Rückzug bereits zu spät.

Eine leise Unruhe, eine letzte Scheu hielten ihn dennoch zurück.

In dem Moment kam Bertos Vater aus dem Saal. Er schien sich inzwischen ausgetobt zu haben. Doch als er auf der Schwelle stand, hörte Ario ihn rufen: «Die Sixtinische Kapelle! Das tut Not! Ich möchte wetten, er hat nicht nur ordentlich gesoffen, sondern auch noch rumgehurt ... Von wegen Wettkampf!»

«Das ist nicht Lidias Vater», musste Ario unwillkürlich denken. «Lidia ist die Tochter eines anderen und musste in seinem Haus leben.»

All seine dunkelsten und verborgensten Erinnerungen, Bertos schamlose Enthüllungen und die Entdeckung, die er selbst vor einigen Nächten im Schlafzimmer seiner Mutter gemacht hatte, schlugen auf einmal mit ganzer Wucht über ihm zusammen. Er hatte das Gefühl, das Bewusstsein zu verlieren. Ihm wurde schwindelig, und ein Bild – Eneo im Schlafzimmer – ließ alle anderen verblassen.

Nun hielt ihn nichts mehr zurück, und er platzte heraus: «Ja, ich habe nie an Eneo geglaubt und werde auch nie an ihn glauben. Seht ihr denn nicht, dass er sich ein schönes Leben machen und bloß ein feiner Herr werden will? Der Sport ist doch nur ein Vorwand, um eine Schau abzuziehen. Ihr Idioten, der sucht doch nur», er zögerte kurz, dann schloss er die Augen und mit einem Gefühl, als stürze er sich kopfüber ins

Leere, schrie er, «der sucht doch nur eine Millionärin, die ihn aushält! Das sucht er.»

Die Ruderer gaben keine Widerrede. Schweigend starrten sie ihn an. Alle, selbst der Magere, waren verstummt und machten ernste Gesichter.

Ja, das war es, worauf Eneo aus war: Leben wie die Made im Speck.

Einige Sekunden lang war er wie berauscht. Er würde sie besiegen, Eneo, die Ruderer, alle. Und im Überschwang des Augenblicks kam es ihm vor, als sei dies seine überwältigende, triumphale Revanche. Doch sofort wurde seinem Höhenflug ein abruptes Ende bereitet.

«Arioo! Arioo!», schallte es vom benachbarten Ponton herüber. Seine Mutter. Er hatte plötzlich einen schalen Geschmack im Mund.

«Ich muss nach Hause», dachte er. Obwohl Eneo fort war, ging die Frau jeden Nachmittag aus. Stets zur gleichen Zeit zog sie Hosen und Arbeitskittel aus und verließ in einem leichten Sommerkleid, unter dem ihre kräftigen, nackten Beine hervorschauten, den Ponton, wo sie Ario nach dem Rechten sehen ließ; er half dann den Klubmitgliedern beim Losbinden und Festmachen der kleinen Yachten, Jollen und Dinghis auf dem Anleger und ging ihnen mit der Garderobe zur Hand.

«Arioo! Arioo!», hörte man sie wieder rufen.

Sein Gesicht hatte sich verdüstert, aber er ließ sich nicht beirren. Er nickte den jungen Ruderern zu und ging.

Auf der Gangway wandte er sich noch einmal blitzschnell zu ihnen um. «Und denkt dran», rief er, «ich habe ihm niemals das Skiff poliert!»

XV

Die Rückkehr des Sekretärs und des Ruderers aus Neapel sorgte abermals für eine Überraschung.

Die beiden waren die ganze Nacht unterwegs gewesen, und kaum waren sie am folgenden Morgen angekommen, stürzten sie sich sogleich in ein Taxi und fuhren zur *Virtus*.

«Eneo! Wo ist Eneo?», rief der Sekretär, noch bevor der Wagen hielt, Bertos Vater zu, der den Motor gehört hatte und sich aus dem Fenster lehnte. Während das Taxi am Steg wartete, hastete er gefolgt vom Ruderer in das Direktionszimmer, um mit dem Präsidenten zu telefonieren.

«Was ist passiert?», fragte Ario Berto später.

«Keiner weiß, wo Eneo steckt.» Berto schaute woandershin, um Arios Blick auszuweichen.

«Wie? War er denn nicht in Neapel?»

«Anscheinend nicht», sagte Berto knapp und ging.

«Wie, ‹anscheinend nicht›?» Ario lief ihm nach. «Sind sie denn nicht zusammen nach Neapel gefahren: er, der Sekretär und der Ruderer?»

«Nein, sind sie nicht. Geh mir bloß nicht auf die Nerven: Du weißt ganz genau, dass die beiden ein paar Tage eher mit dem Skiff losgefahren sind. In Neapel», Berto hob den Kopf und sah ihn mit großen, ernsten und erstaunten Augen an, in denen etwas Fragendes lag, als könnte Ario ihm eine Erklärung geben, «haben sie alle Züge abgepasst und alle Hotels angerufen, bis zum Schluss, selbst als die Regatta schon vorbei war. Aber Eneo ist nicht aufgetaucht, sagen sie.»

«Und jetzt?»

«Jetzt suchen sie ihn hier. Aber es hat ihn niemand hier gesehen, weder im Hafen noch in der Stadt, auch heute nicht. Der Sekretär hat schon bei der Reederei angerufen, aber die sagen, dass Sigòn in Urlaub ist.»

Beim Sprechen war Berto ganz aufgeregt geworden, doch als bereue er es auf einmal, hielt er inne und blinzelte Ario verstohlen an. Dann wandte er sich abermals zum Gehen.

«Ich glaube», sagte er und sah zu Boden, «dass ihm nichts wirklich Schlimmes, aber etwas Ernstes zugestoßen sein muss.» Und mit diesen Worten verschwand er im dunklen Flur, der zur Dusche führte.

Lidia streifte an einem dieser Tage in einem himmelblauen kurzen Kleidchen über die Galerien. Sie schien ganz mit sich selbst beschäftigt und schenkte niemandem Beachtung. Sie kam Ario schlanker vor, auch ihr Gesicht erschien ihm schmaler, gerade so, als wäre von ihren Bewegungen bis zu den gepflegten Händen alles an ihr graziler geworden.

«Ja», dachte er, «sie ist wirklich von einem anderen Schlag als Berto, fast so, als käme sie aus gutem Hause.» Er folgte ihr mit den Augen.

Er wünschte sich, wie früher wieder mehr Zeit mit ihr zu verbringen. Doch wenn sich ihre Wege kreuzten, grüßte Lidia ihn nur mit einem winzigen Kopfnicken und einem Lächeln, das weniger auf ihren Lippen als in ihren Augen lag, die sie im Vorübergehen kaum merklich niederschlug.

Ario spürte, wie sein Atem in solchen Momenten schneller ging, doch ihm fehlte der Mut, sie anzusprechen.

Lidia war anders geworden, ernster als früher. Sie trug auch keinen Badeanzug mehr, und er wusste nicht, wie er sich ihr nähern sollte.

Er hätte alles darum gegeben, die Zeit nur um wenige Wochen bis zu dem Tag zurückdrehen zu können, als sie nebeneinander auf der Galerie saßen und sie ihm ihre Fragen gestellt hatte. Noch einmal hörte er ihre Stimme: «Möchtest du mich küssen?», und das Herz klopfte ihm bis zum Hals.

Er war sich inzwischen sicher, dass Lidia nicht die Tochter von Bertos Vater sein konnte. Man sah es ihrem Gesicht und ihrem ganzen Äußeren an. Er war überzeugt, dass Bertos letzte Geschichte der Wahrheit entsprach. Und er glaubte auch, was er später von seiner Mutter erfahren hatte: dass sie die Tochter eines anderen war. Doch so still und zurückhaltend, wie Lidia sich ihm zeigte, gelang es ihm nicht, in ihr das Mädchen aus den schamlosen Erzählungen Bertos wiederzuerkennen. In manchen Momenten brauchte er sie bloß anzusehen, und er glaubte nichts von dem, was Berto ihm sonst noch geschildert hatte. Sosehr er sich auch bemühte, er konnte die nächtliche Untersuchung einfach nicht mit ihr in Einklang bringen; das war lediglich eine verrückte Erfindung ihres Bruders.

Wenn er sie während der Stunden, die er auf seinem Ponton verbringen musste, von weitem beobachtete, machte er sich Sorgen um sie.

Er wäre ihr gern nahe gewesen, ohne etwas zu sagen. Es war schön, beieinander zu sein und gemeinsam zu schweigen.

Von Zeit zu Zeit wuchs seine Sorge, und er hätte gerne etwas für sie getan, gerade so, als sei er, der sie nunmehr durch und durch kannte und ebenso ohne Vater war, der Einzige, der sie beschützen könnte und müsste. Ja, er hätte gern etwas getan, so schnell wie möglich, denn es schien, als sei keine Zeit mehr zu verlieren. Doch er kam nicht darauf, was er für sie tun könnte.

«Irgendwann», dachte er, und das war das Einzige, was er zu entscheiden imstande war, «werde ich sie bitten, sich mit mir einzuschiffen. Wir werden fortgehen, egal wohin.»

Unterdessen war er froh, dass sie ihre Zeit nicht mehr mit den Ruderern verbrachte und ohne sich länger aufzuhalten über den Anleger und die Galerien lief. Er war ihr dankbar dafür, beinahe so, als täte sie es für ihn.

Eines Morgens traf er eine Entscheidung. «Heute spreche ich sie an und begleite sie, wenn sie ausgeht.»

Kaum war seine Mutter am Nachmittag fortgegangen, bat er einen der Jungen aus der «Kaserne», statt seiner auf dem Ponton zu bleiben, und machte sich fertig. Er zog seine besten Sachen an, holte auch die Schuhe heraus, machte sich die Haare nass und kämmte sich. Dann spähte er aus einem der Fensterchen zur *Virtus* hinüber. Lidias frisch geweißte Schuhe, die sie zum Trocknen hinausgestellt hatte, befanden sich noch immer dort; offensichtlich hatte sie sich noch nicht umgezogen. Aus Furcht, zu spät zu kommen, hatte Ario sich fast eine Stunde zu früh fertig gemacht.

Endlich verschwanden die Schuhe. Dann erblickte er Lidia im gegenüber liegenden Fensterquadrat. Mit wenigen flinken Bewegungen ordnete sie mit dem Kamm ihr Haar und schminkte sich die Lippen.

Kaum erschien sie in ihrem himmelblauen Sommerkleid auf dem Steg, da sprang er auf die Mole. Er war im Nu bei ihr.

«Oh!», sagte sie, «du hast dich aber fein gemacht! Wo soll's denn hingehen?» Und lächelnd musterte sie ihn von Kopf bis Fuß.

«Ich komme mit dir mit. Ich begleite dich.»

Lidia sah ihn überrascht an und antwortete nicht. Sie gingen nebeneinanderher, und er wusste nicht, worüber er mit ihr reden sollte.

«Na», rief sie, als sie am Ende des Piers angelangt waren. «Und wo musst du lang? Also, bis dann.»

«Aber ...», antwortete Ario und wurde tiefrot, «ich komme mit dir mit. Ich wollte ...»

«Du kommst mit?» Sie sah ihn ernst an. «Und warum?»

«Warum? Nur so. Sind wir denn nicht Freunde?»

«Freunde?» Sie wandte sich um. «Nein. Das sind wir nie gewesen.» Sie pfiff durch die Zähne und sah woandershin. «Ciao», sagte sie darauf.

«Nein. Hör mal, ich ...», stotterte er. «Deshalb bin ich doch gekommen. Ich habe auf dich gewartet ... Ich will mit dir ausgehen, ich muss dir was sagen ...»

«Was musst du mir sagen?»

«Sehr viel!», brach es aus ihm heraus, und in dem Moment kam es ihm tatsächlich so vor, als könne er mit demselben drängenden Eifer, mit dem er sie jetzt zu überreden versuchte, über alles Mögliche mit ihr sprechen, auch wenn er selbst nicht genau wusste, was. «Lass mich doch mit dir mitkommen!»

«Nein», unterbrach sie ihn. «Was fällt dir ein?» Wieder sah sie ihn ernst, beinahe drohend an, und Ario spürte, wie etwas in ihm erstarrte. «Wie siehst du überhaupt aus!»

«Wie sehe ich denn aus?», brachte er mit dünner, heiserer Stimme heraus.

«In kurzen Hosen. Sieh dich doch an! Du bist doch noch ein …»

Er hörte ihr nicht mehr zu. Mit Tränen in den Augen wandte er sich ab.

Vor der Gangway zur *Virtus* hatte ein Lieferwagen Halt gemacht, der wohl das Skiff aus Neapel zurückbrachte. Ario wunderte sich, denn als er mit Lidia auf der Mole stand, hatte er ihn nicht vorbeifahren sehen.

Im gleichen Verschlag aus hellen Holzlatten wie bei der Hinfahrt, jetzt jedoch verdreckt und mit Schlammspritzern, zerrissenen Aufklebern, Leim- und Ölflecken übersät, kehrte das Skiff in einem Zustand zurück, der Ario in der Seele wehtat. Niemand war da, um es in Empfang zu nehmen, niemand, um es vom Lieferwagen zu heben. Nur der Fahrer half Berto beim Abladen.

Ario sah untätig dabei zu. Ein Satz ging ihm nicht mehr aus dem Kopf: «In kurzen Hosen.»

«Es stimmt», dachte er, «ich trage kurze Hosen: noch immer.»

«Wo geht sie denn jetzt hin?», fragte er und hob den Kopf.

«Na, wohin schon?» Berto, der das Skiff zusammen mit dem Fahrer trug, wandte sich um. «Wir bringen es in den Schuppen.»

«Nein», stotterte Ario und sah zum Ufer hinüber.

«Ach so! Du meinst Lidia! Sie geht tanzen, hat sie gesagt.»

Ario ging nach Hause. Obwohl Lidia ihn gedemütigt hatte, dachte er fast ohne Groll an sie. Er ärgerte sich vielmehr über sich selbst. «Ich bin an ihrer Antwort selbst Schuld.» Hatte er sie nicht zuerst schlecht behandelt? Er dachte an den Tag, an dem sie sich auf der Galerie neben ihn gesetzt hatte (und es war das letzte Mal gewesen). «Sind wir denn nicht Freunde?», hatte sie ihn gefragt, als sie bemerkte, dass er ihr keine Beachtung schenken wollte. «Nein», hatte seine Antwort gelautet, «das sind wir nie gewesen.» Und heute hatte sie es ihm mit den gleichen Worten vergolten. «Meine Schuld», dachte er, «alles meine Schuld.» Und er glaubte, es gerade deshalb wieder gutmachen zu können. Im Grunde war er mit Lidia befreundet. Er müsste sie lediglich vergessen machen, wie er sie an jenem Tag auf der Galerie behandelt hatte. Aber vielleicht war das gar nicht mehr nötig, denn inzwischen hatte sie ihrem Ärger Luft gemacht. Sie hatte es ihm nur heimzahlen wollen, und jetzt klärte sich alles auf.

Er fing an, über lange Hosen nachzudenken. «Berto hat welche. Er trägt sie zwar fast nie, weil kurze Hosen oder Badehosen auf dem Ponton praktischer sind, aber wenn er ausgehen möchte, dann hat er welche.»

Genau, das war es: Zwar meinte er, Lidia nichts nachzutragen, doch bohrte ihre Bemerkung in ihm weiter. Er war wütend auf seine Mutter, die ihm noch immer kein Paar lange Hosen genäht hatte, und auf sich selbst, weil er sie nicht darum gebeten hatte.

Noch am selben Abend fasste er sich ein Herz und sprach seine Mutter darauf an, die gerade nach Hause gekommen war.

«Lange Hosen?» Sie sah ihn argwöhnisch an und vergaß, ihr Kleid glatt zu streichen, das unzählige kleine Falten über der Hüfte schlug. «Und warum? Willst du dich schon mit Frauen herumtreiben?»

Diese Bemerkung hatte er nicht erwartet und ließ ihn vor Scham für sie und für sich selbst feuerrot werden, weshalb er nicht weiter darauf beharrte. Doch fing sie erneut damit an, als sie aus dem Schlafzimmer, wo sie sich ausgezogen hatte, in die Küche zurückkehrte.

«Ich habe mal Hosen besessen», sagte sie, «die haben diesem feigen Schwein von deinem Vater gehört. Aber ich habe sie im Lauf der Jahre aufgetragen, hier auf dem Ponton.»

«Das ist eine Ausrede», dachte Ario. «Sie will nicht, dass ich erwachsen werde. Wenn keine Hosen mehr da sind, warum kauft sie mir nicht ein paar? Geld hat sie doch.»

Er hatte es einige Tage zuvor in der Nachttischschublade liegen sehen, und ihm war, als wäre da ein ganzes Bündel von Geldscheinen gewesen, kleine Noten, aber auch ein paar Fünfziger, alle ganz zerknittert, als hätte sie jemand lange in der Hand gehalten. Sie musste sie dort beim Nachhausekommen hineingeworfen haben. Auch in den folgenden Tagen waren sie noch da und vermehrten sich sogar.

Auf der *Virtus* und im ganzen Hafen hatte man immer noch nichts von Eneo in Erfahrung gebracht.

«Er wird in Rom hängen geblieben sein», munkelte jemand, «in irgendeinem Hotel mit einer Dame.»

«Ach was, er ist bestimmt auf Capri», behauptete ein anderer, der einige Tage auf der Insel verbracht hatte. «Das ist genau das richtige Revier für Eneo.»

In dieser Woche kehrte die Mannschaft des Achters von der Regatta in Como zurück. Ihr gehörten auch zwei oder drei Jungen aus der Gruppe an, der Ario am Tag der Regatta von Neapel die Meinung gesagt hatte. Wie durch ein Wunder waren sie Zweite geworden, und der Sieg der Mannschaft, die sie nur um wenige Zentimeter geschlagen hatte, zählte dagegen fast nicht mehr. Bei der Abfahrt hatten sie sich wenig Hoffnung gemacht, und auf der *Virtus* rechnete man nun mit ihrer jubelnden Heimkehr. Stattdessen kamen sie missmutig und enttäuscht zurück und fassten es nicht, dass sie nicht Erste geworden waren.

«Nur eine halbe Ruderlänge», sagten sie, «es fehlte eine halbe Ruderlänge, und wir hätten gewonnen.» Dieser Erfolg hatte den Verein dennoch zuversichtlich werden lassen. «Dieses Jahr Zweite», sagten alle, «und Zweite bloß theoretisch, denn eigentlich sind sie gleichzeitig ins Ziel gekommen; und nächsten Sommer werden sie Erste.»

«So muss man es machen», tönte der Sekretär, der sie nicht einmal nach Como begleitet hatte. «Was für eine Mannschaft! Das sollte Eneo eine Lehre sein!»

Genau in diesen Tagen kam das Gerücht auf, Eneo sei zurück. Doch auf der *Virtus* ließ er sich nicht blicken.

Eine Woche verging, aber er blieb verschwunden. Die Stimmung auf dem Ponton war zum Zerreißen gespannt.

Obwohl sich alle bemühten, ihn nicht zu erwähnen, erreichte die Gereiztheit schließlich ihren Höhepunkt.

«Irgendwann muss er doch kommen, dieser Schuft. Wir waren schön blöd, ihm zu glauben!», rief ein älterer Ruderer, dem allein eine Bemerkung des kleinen Steuermanns genügt hatte, um vor Zorn rot anzulaufen, und er spuckte mehrmals aus. «Irgendwann muss er doch kommen und uns wenigstens das Geld wiedergeben!»

«Welches Geld?», riefen alle und scharten sich um ihn.

«Na ... das Geld für die Reise und ...»

«Und ...?», bohrten einige und drängten sich noch dichter um ihn. «Und ...», der Ruderer sah sich mehrmals verlegen um, als müsse er sichergehen, dass sonst niemand zuhörte, «na ja, und das Geld für die Ausgaben.»

Das genügte. Alle auf der *Virtus* und im ganzen Hafenbecken waren nun überzeugt, dass Eneo seit Monaten von der Direktion Geld bekommen hatte. Überall wurde erst hinter vorgehaltener Hand und schließlich ganz offen darüber spekuliert.

Doch Eneo blieb verschwunden, und nach dem Vorfall von Neapel schien seine Abwesenheit die Gerüchte nur zu bestätigen.

Die *Empedocle* kam und ging, fuhr zu Einsätzen aus und kehrte wieder zurück, doch sosehr Ario auch aufpasste, Eneo konnte er nicht entdecken: Entweder war er nicht an Bord oder er versteckte sich im Maschinenraum unter Deck.

Im Übrigen gab es jeden Tag irgendwelche Neuigkeiten von ihm, und es hieß, er sei hier oder dort gesehen worden, doch seltsamerweise immer nur von weitem, und niemand hatte mit ihm gesprochen.

«Er lässt sich aushalten, so ist es!», sagte eines Tages ein Ruderer wütend, und alle nickten beifällig. «Er hält es noch nicht einmal für nötig, herzukommen und alles zu erklären oder uns das Geld zurückzugeben. Aber mich soll der Blitz treffen, wenn wir das nicht aus ihm herausprügeln!»

Ständig wurde über ihn geredet, doch gelang es Ario nicht, alles aufzuschnappen. Kaum näherte er sich allein oder mit Berto einer Gruppe, verstummten die Ruderer oder wechselten das Thema, und manchmal fing einer zu pfeifen an, während die anderen sie mit forschenden, spöttischen oder vieldeutigen Blicken musterten.

Dennoch hörte er eines Tages, wie jemand behauptete, Eneo bei Einbruch der Dämmerung an einem verlassenen Uferstück – auf dem Wiesenstreifen zwischen den Lagerhäusern der Bahn und dem Meer, wo Jahre zuvor der Zirkus kampiert hatte – mit einem jungen Matrosen gesehen zu haben.

«Ach, Quatsch!», fiel ihm ein anderer ins Wort, «doch nicht mit einem Matrosen ...» Er war doch, leider wusste er nicht mehr wo, in Begleitung eines älteren Herren in hirschledernen Schuhen gesehen worden.

«Ständig redet er von Amerika», sagte der magere Ruderer, und alle standen feixend um ihn herum, «aber bei dem Talent könnte er glatt auch hier Karriere machen.»

XVI

Als keiner mehr damit rechnete, tauchte Eneo wieder auf. Mit zerstreutem Blick, als würde er niemanden sehen noch kennen, überquerte er mit federndem Gang den Ponton und steuerte direkt auf die Umkleidekabine zu.

Doch er hatte noch nicht einmal Zeit, sich die Jacke auszuziehen, da stürzten schon einige auf ihn zu, und schließlich umlagerte ihn der ganze Verein.

Ario war unter den Ersten. Im Gang herrschte ein riesiges Durcheinander, alle stellten sich auf die Zehenspitzen, und das Gedränge wurde immer größer.

Drei Ruderer, die sich einen Weg nach vorne gebahnt hatten, um ihn zur Rede zu stellen, waren in seiner Kabine verschwunden.

«Warum hört man sie noch nicht schreien? Ob sie sich prügeln?», fragte sich Ario.

Plötzlich wurden ihre Stimmen laut, und ein Raunen ging durch den Flur. Alle schoben sich weiter nach vorn, und wer vorne stand, wurde gegen die Tür gedrängt.

«Das Geld!», rief einer. «Jawohl, das Geld! Her mit dem Geld!», fielen die anderen beiden ein.

Wieder ging eine Bewegung durch die Menge. Es herrschte eine eigenartige, angespannte Stille, in der nur das heftige Atmen der Wartenden zu hören war. Dann ertönte eine schrille, aufgebrachte Stimme: «Her mit dem Geld!» Und alle skandierten: «Her mit dem Geld! Her mit dem Geld!»

Eneo erschien in der Tür, stand vor den drei wutschnaubenden Ruderern, die ihn mit finsteren, wilden Augen anstierten, und zog mit einer gelassenen, gebieterischen Geste sein Portemonnaie heraus.

«Selbstverständlich», rief er, und wer direkt vor ihm stand, konnte sehen, wie er mit seinen kräftigen Fingern bedächtig einen Tausend-Lire-Schein hervorzog, «werde ich, wenn es nötig ist, über das Reisegeld und den Rest Rechenschaft ablegen, aber nicht euch, sondern dem Präsidenten, wenn er mich darum bittet.»

Die Geste reichte, um alle zu verunsichern.

«Hast du das gesehen? Hast du das gehört?», fragte Berto später. «Er ist immer noch der Gleiche. Jetzt werden wir erfahren, warum er nicht an der Regatta teilgenommen hat.»

Aber eben das erfuhr niemand. Eneo schwieg sich aus und schien es nicht im Geringsten nötig zu haben, eine Erklärung abzugeben.

Ario beobachtete ihn, und es war ihm ein Rätsel, wie er so ungeschoren davonkommen konnte; es schien, als sei in Eneo, der sonst so träge wirkte, ein außergewöhnlicher Instinkt erwacht, der einzig seiner Verteidigung diente. Die wenigen Male, die er überhaupt antwortete, meisterte er mit Schlagfertigkeit und Schläue. Selbst die Gerissensten bekamen nichts aus ihm heraus.

«Vertraut ihr mir?», fragte er eines Tages, als sie ihn wieder unter Beschuss nahmen.

«Nein!», riefen alle.

«Na bitte», antwortete er, «dann habt ihr auch nicht das Recht, mir solche Fragen zu stellen.» Und er wandte ihnen den Rücken zu. Am Ende fragte man ihn tatsächlich nichts mehr.

Mit seiner Rückkehr stellte sich auf der *Virtus* bald wieder die gewohnte heitere Geschäftigkeit ein. Es schien fast, als genüge Eneos Anwesenheit, um alle zu beruhigen. Seit er wieder in seinen knappen Badehosen groß und kräftig auf dem Hausboot umherlief, waren alle vergnügt und gelassen.

«Merkwürdig», dachte Ario. «Kommt er tatsächlich um eine Erklärung herum? War er nun in Neapel oder nicht? Und wenn, warum ist er dann nicht gerudert? Wenigstens vor der Direktion müsste er sich rechtfertigen.»

Er ereiferte sich darüber mit dem kleinen Steuermann.

«Du hast Recht», sagte der. «Das habe ich dem Sekretär auch gesagt, und der hat mir geantwortet, dass die Vereinsleitung versucht, ihm ‹auf die freundliche Tour› zu kommen. Sie glauben, dass er früher oder später auspackt. Das Wichtigste ist, ihn nicht zu verärgern, weil er sonst die *Virtus* verlässt und zu einem anderen Verein geht ...»

Jetzt, da er ihn in seiner ganzen kraftstrotzenden Pracht wieder bewundern durfte, konnte selbst Ario – trotz seines Argwohns – nicht umhin, die Meinung aller zu teilen: Eneo würde es mit Leichtigkeit bis zu den wichtigsten Meisterschaften bringen. Und es war ihm schleierhaft, wie er sich am Tag der Regatta von Neapel, als er den Ruderern wütend seine Meinung ins Gesicht geschleudert hatte, seiner Nichtigkeit so sicher hatte sein können, so todsicher, als sei er geradezu erleuchtet von einer Erkenntnis, die den anderen entging.

Und seltsamerweise war er über seinen Irrtum nicht unglücklich. Die Vorstellung, dass Eneo noch immer gewinnen und es damit sich selbst und allen anderen zeigen konnte, erfüllte ihn mit einer Zufriedenheit, die nicht zu leugnen war (und über die er sich fast ein wenig ärgerte).

Es war erstaunlich, wie Eneo durch sein beharrliches Schweigen, das sein in sportlicher Hinsicht unentschuldbares Versagen mit einer geheimnisvollen Aura voller Hoffnungen und Versprechungen für die Zukunft umgab, sein Ansehen wiederhergestellt, wenn nicht gar gesteigert hatte.

Berto war wie neu geboren. Emsig und mit leuchtenden Augen lief er auf dem Hausboot umher und pfiff vor sich hin. Er hatte das Skiff vom Kiel bis zu den Dollen auf Hochglanz poliert und stand Eneo vollkommen zu Diensten.

«Er kommt wieder hoch», sagte er eines Tages zu Ario, als Eneo mit seinem schönen, langen Ruderschlag zum Hafen hinausfuhr. «Ich kapier einfach nicht, was verdammt nochmal letzten Monat mit ihm los war, aber jetzt kommt er wieder hoch.»

Bis auf den mageren Ruderer schienen alle wieder mit Eneo versöhnt zu sein.

Er war es, der erzählt hatte – Ario erfuhr nie, von wem er es wusste –, dass Eneo bei seiner Rückkehr von ein paar Maschinisten, Kollegen von ihm, abgepasst und zusammengeschlagen worden war.

«Deshalb hat er sich nicht blicken lassen», behauptete er. «Sie haben ihn grün und blau geprügelt.»

«Man sollte mal seine Zeit stoppen», sagte er immer wieder mit verbissener Unbeirrbarkeit und betonte dabei das Wort stoppen mit einer derart genüsslichen Grausamkeit, als füge man Eneo damit etwas Entsetzliches zu. «Hat man denn je von einem gehört, der sich ganz ohne Kontrolle auf die Meisterschaften vorbereitet? Und hat man jemals einen ganzen Verein gesehen, der einem aufs Wort glaubt, wenn er sagt, dass er diese oder jene Zeit gerudert ist? So ist doch klar, was wir zu erwarten haben.»

Zustimmung heischend sah er mit seinen dunklen stechenden, fiebrig glänzenden Augen in die Runde. In solchen Momenten hob sich seine rechte Schulter mehr als gewöhnlich, und er glich in dieser gekrümmten Haltung einem auf einem Ast hockenden Vogel.

Zögernd stimmte man ihm zu, als habe niemand so richtig Lust auf eine Diskussion, und anschließend wurde kein Wort mehr darüber verloren.

«Eneo», sagte Berto zu Ario, «ist viel schlauer, als diese Blödmänner denken. Dass er in Neapel nicht angetreten ist, hat er extra gemacht, weißt du …»

«Extra? Wie …»

«Du meinst, er hat sich die Meisterschaft durch die Lappen gehen lassen? Tja, ich glaube, er hat absichtlich darauf gepfiffen. Weißt du, mit *dieser Taktik* (er hat's mir nicht gesagt, aber ich weiß, dass es so ist) will Eneo seine Gegner in Sicherheit wiegen. Sie halten ihn für erledigt, und wenn dann keiner mehr damit rechnet, besiegt er sie alle und bekommt den italienischen Titel genau in dem Moment, in dem man sich für die Olympiade qualifizieren kann.»

«Aber hätte er dann nicht …»

«Den Titel jetzt schon gewinnen können? Aber wenn ich dir doch sage, dass er viel schlauer ist als die anderen!»

Der bisherige Meister hatte in Neapel eine viel schlechtere Zeit gemacht, als Eneo normalerweise beim Training erzielte. Eneo wusste also, dass in Wirklichkeit nicht der andere, sondern er Italienischer Meister war. Aber es sollte geheim bleiben: Käme es heraus, könnte jemand anderes härter trainieren, ihn bei den Regatten im nächsten Jahr schlagen und dann an seiner Stelle Italien bei den Olympischen Spielen vertreten.

«So aber wiegt sich der Meister in Sicherheit, hält sich für unbesiegbar, und Eneo kommt im geeigneten Moment zum Zuge, wenn der andere keine Zeit mehr hat aufzuholen.»

Obwohl diese Erklärung wie alle Erzählungen Bertos recht unwahrscheinlich klang, war Ario beeindruckt.

Eines Tages trug Ario diese Theorie, als wäre er selbst darauf gekommen oder als hätte er sie von Eneo, dem mageren Ruderer vor, der wieder vom Zeitstoppen zu reden angefangen hatte.

«So ein Blödsinn!» Der Ruderer schüttelte den Kopf. «Zunächst mal ist Eneo nicht der Typ für solche Pläne. Er hat zwar einen guten Riecher und ist vor allem frech, aber klug ist er bestimmt nicht. Und außerdem: Wie kann er sich denn so sicher sein, dass vor der Olympiade noch einmal um die italienische Meisterschaft gerudert wird?»

Es hieß, dass die Olympiade in elf Monaten beginnen sollte: in einem Jahr also. Sollte der Verband in dieser Zeit keine neuen Regatten anberaumen, und das war wahrscheinlich, dann würde der jetzige Meister seinen Titel für mindestens ein Jahr behalten, und Eneo war geliefert.

Ario wusste nicht, was er darauf antworten sollte. Diese Überlegungen machten Bertos gesamte Hoffnungen zunichte. Andererseits war der magere Ruderer verblüfft, und es schien, als hätte er mit seiner Antwort vor allem sich selbst überzeugen wollen. So, wie er Ario schweigend gegenüberstand und seine knochige Schulter ihm buckliger denn je aus dem zu großen Trikot ragte, wirkte er doch verdutzt.

«Nein!», sagte er noch einmal. «Das kann nicht sein. Ich glaube nicht, dass er so schlau ist. Er sollte lieber mal an die Juniorenmeisterschaft denken, die könnte ihm bei der nächsten Regatta auch noch durch die Lappen gehen ...»

In den folgenden Tagen hatte Ario keine Gelegenheit mehr, sich mit dem Mageren über diese Dinge zu unterhalten, doch er bemerkte, dass dieser sofort nach ihrer Unterredung damit aufgehört hatte, weiterhin auf seinem Vorschlag zu bestehen, Eneos Zeiten zu stoppen.

Eines Morgens war er gerade dabei, einen Kutter klarzumachen, als Ario Lidia auf der oberen Galerie der *Virtus* erblickte. Mit aufgestützten Armen lehnte sie an der hüfthohen Brüstung und wandte dem Meer den Rücken zu. Sie trug ihre weißen Schuhe und das hellblaue Kleid, unter dem ihre nackten Beine hervorschauten. Vor ihr stand Eneo in Badehosen.

Sie waren allein («Aber warum», fragte sich Ario, «sind sie dort hinaufgegangen?») und redeten hastig und ernst aufeinander ein. Hin und wieder reckte Lidia den Hals, um zur unteren Galerie oder auf die Treppe hinunterzuspähen.

Ario verspürte einen heftigen Stich, und während er sich bückte, um die Schoten auszulegen, fühlte er, wie seine Knie weich wurden. «Dass sie bloß nicht wieder miteinander anbändeln!», sagte er sich und sah ein letztes Mal hinauf, bevor er zum Besitzer des Kutters hinüberging, der ihn vom Bug aus rief.

In diesem Augenblick wünschte er sich sehnlichst, bald, so bald wie möglich, lange Hosen anziehen zu können, und er beschloss, sie sich selbst zu kaufen, vielleicht eher noch als die Pistole. Sinnlos darauf zu hoffen, dass seine Mutter sie ihm kaufte. Als hätte sie jüngst eine riesige Anschaffung getätigt, waren alle Fünfzig-Lire-Scheine aus ihrer Schublade verschwunden. Sie ging in diesen Tagen seltener aus. Nervös und mit düsterem Blick schielte sie ständig zur *Virtus* hinüber.

«Hör mal», fing Ario sofort an, als Berto und er sich alleine trafen. «Es stimmt gar nicht, dass Eneo an der Olympiade teilnehmen kann», und er unterbreitete ihm, als wären es seine, die Einwände des Ruderers.

Berto schwieg einen Augenblick. Er schien bestürzt.

«Du irrst dich», sagte er dann. «Vor drei Wochen ist in Neapel die diesjährige Meisterschaft ausgetragen worden. Jetzt haben wir September: In wenig mehr als drei Monaten beginnt das neue Jahr, und im neuen Jahr kann der Verband, wenn er will, sofort eine neue Meisterschaft anberaumen. Die Olympiade beginnt frühestens im August. Von Januar bis August sind es sieben Monate, und in dieser Zeit wird die Meisterschaft ausgetragen. Und wenn du's genau wissen willst: Es gilt als sicher, dass sie im Juli stattfindet. Auch in diesem Jahr sollte sie im Juli sein, aus irgendeinem Grund iat sie verschoben worden. Wie du siehst, ist also alles in Ordnung: Im Juli die Meisterschaft, im August die Olympiade.»

Ario antwortete nicht. Berto schien erneut Recht zu haben.

Ausgerechnet in dieser Woche geschah etwas Neues. Eines Abends stürzte Berto auf Arios Ponton und wedelte mit einem gelben Zettel. «Ein Telegramm aus Genua. Hör zu: ‹Im Auftrag der Veranstalter übermittle ich Ihnen unsere Glückwünsche zum großartigen Erfolg bei den diesjährigen Regatten und verbleibe mit besten italienischen Sportlerwünschen. Der Verbandsvorsitzende›.»

Ario sah Berto wortlos an.

«Verstehst du denn nicht?», rief Berto. «Das ist Eneo! Eneo! Er muss nach Genua gefahren sein, ohne dass es jemand wusste, ist dort angetreten und völlig unerwartet

Erster geworden. Eben habe ich den Präsidenten angerufen, der mich gebeten hat, das Telegramm zu öffnen und es ihm vorzulesen, und auch er hat gesagt, dass es Eneo ist.»

Ario drehte sich der Kopf. Er begriff nichts.

«Aber wieso?», wollte er einwenden. «Wenn Eneo doch darauf spekulierte, erst im nächsten Jahr kurz vor der Olympiade anzutreten … Wenn er seine Gegner in Sicherheit wiegen wollte und keiner wissen sollte, dass er eine bessere Zeit rudert als der jetzige Meister …» Aber er kam nicht dazu; so schnell, wie er gekommen war, rannte Berto wieder davon. Er lief zur *Virtus* hinüber, um jedem, den er sah, die Neuigkeiten mitzuteilen und sie aus voller Kehle den Booten entgegenzurufen, die zu dieser Stunde zurückkehrten. Der Anleger füllte sich mit Menschen: Ruderer, Passanten, Fischer und sogar Soldaten und junge Mädchen umringten Berto und ließen sich das Telegramm zeigen. Dann lief er wieder zum Telefon.

Soeben waren der Sekretär und ein paar Vereinsmitglieder eingetroffen, als ein zweites Telegramm überbracht wurde. Beim Lesen wurde das Gesicht des Sekretärs ernst. Dann rückte er seine Brille zurecht.

«Ich fürchte», sagte er, «dass es sich hier um einen Irrtum handelt. Mit Eneo hat das jedenfalls nichts zu tun.» Und er las: «‹Der Landesmeister im Zweier wird Italien bei den vorolympischen Wettkämpfen in Amsterdam vertreten.› Welcher Zweier könnte das sein? Wir haben gar keine Mannschaft nach Genua geschickt. Es muss sich also um ein Missverständnis handeln.» Er legte die beiden Zettel aufeinander, faltete sie sorgfältig, einmal und noch einmal, zusammen und steckte sie dann in die Tasche.

«Aber …», hob einer zaghaft an, «möglicherweise ist nur

die Adresse falsch. Vielleicht sollte dieses Telegramm an einen anderen Verein gehen, zu dem der Zweier gehört, und wir sollten stattdessen ein Telegramm mit Eneos Sieg bekommen, das jetzt sonst wo gelandet ist.»

«Genau», pflichteten ihm viele bei, und es kam wieder Leben in die Menge. «Es kann doch nicht sein, dass es überhaupt keinen Sieg gegeben hat. Wenn auf den Telegrammen *Virtus* steht, und es sind ja zwei, will das doch heißen, dass sie uns etwas mitzuteilen haben.»

«Nein», sagte der Sekretär wieder. «Ich glaube, dass der Fehler genau hier liegt, in der Adresse. Es muss sich um den Verein *Virtus* in Zara handeln, der eine Zweiermannschaft nach Genua geschickt hat.»

Nun widersprach keiner mehr.

«Im Grunde», meldete sich ein alter Mann zu Wort, «reicht es doch, bei der Reederei nachzufragen, wo Sigòn ist, um wirklich sicherzugehen. Wenn er hier ist …»

«Aber nein!», rief Berto energisch. «Eneo ist nicht da. Schon seit zwei Tagen war er nicht mehr hier. Deshalb dachten wir …»

Wieder keimte Hoffnung auf, und der Sekretär telefonierte erneut. «Nichts», sagte er, noch bevor er den Hörer wieder aufgelegt hatte, zu der Gruppe, die sich um ihn drängte. «Eneo ist gestern nach Monfalcone gefahren, um einen Kran zu schleppen.»

Nach und nach löste sich die Menschentraube auf. Es hatte zu dämmern begonnen, und nur der Sekretär, der lange mit dem Vorsitzenden und dem Sportdirektor telefoniert hatte, und ein paar Jungen waren zurückgeblieben, als plötzlich drei Unbekannte herbeieilten.

«Erst einmal herzlichen Glückwunsch!», rief einer und

sprang auf die Galerie, während die anderen beiden Stifte und Notizbücher zückten.

Der Sekretär begann erneut zu erklären, dass es zwei Vereine mit dem Namen *Virtus* gäbe.

«Natürlich», entgegnete der Fremde, nachdem er erklärt hatte, dass sie Journalisten seien. «Es gibt zwei *Virtus*. Aber der Zweier aus Zara hat nicht gewonnen, sondern ist nur Zweiter geworden: Die Siegermannschaft ist eure.»

Wieder fasste sich der Sekretär an die Brille, um sie gerade zu rücken, nahm sie dann ab, hauchte auf die Gläser und begann, sie mit einem Taschentuch zu polieren.

«Ich verstehe nicht ganz ...», murmelte er.

«Aber es ist doch ganz einfach: Mandich und Pellegrini haben gewonnen. Der spektakulärste Sieg des Jahres.»

«Mandich und Pellegrini?», sagte der Sekretär ungläubig und enttäuscht. «Die beiden?»

Die Nachricht verbreitete sich am nächsten Tag wie ein Lauffeuer, und die Ersten, die sie bis in alle Einzelheiten erfuhren, waren Berto und Ario. Mit einem phantastischen Vorsprung hatten Mandich und Pellegrini, zwei noch nicht einmal zwanzigjährige Jungen, die Regatta im Zweier ohne Steuermann in Genua gewonnen. Die begeisterten Zuschauer hatten sie überschwänglich gefeiert.

Mandich und Pellegrini: Die Namen der beiden, die kaum einer auf der *Virtus* kannte, prangten in allen Zeitungen, und der Sportteil widmete ihnen ganze Spalten. Doch das Erstaunlichste war, dass sie ohne das Wissen der Vereinsleitung teilgenommen hatten, die den Ruf des Vereins nicht mit zwei Anfängern hatte aufs Spiel setzen wollen. Es war ein Rätsel, wie sie sich bei der Regatta offiziell hatten anmelden können und wie sie an eine Gig gekommen waren.

Innerhalb von zwei Tagen waren sie berühmt geworden, nun fuhren sie auf Kosten des Vereins nach Amsterdam.

Am gleichen Morgen traf Ario den kleinen Steuermann mit dem griechischen Nachnamen, der sich vor ihm hinbaute: «Du hast es gewusst!», rief er mit ausgestrecktem Zeigefinger und lebhaftem Blick, in dem Bewunderung lag.

«Ich? Was denn?»

«Du hast gewusst, dass Mandich und Pellegrini nach Genua gefahren sind und dass ...»

«Ich? Aber wie kommst du denn darauf?», antwortete Ario und ging weiter. Er musste lächeln.

«Du wusstest es wohl!», rief der Kleine noch aufgeregter und lief ihm nach. «Ich seh es dir doch an, dass du es wusstest. Und deshalb, das ist mir sofort eingefallen, hast du den Ruderern am Tag der Regatta von Neapel ins Gesicht geschrien: ‹Wir werden es euch noch zeigen!›»

Ario musste wieder lächeln, doch er antwortete nicht und ging davon. «Wenn ich's mir recht überlege», dachte er, «haben Mandich und Pellegrini erst letztes Jahr mit dem Rudern begonnen, und wir sind gar nicht mal so viel jünger.»

XVII

Der schönste Monat im Hafen ist der September.

Auf der *Virtus* geht die Rudersaison zu Ende, und auch auf Arios Ponton klingt allmählich die Segelsaison aus. Doch das Leben dort blüht gerade in diesen frühen Herbstwochen noch einmal auf.

Und die letzten Tage im September sind die schönsten. Die Boote wiegen sich mit schaukelnden Masten auf der leichten See, und wie im Frühling tanzt das Sonnenlicht in langen Strahlen auf dem Wasser und spiegelt sich im leuchtenden Weiß, Blau und Rot der Schiffskörper.

An Bord der Schoner scheint die Arbeit leichter von der Hand zu gehen. Der Klang der Stimmen ist herzlich, und hin und wieder hört man einen kleinen Hund bellen.

An jenem Morgen, an dem die Kreuzer eintrafen und Berto hinter dem Herzog herlief, war Ario langsam zu seinem Ponton zurückgekehrt. Auf den Seglern und Schleppern wehten die Fahnen leicht im Wind, und zwischen den beiden Masten des Dampfers, der an der Mole unter dem Leuchtturm angelegt hatte, flatterte die große Flaggengala.

Ario saß auf dem Anleger, ließ die Beine baumeln und strampelte ab und zu heftig, beinahe wütend mit den Füßen im Wasser. Grimmig pfiff er vor sich hin. Er sah weder auf das sonnige Hafenbecken zu den Seglern hinüber noch auf das glitzernde Wasser, in dem sich zitternd die Flaggen spiegelten. Sein düsterer Blick streifte die Dinge nur, ohne sie wahrzunehmen, und richtete sich dann wieder auf das schäumende Wasser unter seinen Füßen.

Von Zeit zu Zeit hob er lauschend den Kopf und saß für einen Augenblick reglos da. Die Brise trug Militärmusik herüber. «Wer weiß, wo Berto gerade ist», dachte er und sah ihn am Ufer zwischen den ausgelassenen Straßenkindern verschwinden und wenige Schritte vom Herzog entfernt hinter den Pferden herlaufen, während er zu seiner Mutter hatte umkehren müssen.

«Er wird bei der Parade sein und zuschauen, wie der Herzog den Matrosen, die vom Roten Meer zurückgekehrt sind, auf der Tribüne ihre Orden überreicht.»

Er begann das Wasser noch grimmiger mit den Füßen zu bearbeiten. Wozu hatte seine Mutter ihn überhaupt zurückgerufen und gezwungen, auf das Hausboot aufzupassen, wo doch sowieso alle zur Parade liefen? Einmal konnte der Ponton doch unbewacht bleiben. Man musste nur die Türen und das Gitter zwischen der Gangway und der Galerie abschließen. An diesem Morgen waren alle unterwegs, und es würden bestimmt keine Klubmitglieder kommen.

Jedes Mal, wenn er die Kapelle hörte oder den Blick über das unbelebte Hafenbecken wandern ließ, wuchs sein Ärger.

«Erst ruft sie mich, und dann geht sie noch nicht einmal weg. Sie ist bestimmt noch drinnen und zieht sich um. Wenn sie mich hätte gehen lassen, wäre ich schon längst auf dem Platz, hätte kurz geschaut und könnte sogar schon wieder zurück sein.»

So aber würden weder er noch sie etwas zu sehen bekommen. Doch schon hörte man ihre energischen Schritte auf der Galerie. Ja, da war sie: Sie ging aus. Sie trug ein eng anliegendes, weiß geblümtes Kleid, und die Muskeln ihrer nackten Waden über den schwarzen, hochhackigen Schuhen bebten.

Ario stand auf, lief über die Galerie und die Treppe hinauf zum Terrassendach. Er wollte sehen, wohin sie ging.

Am Ende der Mole bog sie nach rechts ab. Sie ging nicht zur Parade, sondern in die entgegengesetzte Richtung. Sie nahm den Weg am Hafenbecken entlang und verschwand ab und zu hinter den gelöschten Holzstapeln oder den Waggons, die hier und da am Ufer standen.

Auf einmal drehte sie sich lächelnd um und plauderte mit einem Zollbeamten. Dann ging sie weiter an den Gleisen entlang und sah von Zeit zu Zeit zur Sacchetta hinüber, wo nur das Bellen eines jungen Hundes zu hören war.

Das genügte, um alles zu verstehen.

«Sie geht zu ihm, sie sucht ihn.» Für einen kurzen Moment noch folgte Ario ihr mit dem Blick und sah, wie sie sich der *Titanus* näherte und langsamer wurde. Er verspürte eine leise Angst in sich aufsteigen.

«Sie geht zu ihm, und ich könnte wetten, dass ...»

Ja, er wollte sichergehen, schon seit einigen Tagen dachte er darüber nach. Er ging ins Schlafzimmer hinunter und durchwühlte ihre Schublade. Nichts. Das Geld, die zerknitterten Scheine, die sie, wie jedes Mal, wenn sie heimkam, am vorigen Abend bei sich gehabt hatte, waren nicht mehr da.

«Sie geht zu ihm und schenkt ihm das Geld, genauso wie sie es mit dem Geld aus meiner Spardose gemacht hat», sagte er sich immer wieder, als er auf die Galerie hinaustrat und ziellos umherwanderte. «Sie gibt ihm jede Lira, die sie kriegen kann. Aber von wem hat sie das Geld?»

Seit Eneo nach der Regatta von Neapel wieder aufgetaucht war, hatte Ario so etwas vermutet und dabei neuen, unterschwelligen Groll gehegt. Wie das Geld auftauchte, verschwand es am nächsten Tag wieder. Jetzt hatte er sich davon überzeugt und war sicher: Sie trug es auf die *Titanus*, auf den Schlepper, wo Eneo erst seit kurzem arbeitete.

Mit Bitterkeit erinnerte er sich der hasserfüllten Worte über Lidia, die ihm seine Mutter eines Morgens ins Gesicht geschrien hatte (besser war es, sich nicht zu erinnern, wann), und gerne hätte er jetzt darüber lachen können: «Ah, du bist wohl unterwegs gewesen, was? Hast dich die ganze Nacht mit ihr rumgetrieben. Und ich wette, du gibst ihr auch noch Geld!»

Ohne es zu merken, war er wieder auf die Terrasse gestiegen. Instinktiv lehnte er sich gegen den Mast und lauschte dem Flattern der Trikolore.

«Sie gibt Eneo ihr ganzes Geld. Aber von wem hat sie es?»

Er versuchte, sich zu fangen, und schaute sich um. Er war ganz benommen. Von der Stadt wehte immer noch entfernte Marschmusik herüber. Einige Rauchschleier stiegen langsam zum wolkenlosen Himmel auf, und nur allmählich fiel ihm wieder ein, dass sie von den Kreuzern kamen, die an diesem Morgen in den Hafen eingelaufen waren und deren Schwell die Hausboote so heftig hatte schaukeln lassen. Er dachte an das schwankende Durcheinander der Schoner und Sportboote, und sein Blick wanderte zu den Schleppern und zum Lastkahn hinüber, der beinahe untergegangen wäre.

«Merkwürdig», dachte er, «seit ein paar Tagen hat's Berto mit der Schute. Warum wohl?»

Mit dem Kajak hatten sie sie ganz umrundet und waren dabei dicht an den Bordwänden entlanggerudert, deren weite, halbrunde Schatten das Wasser noch tiefer und kälter erscheinen ließen.

Sie waren auch an Bord gegangen. Berto hatte keine Lust gehabt, in den Laderaum hinabzusteigen, und wollte viel lieber die Kajüte am Heck sehen, wo, so meinte er, der Steuermann oder der Wachmann schlafen konnten.

Sie kletterten eine Leiter hinab, und obwohl es in dem engen Raum heiß und stickig war, hatten sie fast das Gefühl, in einen Brunnen zu steigen. Es war vollkommen finster.

«Sie werden hier doch wohl», hatte Berto gesagt, «eine brauchbare Lampe haben.»

«Wer?», hatte Ario gefragt.

«Ich hab dir doch gesagt, dass hier drin ein Bett steht ...»

«Das weiß ich. Aber das passt doch bloß für einen.»

«Ich denke schon», hatte Berto geantwortet und ihn dabei merkwürdig angesehen. «Aber vielleicht sind es auch zwei: ein Steuermann und ein Wachmann.»

«Meinst du? Ich glaube eher, dass hier gar keiner schläft. Hier kommt höchstens mal ein Steuermann an Bord, wenn der Kahn geschleppt wird.»

Da der Laderaum voll beladen war, lag das Schiff bedrohlich tief im Wasser. Ario war darüber fast erleichtert, denn inzwischen mussten die sonnendurchglühten Bordwände abgekühlt sein, und in der Kajüte war es nun sicher angenehmer.

Er gab sich einen Ruck und sah zu den Mastkörben, Kommandotürmen und Schornsteinen der Kreuzer jenseits der Kais und der Stazione Marittima hinüber. Dann ließ er seinen Blick zur *Virtus* wandern und entdeckte auf der oberen Galerie die weißen Schuhe. Jetzt lagen sie nicht mehr verstreut, sondern ordentlich nebeneinander in der Sonne.

«Ob sie wohl», fragte er sich, «in anderen Schuhen ausgegangen oder ob sie noch zu Hause ist?»

Allein der Gedanke an Lidia erfüllte ihn mit einem Unbehagen, ja mit einer Angst, die er mit ganzer Kraft niederzukämpfen versuchte. Doch stattdessen wuchs diese Angst so sehr, dass sich etwas in seiner Brust zusammenzog und ihm die Luft nahm.

«Nein, es kann einfach nicht wahr sein», sagte er sich, «Berto ist verrückt.»

Als sie einige Tage zuvor von der Erkundung des Lastkahns zurückgekehrt und allein auf weiter Flur in der Mitte des Hafenbeckens angelangt waren, hatte Berto plötzlich zu rudern aufgehört.

«Wenn ich dir was erzähle», hatte er gefragt und ihn dabei finster und mit geröteten Wangen angesehen, «versprichst du mir dann, es niemandem weiterzusagen?»

«Ich versprech es dir», antwortete Ario und spürte, wie sein Atem auf einmal schneller ging und ein heißes Kribbeln seine Beine taub werden ließ.

«Hör gut zu», sagte Berto in warnendem Ton, und seine Augen unter der drohend gesenkten und gerunzelten Stirn funkelten grimmig. «Schwörst du mir, kein Sterbenswörtchen davon zu erzählen? Nicht einmal», und er musterte ihn noch durchdringender, «deiner Mutter?»

«Ich schwöre.»

Ohne ihn aus den Augen zu lassen, hatte Berto hastig zu erzählen angefangen. Hatte er sich wieder alles bloß ausgedacht, genau wie die Geschichte mit der Untersuchung?

Er sagte, er hätte seit einer Weile beobachtet, wie Lidia zu einer bestimmten Tageszeit durch die Gänge des Hausbootes streifte. «Nicht weit von der Dusche, weißt du ...»

«Klar», nickte Ario.

«Wie? Das weißt du?», fuhr Berto hoch und sah ihn mit großen Augen an.

«Ja. Nein. Ich wollte sagen, dass ich sie gesehen habe, ich hab sie auch mal da getroffen. Aber was hat sie da gemacht?»

«Dort, stimmt's? Nicht weit vom dunklen Kämmerchen, wo sie uns früher die Verbeugung gemacht hat? Also», erzählte er weiter, «eines Tages habe ich gesehen, wie sie sich nach allen Seiten umgeschaut hat und dann hineingeschlüpft ist. Ich bin ihr gefolgt, um ihr einen Schreck einzujagen. Aber dann habe ich's mir anders überlegt, weil mir so war, als wäre sie nicht allein und die Tür abgeschlossen. Es hat sich angehört, als würde sich da drinnen etwas bewegen. Ich bin weggegangen und habe mich in einer Ecke versteckt. Nach einem ganzen Weilchen ging die Tür plötzlich auf.»

Hier schwieg Berto und starrte auf den dünnen, schwarzen Staubschleier auf dem Wasser.

«Und …?» Ario hielt den Atem an.

«Eneo kam heraus, ging zur Dusche, und kurz darauf hörte man das Wasser rauschen. Ich weiß es noch genau, weil ich mich wunderte, warum er an diesem Abend zweimal duschte: bevor er im Kämmerchen verschwunden ist und anschließend wieder. Etwas später, ich stand noch immer in der Ecke, kam Lidia heraus und verschwand sofort in unserer Wohnung.»

«Ach!», stotterte Ario. «Du meinst, sie haben sich im Kämmerchen verabredet, ja? Und waren sie …», er war blass geworden und blinzelte, «waren sie lange da drin?»

«Schon. Aber jetzt kommt das Beste. Ich gehe rein und …»

Er brach ab und musterte ihn argwöhnisch.

«Schwörst du mir», versicherte er sich noch einmal, «dass du nicht ein Sterbenswörtchen darüber verlierst?»

Mit trockener Kehle sah Ario ihm fest in die Augen und schwor.

«Es ist verdammt ernst, verstehst du. Das ist eine Sache, *die* Sache, über die ein Mädchen niemals spricht. Alle könnten es erfahren und darüber reden ...»

Ario nickte und wurde immer blasser. Hellwach und kerzengerade saß er so angespannt da, dass ihm der Rücken wehtat.

«Jetzt sag schon!», murmelte er und beugte sich ein wenig vor, als warte er nur darauf, dass Berto ihm im nächsten Moment eine Ohrfeige verpasste.

«Ich bin also hineingegangen und sofort auf etwas getreten. Es war Lidias Unterhose, aus dem feinen Stoff, die sie sich im Frühjahr gekauft hat ...»

Trotz der Unruhe, die ihn erfüllte, empfand Ario auf einmal eine Wachheit, die er lange nicht vergessen würde.

Doch Berto redete weiter: «... sie war zerrissen und voller Blut.»

Er schwieg einen Moment und fixierte Ario, der ihn sprachlos ansah.

«Verstehst du?»

«Nein. Ja», stotterte Ario verwirrt und wurde rot. «Sie war voller Blut, hast du gesagt? Aber dann ...»

«Dann ...?» Berto sah ihn überlegen an.

«... muss sie ... ihre Tage gehabt haben.»

«Quatsch! Da sieht man mal, dass du von nichts 'ne Ahnung hast. Das geschieht allen Mädchen beim ersten Mal.» Und er hob zu einer Erklärung an. «Wieso weißt du so was nicht?»

Ario sah ihn an, dann wanderte sein Blick über die Kohlenstaubschlieren auf dem Wasser zu den Hausbooten, von da zur weißen *Virtus* und schließlich zur Tür auf der linken Galerie, die zum Gang bei der Dusche führte. Er hörte nicht mehr zu.

«Hast du verstanden, sie war zusammengeknüllt und völlig durchweicht von noch warmem Blut», hörte er Berto zum Schluss nur noch sagen. «Hast du's jetzt endlich begriffen?»

Ario schwieg.

«He, du Penner! Hast du kapiert?»

«Ja.»

Als Ario aus dem Kajak gestiegen war, taumelte er nach Hause. Er ging in seine «Kajüte», warf sich aufs Bett und blieb reglos liegen. Der Nachmittag verstrich und das Abendbrot rückte näher, doch er rührte sich nicht.

Rücklings, mit offenen Augen und hängenden Armen, lag er da, und es schien ihm, als könne er nie mehr aufstehen.

XVIII

Am folgenden Tag gelang es ihm, noch einmal in Ruhe über alles nachzudenken.

«Na bitte», sagte er sich, «an dem Morgen, an dem ich sie so ernsthaft ins Gespräch vertieft auf der oberen Galerie gesehen habe, hätte ich kapieren müssen, dass sie sich wieder näher kamen und alles von vorn beginnt.»

Kaum war Eneo von der Regatta in Neapel zurück, hatte Lidia wieder mit ihm angebändelt, und die Dinge hatten sich überschlagen. Er war fassungslos und konnte beim besten Willen nicht glauben, dass es so gekommen war. Mit fast blinder Überzeugung hielt er daran fest, dass er Lidia noch retten könne. War es möglich, dass das Unvermeidliche geschehen war und er wegen einer Kleinigkeit, wegen weniger Tage Verspätung nichts mehr für sie tun konnte, niemals mehr? Allein bei dem Gedanken wurde ihm schwindelig.

Es hatte nur eine Winzigkeit gefehlt – er wusste es genau! – und er hätte sie für sich gewonnen. Er hätte ihr nur als Freund begegnen, ein wenig Zeit mit ihr verbringen und etwas mit ihr plaudern müssen, wenn sie zu ihm auf die Galerie kam. Warum hatte er sie an jenem Morgen so schlecht behandelt? Warum hatte er sie zurückgewiesen? Wieder hörte er sich sagen: «Nein, wir sind keine Freunde. Das sind wir nie gewesen.»

Sie war verletzt und hatte es ihm bei der erstbesten Gelegenheit heimgezahlt. Was machte das schon? Hätte er es nur ein bisschen klüger angestellt, wäre es ihm an jenem Nachmittag, als er sie zum Ende der Mole begleitete, gelungen, Eneos Abwesenheit für sich zu nutzen und wieder mit ihr Freundschaft zu schließen.

«Verfluchte Hosen!», dachte er. «Warum habe ich bloß so viel Aufhebens darum gemacht? Warum habe ich mich nicht ohne diese blöden Dinger wieder mit ihr versöhnt?»

Auf einmal kamen ihm lange Hosen vollkommen belanglos vor, genauso wie die Seidenhemden aus Shanghai, die Berto von seinem Cousin bekommen hatte und in denen er sich mächtig aufspielte. Und er konnte es nicht begreifen, dass er sich nicht einfach darüber hinweggesetzt hatte und auf Lidia zugegangen war. Manchmal erfüllte ihn allerdings blinde Wut, ja beinahe Hass auf seine Mutter, die ihm keine Hosen hatte nähen wollen und deshalb an allem schuld zu sein schien. In solchen Momenten machte er sie wider alle Vernunft auch für das verantwortlich, was Lidia passiert war.

Als er sich das nächste Mal mit Berto traf, setzten sie ihre Unterhaltung fort, sobald sie allein waren.

Zwischen gelöschten Sandhaufen und Kistenstapeln, die von den Lastkarren auf die Schiffe verladen werden sollten, gingen sie am Ufer entlang. Berto hatte diesen Weg eingeschlagen, und Ario wusste nicht, wo es längs gehen sollte.

Plötzlich blieb Berto stehen und vergrub seinen Fuß tief in einem der Sandhaufen. Dann zog er ihn wieder heraus und sah zu, wie die goldenen Sandkörner an seinem Bein hinab zwischen den gespreizten Zehen hindurchrieselten.

«Sag mal», flüsterte Ario, «und bei dir zu Hause sind sie völlig ahnungslos und wissen von nichts?»

«Stimmt ja!», sagte Berto und vergrub seinen Fuß wieder im Sand. «Ich habe dir noch nicht alles erzählt.»

Ario runzelte die Stirn und sah ihn an.

«Also, hör zu», begann Berto (während von irgendwoher eine drohende Stimme rief: «He, ihr da! Dass ihr mir ja nicht den Sand auseinandertretet!»), ließ vom Sandhaufen ab und schlenderte zu den Lastkarren und Pferden hinüber. «Bevor ich an dem Abend die Kammer verlassen habe, kam mir noch eine Idee.»

Er warf Ario einen Blick zu, als wollte er ihm sagen: «Jetzt pass mal auf, da wirst du Augen machen», und erzählte weiter: «Ich dachte mir, dass Lidia, sobald ihr die Unterhose wieder einfallen würde, schon bald zurückkommen und sie holen musste, um sie heimlich zu waschen oder wegzuwerfen. Und weißt du, was ich da gemacht habe, um ihr einen Schrecken einzujagen? Ich habe sie versteckt!», prustete er lachend.

«In dieser Nacht hat Lidia kaum geschlafen. Sie hat sich in ihrem Bett hin und her gewälzt, und an ihrem Atem habe ich gehört, dass sie wach war. Manchmal schien sie einzuschlafen, aber dann bewegte sie sich wieder. Am nächsten Morgen bin ich ganz früh aufgewacht, und ihr Bett war leer. Ich bin aufgestanden und sie suchen gegangen.

Sie stand im Gang vor der Dusche und war ganz blass. Sie ging weiter und tat so, als würde sie mich nicht bemerken. Von der Abstellkammer hinter der Dusche aus sah ich, wie sie wieder umkehrte. Sie verschwand im Kämmerchen und kam kurz danach wieder heraus. Das machte sie zwei- oder dreimal.

‹Weißt du vielleicht›, fragte sie mich schließlich, ‹ob gestern Abend jemand im Kämmerchen gewesen ist?›

‹Ja›, antwortete ich ihr, ‹da war, glaube ich, sogar mehr als einer drin.›

Jetzt war sie nicht mehr blass, sondern knallrot.

‹Oh!›, sagte sie und spähte den Gang hinunter. ‹Und wer?›

‹Keine Ahnung …›, ich wartete, bis sie mich wieder ansah, ‹Eneo vielleicht …›

‹Kann sein›, antwortete sie, ‹er ist ja dauernd hier.› Sie hatte sich wieder gefangen. ‹Aber später›, bohrte sie weiter, ‹war da noch jemand anders hier? Ich glaube nämlich›, versuchte sie sich herauszureden, ‹dass ich mein Armband hier verloren habe, weißt du, und jetzt kann ich es nicht mehr finden. Ich weiß, dass ich es noch hatte, als ich hineingegangen bin, um einen Riemen zu holen.›

‹Ja, stimmt›, sagte ich, ‹jetzt erinnere ich mich: ziemlich spät›, und ich sah sie an, ‹ist Papa nochmal hineingegangen.›

Mit einem Schlag wurde sie noch blasser als vorher, und du hättest ihr Gesicht sehen sollen; ihr blieb die Spucke weg vor Angst. ‹Also, Papa›, muss sie gedacht haben, ‹hat meine Unterhose gefunden und mitgenommen. Jetzt weiß er also alles.›

Du kannst dir nicht vorstellen», prustete Berto, «wie ich mich amüsiert habe!»

Ario versuchte mitzulachen, aber es gelang ihm nicht so recht. Er hatte eben Lidias Ängste durchlebt: Wie sehr musste sie fürchten, die *Untersuchung* dieses verrückten Säufers noch einmal über sich ergehen zu lassen, genau wie damals, doch mit was für einem Ergebnis dieses Mal!

«Kehren wir um?», fragte er unvermittelt, als wolle er Berto zu verstehen geben: «Jetzt reicht's!»

«Wie du willst.» Berto wandte sich um. «Aber das war noch nicht alles.» Wieder hörte Ario ihm zu.

«Noch am selben Tag hat mich Mama gefragt, wo sie wohl einen Schwamm fände. ‹Weißt du, wo?›, habe ich ihr vorgeschlagen, als Lidia gerade draußen war. ‹Im dunklen Kämmerchen. Ich glaube, da habe ich vor ein paar Tagen einen gesehen.› Während sie noch in der Küche beschäftigt war, bin ich ihr zuvorgekommen, ins Kämmerchen gelaufen, habe einen Schwamm genommen und ihn zusammen mit der zusammengeknüllten Unterhose, die durch das getrocknete Blut ganz hart geworden war, in eine Ecke zwischen zwei Kisten gelegt.

Dann kam Mama und leuchtete mit der Taschenlampe im Kämmerchen umher.

‹Da ist er ja!›, rief sie plötzlich und beugte sich hinunter.

‹Aber was ist denn das?›, meinte sie auf einmal und blieb gebückt stehen. Dann sagte sie nichts mehr. Ich habe gesehen, wie sie die Unterhose sofort wieder zusammengerollt hat. Sie hat sich wortlos aufgerichtet, das Kleidungsstück in den Händen, und mir einen prüfenden Blick zugeworfen, ob ich etwas bemerkt hätte.

‹Das ist er doch gar nicht! Hier ist der Schwamm›, sagte ich und hob ihn auf. ‹Da!› Sie hat ihn mir aus der Hand geschlagen.

‹Ist Lidia mit jemandem hier drin gewesen? Hast du sie dabei beobachtet?›

‹Lidia?› Ich hab erstaunt getan. ‹Nein, keine Ahnung.›

‹Verdammter Mistkerl!›, schimpfte sie. ‹Du verdammter Heuchler! Glaubst du, ich habe nicht verstanden, dass ihr unter einer Decke steckt? Du hast dich mit ihr verbündet. Begreifst du denn nicht, dass du sie auf diese Weise ruinierst, du, ihr eigener Bruder? Du machst sie noch zur … ich sage besser nicht, zu was!›

‹Aber wieso? Ist das ihre?›, habe ich gefragt und auf das Wäschestück gezeigt.

Sie antwortete nicht. Als sie wegging, war sie so wütend, wie ich sie noch nie gesehen habe. Am Ende des Ganges hat sie sich noch einmal umgedreht, mich mit irren Augen angestarrt und drohend die Hand gehoben.

‹Und wehe!›, sagte sie, ‹wehe dir, wenn du nur irgendjemandem ein Sterbenswörtchen davon verrätst. Eher erschlage ich dich, als dass Papa sie hinauswirft.›

Kaum war Lidia parfümiert und vergnügt nach Hause gekommen, zerrte Mama sie ins Schlafzimmer, ging auf sie los und riss ihr das Kleid in Fetzen, sodass sie fast nackt dastand. Du hättest mal sehen sollen, wie sie auf Lidia eingeschlagen hat. Sie hat sie gebissen, an den Haaren gerissen, herumgezetert und sie aufs Übelste beschimpft, sogar Nutte hat sie sie genannt …»

«Und Lidia?», fragte Ario atemlos.

«Hat geschwiegen. Sie hat sich schlagen und beleidigen und bespucken lassen, ohne etwas zu sagen. Ganz nackt, weil Mama ihr alles, sogar die Korallenkette, vom Leib gerissen hatte, stand sie aufrecht mitten im Zimmer, nur noch Schuhe an den Füßen. Sie ließ alles geschehen und starrte sie nur stumm an, auch als sie ihr ‹du Nutte, du elende Nutte!› ins Gesicht schrie.

Ich habe hinter der Tür gestanden und alles gesehen.»

«Und dann?»

«Und dann? Das war's. Nein, halt. Am nächsten Tag in der Küche musste ich Mama etwas versprechen: ‹Schwör mir, dass du niemandem etwas davon sagst. Für Lidia ist es gelaufen. Aber wenn du redest, hat sie keine Chance mehr.›»

Endlich war Berto mit seinem Bericht am Ende. Er hatte ihm alles erzählt. Ario war vollkommen aufgewühlt und fühlte sich wie betäubt. Es hatte ihm die Sprache verschlagen, und er konnte keinen klaren Gedanken fassen, so sehr war er von den Bildern, die Bertos Erzählungen in ihm heraufbeschworen hatten, überwältigt. «Aber nein», versuchte er, sie abzuschütteln und sich davon zu befreien. «Es kann nicht wahr sein.» Wieder einmal kam ihm alles, was Berto mit leuchtenden Augen erzählt hatte, wie ein einziges Schauermärchen vor. Und je deutlicher und wahrhaftiger diese Bilder in ihm hochkamen und ihn verstörten, als hätte er alles persönlich gesehen und erlebt, desto unwahrscheinlicher erschienen sie ihm.

«Es ist nicht wahr», sagte er sich wieder und glaubte im selben Moment den Beweis dafür zu haben.

In den Tagen nach Eneos Rückkehr hatte er Lidia ebenso ruhig und vergnügt gesehen wie sonst. Auch Berto hatte sich friedlich wie eh und je um Eneo und das Skiff gekümmert. Und selbst ihre Mutter hatte einen ruhigen und unbekümmerten Eindruck gemacht.

Wie konnte es dann sein, dass Lidia, Berto und ihre Mutter in ebendiesen Tagen und Stunden in einen derartigen Aufruhr geraten waren?

«Nein», schloss er, «das kann nicht wahr sein. Ich hätte sie doch nur sehen müssen und sofort etwas geahnt oder vermutet. Vor allem Berto hätte sich doch früher oder später verraten, wenn wir zusammen waren. Nein, das ist wieder bloß so eine Erfindung von ihm.»

Sie waren vor dem großen, weißen Bau mit Stegen, Terrassen und Kabinen des Bagno Savoia angelangt. Ario, der noch nie dort gewesen war, da er die Badeanstalt immer für einen Treffpunkt feiner Leute gehalten hatte, erinnerte sich plötzlich mit wachsender Unruhe, dass Lidia seit diesem Sommer regelmäßig dort hinging.

«Na, was hältst du davon? Aber erzähl es bloß nicht weiter, ja?», hörte er Berto sagen. «Schwör mir, dass keiner etwas davon erfährt.»

«Ich muss ihn dazu bringen zuzugeben», dachte Ario, «dass alles reine Phantasie ist. Gleich versuche ich es.»

Binnen kurzem würde er die Wahrheit erfahren. Schon hörte er Berto lachen: «Tolle Geschichte, was? Und ziemlich glaubwürdig! Du hast sie geschluckt! Und ich gehe jede Wette ein, dass du mir nur auf die Schliche gekommen bist, weil ich es so wollte.»

Dann würde er mitlachen und erleichtert aufatmen. «Nein, ich habe es natürlich sofort gemerkt. Aber es hat Spaß gemacht, dir zuzuhören und zu gucken, wie weit du die Geschichte treibst.»

Doch bevor er etwas sagen konnte, kam Berto ihm zuvor, und das war das Ende.

«Mama hat auch erzählt, dass Lidia ihr am nächsten Tag in der Küche bei Gott geschworen hat (und du weißt ja, dass Lidia noch immer wie ein kleines Mädchen in die Kirche geht und beichtet und jeden Abend betet), dass sie nie wieder so eine Dummheit machen würde. Von wegen! Seitdem – und ich verstehe nicht, dass Mama es nicht bemerkt – hat sie wer weiß wie oft Dummheiten gemacht, fast jeden Tag!»

Ario blieb stehen. «Was sagst du da?», wollte er stammeln und brachte doch kein Wort heraus.

«Wer weiß wie oft», dachte er, «fast jeden Tag.»

«Aber ...», krächzte er schließlich, «wann und wo ist es denn das erste Mal passiert, im dunklen Kämmerchen?»

«Das muss im Juli gewesen sein. Nein, eher im Juni. Naja, irgendwann um diese Zeit, kurz nach der *Untersuchung*. Ich wollte es dir eigentlich nicht erzählen, aber jetzt ...»

Ario hörte nicht weiter zu. Das ganze Bild, das er sich von diesem Sommer gemacht hatte und das fest und unumstößlich schien, brach mit einem Mal in sich zusammen. Er fühlte, wie er den Boden unter den Füßen verlor, und ihm wurde schwindelig. «Es stimmt!», war das Einzige, was er zu denken imstande war. «Es ist also alles wahr.»

Jetzt begriff er, klärte sich alles. Lidia hatte sich Eneo in den ersten Julitagen, kurz nach der *Untersuchung*, hingegeben. Und er hatte weder durch Bertos noch durch Lidias Verhalten Verdacht geschöpft, weil er in dieser Zeit die *Virtus* gemieden hatte. Es war schließlich genau die Zeit, in der er – und wie er sich daran erinnerte! – entdeckt hatte, dass Eneo mit seiner Mutter ins Bett ging; er war Berto aus dem Weg gegangen aus Furcht, er könne etwas wissen und ihn bloßstellen.

So als wäre es gestern gewesen, kamen ihm nun auch die wenigen Augenblicke in den Sinn, die er in jenen Tagen mit Lidia verbracht hatte. In dieser Woche hatte er sie nicht einmal sehen wollen. Das Erlebnis in jener Nacht im Schlafzimmer seiner Mutter – und das Bild von ihr und Eneo ließ ihn nicht mehr los – hatte ihm jegliche Lust genommen, sich mit Lidia zu treffen. Auch sie löste so etwas wie Mitleid und Ekel in ihm aus, und er spürte plötzlich mit beklemmendem Unbehagen, dass er alle Frauen für immer werde verachten müssen.

Er erinnerte sich wieder an den Morgen, als er gerade dabei war, die Beschläge an zwei alten Ruderblättern zu befestigen und Lidia sich auf der Galerie neben ihn setzte. Er hatte ihr keine Beachtung geschenkt. Und kaum, dass sie ihn angesprochen hatte, behandelte er sie schlecht.

Und er erinnerte sich auch, wie sie ein weiteres Mal zu

ihm gekommen war, als hätte ihr die erste Abfuhr nicht gereicht.

«Meinst du das im Ernst», hatte sie ihn lächelnd gefragt, «dass du es dir nie gewünscht hast?»

«Was denn?»

Sie hatte gelacht und ihm dabei in die Augen gesehen.

«Mich zu küssen.»

«Nein», hatte er geantwortet und nichts als Scham und Abscheu für sie empfunden.

Damals war es ihm so vorgekommen, als sei Lidia von Eneo sitzen gelassen worden, der inzwischen mit seiner Mutter zusammen war, und als schere sich im ganzen Hafen niemand mehr um sie. Ohne Eneo, ohne einen anderen kam sie ihm kläglich und wertlos vor, und sie widerte ihn nicht nur an, sondern erregte in ihm auch Mitleid und Schmerz. Er fühlte sich durch sie beinahe gedemütigt.

Aber wie anders war die Wirklichkeit, die er heute erfahren musste. Genau zu jener Zeit hatte Lidia den Höhepunkt ihres Lebens erreicht.

Es quälte ihn bis zur Raserei, dass er ihr in den Momenten, die sie auf der Galerie zusammen waren, keine Aufmerksamkeit geschenkt hatte, und verzweifelt wünschte er, die Zeit zurückdrehen zu können.

«Ob sie damals noch ... unberührt war?», fragte er sich. «Oder ...», und das Herz klopfte ihm zum Zerspringen.

«Auf jeden Fall», überlegte er, «muss sie sich Eneo in der Zeit zwischen der *Untersuchung* und Bertos zweiter Geschichte hingegeben haben. Als er mir eröffnet hat, dass sie nicht den gleichen Vater haben und dass sie selbst es ihm gesagt hat, muss alles schon passiert gewesen sein.»

Er wollte sichergehen.

«Genau», sagte Berto, «dass sie nicht meine richtige Schwester ist und dass mein Vater für sie nicht viel mehr als ein Fremder ist, hat sie nur behauptet, weil sie nicht mehr Jungfrau war und eine Heidenangst davor hatte, noch einmal *untersucht* zu werden. Verstehst du? Sie hat versucht, sich abzusichern! Sie hat mir ohne Umschweife erklärt, dass Papa in jener Nacht eine Riesenschweinerei begangen hat: Er hätte nicht das Recht gehabt, sie zu *untersuchen*, weil sie nicht seine Tochter ist, und wir sollten bloß aufpassen (das hat sie mehrmals gesagt und mich dabei angestarrt), so etwas nicht noch einmal zu wagen, das würde sie nie mehr zulassen. Aber das habe ich dir ja schon erzählt.»

«Ja, ich erinnere mich», sagte Ario. «Aber dann hast du ja bereits alles gewusst, als du mir erzählt hast, dass Lidia nicht deine richtige Schwester ist. Ein paar Tage zuvor hattest du sie mit Eneo in das dunkle Kämmerchen gehen sehen und dann deine Mutter wegen dem Schwamm dort hingelockt …»

Berto nickte. «An dem Tag hätte ich es dir um Haaresbreite erzählt. Ich weiß noch, dass ich dich angesehen habe und dachte: ‹Sag ich's ihm oder sag ich's ihm nicht?› Aber wie du siehst, hab ich es mir verkniffen und ziemlich lange den Mund gehalten.»

«Und dein Vater», hakte Ario nach, «hat keinen Wind davon bekommen?» Nachdem er so lange in Unkenntnis gewesen war über diese Dinge, die ihn doch angingen und zu seinem Leben ebenso gehörten wie zu Lidias, wollte er nun alles wissen. Nur so konnte er die Angst bezwingen, die ihm immer wieder die Brust zuschnürte.

«Nein, Papa weiß von nichts, weil ich ihm nichts gesagt habe.»

«Merkwürdig», rief Ario, als würde er laut denken, «dass er nie auf die Idee gekommen ist, sie ein zweites Mal zu *untersuchen*.»

«Stimmt», sagte Berto. «Aber weißt du, es kam ihm vor allem darauf an, dass Lidia nicht wieder an Bord der *Empedocle* mitgeht, als ob es nur da gefährlich ist ...»

Und genau das, und nur das, hatte Lidia vermieden. In den Tagen nach der *Untersuchung* hatte sie sich, als gehorche sie ihrem Vater, ausschließlich auf dem Ponton aufgehalten. Sie schien tatsächlich Vernunft angenommen zu haben.

«Vielleicht erinnerst du dich, dass sie fast nie ausgegangen ist. Sie hat mit allen ein wenig geplaudert, auch mit dir ...» (als er das sagte, sah Berto ihm direkt in die Augen), «... und Eneo schien ihr völlig schnuppe zu sein.»

Ihr Verhalten hatte alle getäuscht, vor allem den Vater, der nicht der Typ ist, sich weiter Gedanken zu machen, wenn der Zorn erst einmal verflogen ist. Ihm genügte es, dass Lidia nicht auf die *Empedocle* ging. Und wie hätte sie auch dorthin gehen sollen, wenn sie immer auf der *Virtus* war und Eneo links liegen ließ?

«Stattdessen ist es genau zu diesem Zeitpunkt passiert, auf dem Hausboot, bei uns zu Hause ...»

«Das stimmt bloß zum Teil», dachte Ario. «Denn der Grund, warum er Lidia nicht mehr belästigt hat, ist ein anderer. Berto weiß nichts davon, er kann nichts wissen.»

«Und es ist auch merkwürdig», fuhr Berto fort, «dass sogar Mama nichts bemerkt hat. Ich an ihrer Stelle wäre mehr als misstrauisch gewesen ...»

«Der wahre Grund», dachte Ario, «warum der Vater Lidia in Ruhe gelassen hat, ist der, dass meine Mutter ihn nicht mehr gegen sie aufgehetzt hat.»

Der Betrunkene hatte sie in jener Nacht nur deswegen einer Untersuchung unterzogen – das würde Ario nie vergessen –, weil seine Mutter ihm hatte weismachen können, Lidia sei an Bord der *Empedocle* entjungfert worden. Als sie dann glaubte, Eneo erobert zu haben, hatte sie das Mädchen keines Blickes mehr gewürdigt, obgleich sich alles direkt nebenan auf der *Virtus* abspielte; sie bekam einfach nicht mit, dass Eneo sich auch weiterhin mit Lidia traf. Deshalb hatte Bertos Vater sie in Ruhe gelassen und auch keinen Verdacht geschöpft: Ihm fehlte der Anlass, der ihn beim ersten Mal zum Handeln bewogen hatte.

«Wenn ich meine Mutter wäre», wiederholte Berto, «würde ich mehr als misstrauisch sein, denn in letzter Zeit hatte Lidia immer Geld in der Tasche.»

Ario spitzte die Ohren.

«Naja, nicht viel! Ein paar Zehn-Lire-Scheine, aber es gehört nicht viel dazu, um zu kapieren, dass sie die von Eneo hat.»

Eneo: Die ganzen Monate hindurch war er also der Liebhaber von beiden gewesen.

Diese Situation stellte mit einem Schlag den Sinn all dessen, was Ario in diesem Sommer erlebt und gesehen hatte, in Frage. Sie kam ihm, ähnlich wie die anderen Dinge, die Berto ihm erzählt hatte, unglaubhaft vor und war zudem so verworren, dass sie ihm noch ungeheuerlicher erschien.

Dennoch ahnte er, dass alles bis in jede Einzelheit wahr und unanfechtbar war; und mit Bestürzung stellte er fest, als komme dies nur ihm zu, dass dem Ganzen auf verstörende Weise sogar etwas Großartiges anhaftete.

Er dachte kurz darüber nach, und gegen seinen Willen bewunderte er Eneo einen Moment lang.

«Ciao, bis später!», hatte Berto ihm zugerufen, als er seinen Cousin auf dem Motorrad vorbeifahren sah. Sie hatten die Badeanstalt bereits hinter sich gelassen und waren beinahe am Bahnhof angelangt. Berto platzierte sich hinter ihm auf dem Sattel. «Ich fahr mit ihm zum Arsenal!»

Ario kehrte allein nach Hause zurück. Er achtete nicht auf seine Umgebung, sondern dachte nach. Inzwischen war er beinahe ruhig geworden. Die Unvermeidbarkeit des Geschehenen beschwichtigte ihn und betäubte sogar den Schmerz und die Bitterkeit.

Er beschleunigte seinen Schritt und hob den Kopf. Vor sich sah er die Masten und weitläufigen Decks des riesigen Motorschiffes, das jenseits des blauen Leuchtturmbeckens hinter dem lang gestreckten Gebäude der Stazione Marittima im Morgenlicht lag. Er lief noch schneller. Wie ein erfrischender Windstoß überkam ihn plötzlich die Erinnerung an einen Ausflug an Bord der *Saturnia*.

Ein Verwandter Bertos, der im Hafen arbeitete, hatte sie zu einer Probefahrt durch die Bucht mitgenommen. Über eine Strickleiter waren sie durch eines der riesigen Bullaugen auf das Schiff geklettert.

An Deck hatten sie sich sogleich aus den Augen verloren. Berto und sein Cousin erkundeten das eine Ende des Schiffes, Ario das andere. Es gefiel ihm, allein unterwegs zu sein und hinter der grünweißen, breiten Spur des Kielwassers herzusehen, die das blaue Meer meilenweit durchzog, und die Möwen zu beobachten, die mit heiseren Schreien das Heck umkreisten. Es war herrlich, gegen den Wind zum Bug zu laufen und mit zusammengekniffenen Augen die Wasserlinie am Horizont abzusuchen.

Ein Gefühl grenzenloser Freiheit erfüllte ihn, und es

schien, als müsse ihm die Brust vor Glück und ungestümer Freude zerspringen.

«Zur See fahren! Reisen! Weit fort!», dachte er.

Er würde an Bord eines Motorschiffes gehen, das so groß war wie dieses oder noch größer. Er wollte den Orient bereisen, seit einiger Zeit schon träumte er vom Indischen Ozean und vom Pazifik oder von Amerika.

Er schritt zügig aus. Es war, als sei er bereits an Bord und endlich frei. Alles andere – seine Kindheit, der Hafen, seine Mutter, Lidia – blieb zurück und verschwand für immer, so wie an diesem Tag die Stadt in kürzester Zeit am Horizont verschwunden war.

Seine Mutter, Lidia. Oh, sie würden ihm eines Tages nachweinen! Und sich wünschen, ihn wenigstens einmal noch wiederzusehen, doch er würde nie mehr zurückkehren. Und sie würden von ihm reden hören. Er würde berühmt werden. Er wusste noch nicht wie, doch er spürte sicher, dass er berühmt werden musste.

Auf einmal war er froh und wie befreit. Er hob den Kopf und lauschte der Brise, die in seinem Haar spielte.

Als er sich mit der Hand über die Lider fuhr, bemerkte er, dass sie feucht waren. Er war glücklich, doch er hatte Tränen in den Augen und musste schlucken. Er gab sich einen Ruck und ging ein wenig schneller. «Sobald ich alt genug bin», schwor er sich, «warte ich keinen Tag länger und schiffe mich ein.»

XIX

Ario hatte sich allein auf das Terrassendach des Pontons begeben, wo die Trikolore schnalzend und knatternd am Mast in der steten frühherbstlichen Brise wehte, und ließ die jüngsten Ereignisse noch einmal Revue passieren. Während sich die Menschenmenge allmählich auflöste, konnte er am Ufer zwischen zwei riesigen, bunten Flaggen immer deutlicher etwas Blaugoldenes erkennen: die Tribüne des Herzogs.

Noch immer trug der Wind von Zeit zu Zeit das entfernte Echo einer Kapelle herüber, das sich mit den Klängen eines abziehenden Fanfarenzuges mischte. Auch von einem kleinen Motorschiff, das vollbesetzt den Hafen verließ, ertönte mal lauter, mal leiser Musik.

Ario ließ den Blick schweifen, betrachtete den hellblauen Himmel und holte tief Luft. Dann sah er zu der gegenüber liegenden Galerie hinüber. Lidias Schuhe standen noch immer da.

Sie schien noch nicht ausgegangen zu sein. Wie schon so oft, wenn alles hinausstürzte, war sie lieber allein zu Haus geblieben, und es war Ario ein Rätsel, was sie in diesen Augenblicken tat.

Lidia. Über das Geländer gelehnt betrachtete er das Meer und dachte an sie. Und die Schönheit des Tages, die Klarheit der Luft und noch etwas anderes, ein tiefes und lebendiges Gefühl, das ihn immer wieder mit Zuversicht erfüllte, machten all die Dinge, die ihm Berto erzählt hatte, plötzlich bedeutungslos. Nein, nichts davon stimmte. Es konnte einfach nicht sein. Es handelte sich um einen düsteren Albtraum, der sich bei Tageslicht verflüchtigte.

«Aber wenn ...», dachte er und wurde sofort unruhig. Auf die *Virtus* gehen, Lidia suchen, mit ihr reden und alles von ihr erfahren. Nein, dazu fehlte ihm der Mut. Wie hätte er sie etwas Derartiges fragen können?

«Obwohl», dachte er, «Berto einen Weg gefunden hat, mit ihr über solche Dinge zu sprechen.» Er erinnerte sich.

«Weißt du», hatte Berto erzählt, «was ich ihr gesagt habe? Dass ich wisse, was sie mit Eneo im Kämmerchen getrieben hat. Sie hat mir das Wort abgeschnitten und auf dem Absatz kehrt gemacht. ‹Hört endlich auf damit!›, rief sie. ‹Jetzt fängst du auch noch damit an. Du widerliches Schwein! Als ginge Mama mir nicht schon genug auf die Nerven!› Dann ging sie, aber ich habe gesehen, wie rot sie geworden ist.»

Auch dies hatte Berto ihm erzählt, aber stimmte es denn überhaupt? Wenn er sich alles nur ausgedacht hatte, so war das die letzte Zugabe gewesen. Dennoch klangen ihm andere Dinge in den Ohren, die Berto erzählt hatte, und seltsamerweise schienen sie mit einem Mal wieder wahr zu sein.

«Möchtest du wissen, was sie als Entschuldigung vorgebracht hat?», hatte Berto gefragt. «So leicht habe ich sie nicht davonkommen lassen. Ich bin ihr über das ganze Hausboot gefolgt und habe sie erneut in die Zange genommen. ‹Ach›, hat sie auf einmal gerufen, ‹glaubst du wirklich, dass ich es getan habe? Na, und wenn, dann hab ich es nur getan, um dir und Papa eins auszuwischen. Ihr habt mich in dieser Nacht auf die Idee gebracht. Hättet ihr mich nicht *untersucht*, wäre es mir bestimmt nicht eingefallen.›»

«Aber wie», Ario sah ihn mit großen Augen an, «hast du denn überhaupt den Mut gefunden, mit ihr darüber zu sprechen?» Berto lachte und zeigte die Zähne.

«Na, komm schon», entgegnete er, «wenn sie den Mut gefunden hat, es zu tun! Aber hör dir an, was sie dann gesagt hat. ‹Und übrigens›, meinte sie, ‹glaubst du denn, dass die Mädchen, die dir begegnen, vor allem die hübschen, denen du hinterherschaust (und ob du ihnen hinterherschaust – hat sie gesagt –, ich hab es wohl bemerkt!), noch nie etwas angestellt haben? Je hübscher man ist, desto …› Sie machte eine Pause und redete dann weiter: ‹Naja, so ist es immer gewesen und wird immer so sein! Je hübscher man ist, desto schwieriger ist es …› Sie drehte sich um und wollte weggehen, aber dann kam sie noch einmal näher. ‹So ist es immer gewesen›, sagte sie noch einmal, ‹selbst zur Zeit unserer Großmütter. Man darf sich nur nicht erwischen lassen.› Sie schwieg einen Moment. ‹Mama zum Beispiel war gar keine Witwe, bevor sie Papa heiratete. Sie ist vorher nicht verheiratet gewesen. Und mich hat sie so bekommen, von einem *Herrn*.›»

Ario hätte beinahe genickt, doch zum Glück konnte er sich gerade noch zurückhalten.

«Kapierst du», ereiferte sich Berto, der tiefrot geworden war, «was sie mir da erzählt hat? Hinterlistig, wie sie ist, hat sie sich die Geschichte mit Mama nur ausgedacht, um sich aus der Affäre zu ziehen. Nur deswegen ist sie noch einmal zurückgekommen, weil sie darauf hinauswollte. Stell dir vor, wenn Mama das wüsste! Ich habe ihr eine geknallt und geschrien: ‹Halt den Mund! Du bist, was du bist, und inzwischen haben es alle begriffen. Aber wag es nicht, solche Dinge über Mama zu sagen, sonst schlag ich dich zu Brei!›»

Auch jetzt war Berto laut geworden. Er war ganz aufgeregt und keuchte. «Mama», sagte er, «habe ich kein Wort davon verraten, und das werde ich auch nicht, und meinem Vater ebenso wenig. Aber damit ist es nicht getan», seine Augen funkelten. «Lidia habe ich geschworen, dass ich es ihr heimzahlen werde.»

«Und was hast du mit ihr vor?», fragte Ario düster.

«Das weiß ich noch nicht. Aber mir wird schon etwas einfallen. Ja, sie wird dafür büßen. Von wegen *feiner Herr*, zum Teufel! Ach ja, genau!», wieder sah er Ario an, «das ist noch so eine fixe Idee von ihr. Seit einiger Zeit behauptet sie dauernd, die Tochter eines *Herrn* zu sein.»

Das Ufer vor den Hausbooten füllte sich wieder mit Menschen. Im Hafen wurden hier und da Stimmen laut, ein Motor sprang an, und gelegentlich war ein metallisches Klirren zu hören. «Sie fangen wieder an zu arbeiten», dachte Ario. «Sie verschieben die Waggons.» Und während er zum Leuchtturm hinübersah, an dem gerade ein weiteres vollbesetztes Motorboot vorbeifuhr, lauschte er gedankenverloren den aufeinander prallenden Puffern.

Er stand noch immer so da, als auf einmal jemand nach ihm pfiff: «Ario!»

Er fuhr herum und sah auf die Mole hinunter.

«Schon zurück?», fragte er. «Wie war's?»

«Du bist schön blöd gewesen!», rief Berto aufgeregt und glücklich zu ihm herauf. «Wie kann man bloß so bescheuert sein? Sich umdrehen, wenn man schon so weit ist, und nur weil deine Mutter dich ruft! Noch ein paar Schritte, und du wärst in der Menge verschwunden gewesen.»

«Und, schöne Parade?», fragte Ario knapp. «Wie war's?»

«Die schönste, die ich je gesehen habe. Deshalb meine ich ja …»

«Was soll's?», unterbrach ihn Ario. «Ich hab ja schon welche gesehen. Es wird nicht meine letzte gewesen sein.»

«Schon gut. Aber so eine wie heute siehst du nie wieder. Es passiert schließlich nicht alle Tage, dass Soldaten aus dem Krieg heimkehren. Stell dir vor, extra deswegen sind auch viele Regimenter der Gebirgsjäger gekommen, die in Afrika gekämpft haben. Und die Matrosen der Kreuzer hättest du sehen sollen: ganz braun gebrannt von der Sonne im Indischen Ozean. Aber was machst du eigentlich da oben?»

Ario stieg eilig hinunter. Wie immer versetzte ihn Bertos Anwesenheit in kribbelige Erregung.

Sie schlenderten das Ufer am Hafenbassin und weiter unten am Leuchtturmbecken entlang.

Trotz des Feiertags wurde hier und da gearbeitet. Einige mit Kohle beladene Waggons wurden auseinander gekoppelt und am Ufer hin und her rangiert. Anschließend wurden sie auf den Gleisen abgestellt.

«Sie schieben sie vor die Lastkähne», sagte Berto. «Sie müssen sie fertig beladen, obwohl heute Feiertag ist. Morgen bugsiert die *Titanus* sie dann bei Tagesanbruch zum *Conte Verde*, der Kohle lädt und dann in See sticht.»

«Die Lastkähne», dachte Ario. Und wieder sah er die schaukelnden Boote vor sich, die am Morgen vom Schwell der Kreuzer erfasst worden waren.

«He!», rief er auf einmal und stellte sich Berto in den Weg. «Was für eine Idee hattest du eigentlich heute Morgen?»

«Was für eine Idee?»

«Na, du weißt schon, als wir die Flagge auf deinem Ponton gehisst haben.»

«Stimmt!» Berto blieb stehen, und ein Strahlen ging über sein Gesicht. «Eine großartige Idee! Filmreif! Gut, dass du mich daran erinnerst.»

Mit leuchtenden Augen folgte Ario jeder seiner Bewegungen. «Na, sag schon!»

Berto antwortete nicht. Er war ernst geworden.

«Komm schon, verrat sie mir!», drängte Ario.

«Nein, lieber nicht. Dir kann man nicht trauen.»

«Mir kann man nicht trauen! Was soll das heißen? Habe ich jemals etwas ausgeplaudert? Habe ich dich jemals verraten?»

Berto schwieg, und Ario starrte ihn gespannt an. Dann schüttelte Berto ernst den Kopf.

«Nein», antwortete er nur, «ich verrate sie dir nicht. Das ist besser so.»

Schweigend gingen sie weiter. Mit einem Schlag war Arios aufgekratzte Stimmung verflogen. Und Berto schien in Gedanken versunken, als würde ihn seine Idee auf einmal eher beunruhigen als befriedigen.

Sie wechselten das Thema.

«Weißt du übrigens schon», rief Berto, «dass er mir Ringen beibringt?»

«Ringen?» Ario sah ihn an. «Wer?» Weder er noch Berto kannten einen Boxer, geschweige denn einen Ringer.

«Wer? Na, Eneo!»

Ario schwieg.

«Er hat es mir versprochen», sagte Berto strahlend. «Es war sogar seine Idee, das mit dem Ringen.»

«Boxen, meinst du wohl.»

«Nein, Ringen. Ich weiß noch nicht, ob griechisch-römisch oder Freistil.»

Plötzlich erinnerte sich Ario – und wie damals schoss ihm das Blut in die Wangen – an den Tag, als er, nur in Badehose, Eneo im Gang vor der Dusche begegnet war, der ihn mit zusammengekniffenen, funkelnden Augen blitzschnell von oben bis unten gemustert hatte.

«Ich habe gar nicht gewusst», sagte er nur, «dass Eneo auch ringen kann.»

«Und ob er das kann, und wie! Stell dir bloß vor, er hat vorgeschlagen, mir alle Bewegungen zu zeigen, auch die ‹verbotenen›. Er sagt, dass ich es schaffen könnte und es nicht bereuen würde. Er sagt, dass ich genau der Typ für diesen Sport bin, und dass schon viele Jungen bei ihm Ringen lernen wollten, aber dass er lieber mit mir arbeiten würde und die anderen nichts davon wissen dürften.»

Ario sah ihn misstrauisch an. «Und weiß Eneo», sagte er plötzlich, «dass du auch mit einem Skiff trainierst?»

«Nein, halt die Klappe!», rief Berto nervös. «Sonst kannst du was erleben!» Er war stehen geblieben und sah Ario aus blitzenden Augen an. «Wenn du es ihm erzählst, bist du nicht mehr mein Freund!»

«Und ob ich's ihm erzählen werde.»

«Was ist denn los mit dir? Willst du vielleicht ...», stammelte Berto. Es war offensichtlich, dass er nicht wusste, wie er Ario beschwichtigen sollte. Allein die Vorstellung, dass Eneo etwas von seinem heimlichen Training erfahren könnte, schien ihn völlig ratlos zu machen. Er war rot geworden und schämte sich, als stünde er bereits vor Eneo und wisse nicht, wie er seine heimlichen Machenschaften begründen sollte.

«Ich werd's ihm aber erzählen», sagte Ario noch einmal und sah Berto fest an.

«Du willst es ihm verraten?» Berto wurde blass. «Wehe dir!», rief er und machte einen Satz nach vorn, als wolle er sich auf ihn stürzen. Er war ganz zerzaust, und das Haar über der Stirn stand ihm zu Berge. «Wenn du es weitersagst, habe ich ihm auch etwas zu erzählen!»

«Was denn?» Arios Blick verdüsterte sich.

«Ich sage ihm ... dass du ein Lügner bist. Dass alles, was du erzählst, erfunden ist. Zum Beispiel hast du dir doch bloß ausgedacht, dass dein Vater in New York ist. Du weißt doch gar nichts über deinen Vater!»

«Das stimmt nicht!», rief Ario, und das Blut schoss ihm in die Wangen. Ohne noch einen klaren Gedanken fassen zu können, spürte er, wie er von Zorn gepackt wurde. «Das habe ich mir nicht ausgedacht. Es stimmt. Es stimmt, stimmt, stimmt! Ich weiß alles von meinem Vater. Er schreibt uns ständig. Er ist in New York, er ist berühmt!»

«Ach ja?», lachte Berto. «Berühmt ist er. Was macht er denn so, wenn ich mal fragen darf?»

Ario war außer sich. «Er ist ein Champion», wollte er rufen. «Ein berühmter Champion, wie Eneo niemals einer wird!» Und in diesem Augenblick glaubte er sogar selber daran.

«Ist er ein Champion?», kam ihm Berto glücklicherweise zuvor, als hätte er seine Gedanken gelesen. «Ein Weltmeister?», und er lachte.

«Nein, er ist kein Champion, weil er sich einen Dreck darum schert», sagte Ario und verzog das Gesicht. «Aber er ist Trainer, ein großartiger Trainer!»

«Was trainiert er denn?»

«Schwimmen.»

Auf dem Rückweg (sie beeilten sich und sahen mit knurrendem Magen zu den Pontons hinüber) hatten sie bereits wieder Frieden geschlossen.

«Und verrätst du mir jetzt deine Idee?», hatte Ario nach einer Weile noch einmal gefragt.

«Ich werd sie dir verraten», antwortete Berto, «aber versprich mir, dass du Eneo nichts von meinem Training mit dem Skiff erzählst.»

«Ich versprech es dir. Jetzt sag schon.»

«Nein, jetzt nicht. Ich muss nochmal darüber nachdenken. Du wirst Augen machen! Filmreif, sag ich dir!»

Vor der *Virtus* verabschiedeten sie sich.

«Also, abgemacht», sagte Berto, «nach dem Abendessen kommst du sofort zu mir. Wir fahren mit dem Kajak hinaus, und dann erzähl ich dir alles. Du wirst staunen! Aber denk dran», er sah ihn eindringlich an, «es wird Ernst gemacht. Ich erklär dir alles, zeige dir, was du tun musst, und du hilfst mir.»

XX

Kurz vor der Kohlenschute zog Ario die Riemen ein. Der Kajak glitt über das Wasser, das in diesen Nachmittagsstunden glatt und reglos dalag, und durchpflügte die Schleier von Kohlenstaub, die auf der Oberfläche schwammen.

Vom Leuchtturm bis zur Fischhalle herrschte im ganzen Hafenbecken Stille. Am Ufer und an den Decks der Segler und Schlepper war kein Laut zu hören. Nur das hastige Rattern einer Straßenbahn durchbrach ab und an die sonnige Ruhe, in der sich nicht das kleinste Lüftchen regte.

Während der Kajak rasch auf die pechschwarze Schute zusteuerte, betrachtete Ario die tropfenden Ruderblätter über dem Wasser.

Er war allein im Boot. «Berto», dachte er und drehte sich kurz zum Hausboot um, «steht schon auf der Terrasse Wache, aber ob ich ihn auch pfeifen höre, wenn es brenzlig wird?» Er bezweifelte es, vor allem, wenn die Straßenbahn vorbeifuhr. «Und dann mache ich auch mit dem Bohrer Lärm. Warum haben wir nicht früher daran gedacht?» Er sah auf das Werkzeug aus Holz und Eisen, das zu seinen Füßen in der Bilge lag und in der Sonne funkelte. «Besser ist», sagte er sich, «wenn ich selbst die Augen offen halte.»

Mit einer behänden Bewegung zog er ein Ruderblatt durch das Wasser und wendete den Kajak, dann holte er die Riemen ein, stieg zum Bug und stützte sich mit den Handflächen gegen die raue, schwarze Bordwand.

Er war angelangt. Sofort machte er sich an die Arbeit. «Der Zeitpunkt ist günstig», dachte er, «weil im Hafen Mittagsruhe herrscht und viele unter Deck sind.» Später hätte ihn jemand sehen und den Bohrer hören können.

Er tastete sich an der Bordwand entlang und erreichte mit dem Kajak die richtige Stelle am Heck. Dahinter lag die Kajüte.

Dann nahm er einen Mauerhaken aus der Bilge und schlug ihn, nachdem er sich nach allen Seiten umgeblickt hatte, mit mehreren Hammerschlägen in die hölzerne Bordwand.

Er sah sich nochmals um und gab Berto, der auf der Terrasse der *Virtus* stand, mit einem Zeichen zu verstehen: «Ich fange jetzt an»; mit der linken Hand hielt er sich am Haken fest, umklammerte mit der rechten das Werkzeug und setzte es nur knapp über der Wasserpasslinie an. Er betätigte den Bohrer, presste ihn mit dem Bauch gegen das Holz und hielt sich mit der anderen Hand am Haken fest, damit der Kajak nicht wegtrieb.

Da er unbequem kniete und aufpassen musste, nicht das Gleichgewicht zu verlieren, erwies sich diese Arbeit bereits nach den ersten Umdrehungen als sehr viel schwieriger und anstrengender als erwartet. Die Knie und der Magen taten ihm weh, und dabei hatte er noch nicht einmal richtig angefangen. Der Bohrer hatte sich kaum in die Teerschicht gegraben. Er machte die Spitze sauber und setzte von neuem an.

«Wir wären besser», dachte er, «zu zweit hergekommen. Zwar muss einer Wache halten, aber wie soll ich es bloß schaffen, allein den Lastkahn anzubohren?»

Doch nach und nach gelang ihm das erste Loch, dann das

zweite und das dritte. Sobald der Bohrer auf Holz stieß, ging der Rest fast von allein. Kaum hatte Ario die Wand durchbohrt, nahm er einen Korken aus der Bilge, umwickelte ihn mit Werg und verstopfte das Loch.

Er war schweißgebadet und musste einige Verschnaufpausen einlegen. Er sah zu der Terrasse der *Virtus* hinüber, wo Berto noch immer unter dem Fahnenmast stand, an dem die Flagge schlapp herunterhing. Berto hob das Kinn, als wolle er ihn fragen: «Schaffst du's?»; und Ario machte eine bejahende Geste. Dann strich er sich mit späneverdreckten Fingern das Haar aus der Stirn und fuhr mit seiner Arbeit fort.

Er war zusehends erschöpft, verschwitzt und dreckig, aber wie im Rausch machte er weiter. Wie er so in der heißen Sonne kniete und den Bohrer in das Holz trieb, ergriff ihn eine nie gekannte, grimmige Verbissenheit.

«Hier kommen sie also her», sagte er sich. «Seit einigen Tagen treiben es Eneo und Lidia hier auf der Schute in der Kajüte. Berto hat sie beobachtet.»

Er stellte sich vor, wie Lidia sich nur wenige Zentimeter von dort, wo er sich gerade befand, auszog, zuerst das kurze Sommerkleid und dann den Rest, um sich schließlich splitternackt auf das Bett zu legen und auf Eneo zu warten.

Seine Verbissenheit wuchs bei dieser Vorstellung. Immer fester stieß er den Bohrer in die Bordwand, der sich drehend in das splitternde Holz fraß. Gekrümmt und mit keuchendem Atem hockte er davor.

Endlich war er fertig. Noch nicht einmal der kleine Hund auf dem Segler nebenan war wach geworden. Er winkte zu Berto hinüber. Dann verkorkte er das letzte der drei Löcher.

Er packte die Riemen, und ohne noch einmal zu verschnaufen, ruderte er auf dem schnellsten Wege zu den Hausbooten zurück.

«Das hätten wir», dachte er. «Und alles habe ich allein gemacht.»

Berto hatte ihm nicht einmal geholfen. Zwar war es seine Idee gewesen, doch außer aufzupassen und – aus Angst vor Eneo, wie Ario sehr wohl begriff – Wache zu halten, hatte er nichts dazu beigetragen.

Ario war in der Mitte des Hafenbeckens angelangt, als ihm plötzlich einfiel, dass er in der Eile noch nicht einmal in die Kajüte gespäht hatte. Er ärgerte sich, als wäre ihm etwas entgangen, als würde Lidia schon auf dem Bett liegen, und gerne wäre er noch einmal umgekehrt. Unschlüssig ließ er die Riemen sinken. Dann paddelte er zögernd auf die Pontons zu.

Bei der Vorstellung von Lidia, die ausgestreckt auf dem Rücken lag, hatte ihn erst Beklommenheit und dann heftiger Widerwille gepackt, und obwohl er langsam paddelte, umklammerte er die Riemen so fest, dass ihm die Finger wehtaten.

Nein, dieses allzu lebendige Bild erschien ihm unwahrscheinlich, sosehr es ihn auch quälte und erregte. Als er dicht neben einem Segler in den Schatten ruderte, kam es ihm mit einem Mal so vor – und diese Einsicht traf ihn mit einer solch überdeutlichen Klarheit, dass sich alles vor seinen Augen drehte –, als hätte er Lidia um Haaresbreite vor ihrem Schicksal bewahren können. Und er – das wurde ihm jetzt klar – hatte sie fallen lassen.

Das war der Moment, in dem das von Eneo bedrängte und von der eigenen Familie misshandelte, beschuldigte und geschmähte Mädchen sich ihm genähert hatte. Hätte er sich ihr damals zugewandt und ein wenig Freundschaft entgegengebracht – das wusste er nun mit verzweifelter Sicherheit –, wäre sie Eneos Zudringlichkeiten entkommen. Die Gefahr wäre erst mal gebannt gewesen, und ihr Leben hätte einen anderen Verlauf genommen.

Je mehr er darüber nachdachte – und sein Kopf schien zu zerspringen –, desto mehr fühlte er sich für ihr Verderben verantwortlich. Seine verächtliche und feindselige Zurückweisung hatte sie in diesem schwierigen Moment direkt in Eneos Arme getrieben, der als Einziger nett zu ihr war.

Voller Reue und hilfloser Wehmut dachte er an den Abend zurück (wie lang war das her!), an dem sie glücklich und strahlend aus dem Zirkus gekommen waren. Wie sehr war er sich ihrer gewiss gewesen, als sie inmitten der lärmenden Kinderschar durch die sternenklare, vom Gewitter gereinigte Nacht nach Hause gelaufen waren, und wie einfach war ihm da die Zukunft erschienen.

Warum hatte es so nicht weitergehen können? Warum waren sie nicht für immer Freunde geblieben?

Er zog die Riemen ein, und der Kajak glitt über den stillen Wasserspiegel auf das Hausboot zu. Auf dem Anleger kam Berto ihm entgegen. Strahlend winkte er mit einem Zettel.

«Was ist das?»

«Rat mal.»

«Nun sag schon.»

«Mandich und Pellegrini. Sie haben auch die vorolympische Ausscheidungsrunde in Amsterdam gewonnen.»

Arios Wangen glühten. Er sprang an Land.

«Lass mal sehen!» Er stürzte sich auf das Telegramm. Ja, es stimmte. Es gab doch noch Gerechtigkeit, und mit einem

Schlag war er wieder mit der Welt versöhnt. Es lohnte sich also zu kämpfen, und man konnte gewinnen.

Er war erstaunt. Er hätte niemals gedacht, dass er sich so über den Sieg von Mandich und Pellegrini freuen könnte.

Zerknirscht und beschämt dachte er an die Schute und an Lidia und Eneo. Wie kläglich und trostlos erschien ihm das alles, einfach alles, selbst das Hafenbecken und die Pontons, angesichts dieses Sieges, von dem die Zeitungen und Radios in aller Welt, auf allen Kontinenten berichten würden.

Auch Eneo gegenüber empfand er Genugtuung. «Mandich und Pellegrini sind nicht viel älter als wir», freute er sich, «das sind welche von uns. Und während Eneo kläglich gescheitert ist, sind sie mir nichts, dir nichts berühmt geworden.» Auf einmal dachte er an die beiden Schüler wie an zwei alte Freunde, obwohl er und Berto sie kaum kannten und ihnen genau wie alle anderen auf der *Virtus* nie besondere Beachtung geschenkt hatten.

Doch als die erste Freude verflogen war, wurde ihm klar, dass dieses Leben im Hafen mit Lidia und Eneo trotzdem das seine blieb. Und das Gefühl, mit allem, was ihn umgab, verbunden zu sein, und das umso stärker, je mehr er es verabscheute, ließ ihn Solidarität mit Eneo empfinden.

Währenddessen redete Berto von etwas anderem. Er hatte angefangen, ihm Fragen zu stellen.

«Hast du die Löcher auch wirklich richtig gesetzt? So wie ich es dir gesagt habe, nur knapp über der Wasserlinie?»

Ario nickte.

«Warum fährst du nicht hin und siehst sie dir an?»

Berto antwortete nicht. «Bald», antwortete er stattdessen, «werden sie kommen und die Schute beladen.»

Ario wusste es bereits. Berto hatte es ihm erklärt. Die

Schute war noch nicht vollständig befrachtet. Am Nachmittag würden die Hafenarbeiter kommen, um die Kohle von dem Waggon, der am Ufer davor abgekoppelt worden war, auf das Schiff zu verladen.

«Die ‹Wasserpasslinie›», Berto benutzte genau dieses Wort und sprach es mit besonderer Betonung aus, «steigt mit dem zusätzlichen Gewicht um eben so viel, dass die Löcher unter Wasser sinken. Verstehst du?»

«Na, klar doch. Das hast du mir schon mal erklärt.»

Berto dachte nach, und eine Falte grub sich zwischen seine Augenbrauen. «Es sei denn ...», er biss sich auf die Unterlippe. «Du hast die Löcher doch nicht zu weit oben gebohrt?»

«Nein, ich hab's dir doch schon gesagt. Aber warum fährst du denn nicht hin und siehst sie dir an?»

Wieder wollte Berto nicht antworten.

«Stell dir die zwei vor», rief er, «wenn das Wasser in die Kajüte läuft! Wie von der Tarantel gestochen werden sie an Deck gehüpft kommen. Ich möchte mal Lidia sehen, diese Schlampe. Kannst du sie dir vorstellen? Das wird ein Spaß, wenn sie nackt herausspringt.»

Ario pochte das Blut in den Schläfen. «Sind wir nicht völlig verrückt geworden, so etwas zu tun?», fragte er sich.

Nein, es war zwar riskant, aber das war es wert.

«Eneo zu sehen, wenn ich die Pfropfen herausziehe und das Wasser auf ihn niederrauscht, das wäre auf jeden Fall ein Spaß! Wer weiß, wie der gerannt kommt!»

Dieser Gedanke erfüllte ihn mit einer tiefen, grimmigen Befriedigung. Eine ganze Weile kostete er sie aus, während der Rest des Nachmittags verstrich, den er als den längsten seines Lebens in Erinnerung behalten sollte.

XXI

Ario und Berto lagen auf dem Terrassendach der *Virtus* in der Sonne, von wo man das gesamte Hafenbecken überblicken konnte, unterhielten sich gelegentlich und schwiegen dann wieder.

Dies war die heißeste Tageszeit. Nur das träge Glucksen des Wassers erfüllte die Stille. Und das Summen einer Fliege war zu hören, wo die beiden Jungen lagen, nur hin und wieder vom hektischen Rattern einer Straßenbahn übertönt.

Sie lagen bäuchlings am Geländer unter der reglos herabhängenden Flagge und sahen auf das Wasser hinunter, auf dem hier und da schillernde Benzinschlieren trieben. Manchmal blickte einer von ihnen zur Kohlenschute hinüber.

Obwohl sie nicht darüber sprachen, waren sie in Gedanken dort.

Wie lange mochte es noch dauern? Vier Stunden vielleicht, oder länger. Vor sechs oder sieben Uhr würden Eneo und Lidia kaum an Bord gehen.

Einige Hafenarbeiter kamen und blieben gruppenweise bei den Waggons am Ufer stehen. Die Jungen sahen zu, wie vier von ihnen den Lastkahn fertig beluden. Zwei waren auf den Waggon geklettert und schaufelten die Kohle in rußverdreckte, runde Körbe. Die anderen beiden hatten sich eine sackleinene Kapuze aufgesetzt, schulterten die Körbe und trugen sie mit nackten Armen auf den Lastkahn.

Irgendwann war auch diese Arbeit getan.

Ein schwarzer Haufen erhob sich jetzt über der Kante des Laderaums, und das Schiff war noch tiefer ins Wasser gesunken. Inzwischen hatten die Arbeiter ihre Kapuzen abgenommen, die Körbe eingesammelt und waren gegangen. Wie viel Zeit war verstrichen? Die Sonne stand noch immer hoch am Himmel.

Gebannt starrten Ario und Berto zum Lastkahn hinüber und überlegten, um wie viel die Wasserpasslinie wohl gestiegen war.

«Tja», dachte Ario, «inzwischen müssten die Pfropfen wohl unter Wasser sein.»

Immer wieder sahen sie von einem Ende des Hafenbeckens zum anderen und versuchten, sich die Zeit zu vertreiben. Hin und wieder schlossen sie die Augen und harrten bäuchlings in der Sonne aus.

«Aber ...», sagte Ario plötzlich, blinzelte verdutzt, als sei ihm gerade etwas eingefallen, und heftete seinen Blick auf den Lastkahn. «Du hast mir erzählt, dass Lidia und Eneo sich heimlich an Bord in dieser komischen Kajüte treffen, die wir uns vor ein paar Tagen angesehen haben. Aber wie stellen sie es denn an, heimlich dort hinzugehen, wenn es vor dem Abendessen noch gar nicht dunkel ist? Sie könnten doch gesehen werden, und jemand könnte drauf kommen, dass Lidia ...»

«Sie versuchen möglichst spät hinzugehen. Am Ufer ist dann fast niemand mehr, und auf den Frachtern sitzen sie am Ofen und essen zu Abend. Im Übrigen habe ich gesehen, wie sie es machen. Zuerst schlüpft Lidia schnell an Bord, und kurz darauf geht Eneo in seiner unverfrorenen Art hinterher. Wer sollte sie auch sehen? Auf der einen Seite liegt der leere Tanker, und auf der anderen die Schlepper, auf denen außer Eneo nachts sowieso keiner ist. Wenn sie wieder rauskommen, ist es bereits dunkel.»

«Meinetwegen. Trotzdem ...», gab Ario zurück, «trotzdem scheint mir das nicht der sicherste Ort zu sein für zwei, die sich heimlich treffen», wollte er noch sagen, denn auf einmal war ihm der Verdacht gekommen, dass Berto sich die ganze Geschichte nur ausgedacht hatte, um nicht Lidia, sondern ihn damit auf den Arm zu nehmen. Doch er schwieg.

«Was glaubst du?» Berto stützte sich auf die Ellenbogen. «Denen ist es doch völlig schnuppe, ob sie jemand sieht oder nicht.»

«Eneo vielleicht», sagte Ario, «aber Lidia nicht.» Das Herz schlug ihm wieder bis zum Hals.

«Ach», Berto zuckte mit den Achseln, «ihr doch auch.»

Ario sah ihn an.

«Wie kommst du darauf?»

Berto lachte kurz auf.

«Weil ich es weiß.»

«Was weißt du?»

«Was ich dir gesagt habe.» Er schwieg einen Augenblick. «Lidia ist nicht so zimperlich, wie du denkst. Inzwischen müsste sie mitbekommen haben, dass alle wissen, was für eine sie ist, und warum sollte sie sich Mühe geben, es vor den paar Idioten, die es noch nicht mitgekriegt haben, geheim zu halten?»

Ario setzte sich auf. «Aber ...», setzte er an.

Berto hatte es sich wieder auf den Planken bequem gemacht und sagte seelenruhig und ohne den Kopf zu wenden: «Ich weiß es eben.»

Einige Augenblicke vergingen, die Ario wie eine Ewigkeit

vorkamen, und das Blut hämmerte ihm in den Schläfen. Nur das Summen der Fliege war zu hören.

«Glaubst du denn etwa», fing Berto schließlich wieder an, «dass Lidia in Eneo verliebt ist? Sie amüsiert sich, das ist alles. Ob Eneo oder ein anderer, das ist ihr egal, Hauptsache, er macht was her. Natürlich ist ihr Eneo lieber, weil er ist, wie er ist, und alle Weiber nach ihm verrückt sind. Aber wenn sich die Gelegenheit ergibt ... Erinnerst du, wie Eneo zur Regatta nach Neapel gefahren war und sich hinterher herausstellte, dass er gar nicht dort war, und wie alle sagten, er sei in Rom gewesen, wo ihn eine Millionärin mit Geld überhäuft habe?»

Ario nickte.

«Tja, während Eneo angeblich anderen Frauen den Kopf verdreht hat, lauter Gräfinnen und Prinzessinnen, und eine soll ihn sogar nach Capri mitgenommen haben, ist Lidia fremdgegangen.»

Sprachlos starrte Ario ihn an.

«Ich habe es vor ein paar Tagen erfahren», fuhr Berto fort, «und ich bin sicher, dass es stimmt. Weißt du noch, wie sie ausging und sagte, dass sie tanzen geht?»

Und ob er das noch wusste! Er erinnerte sich, wie er sich zurechtgemacht hatte, um mit ihr auszugehen, und wie er sie bis ans Ende der Mole begleitet hatte. Dort hatte sie ihn loswerden wollen und ihm gesagt, er solle sich doch bloß mal ansehen in seinen kurzen Hosen, sie wolle ihn nicht bei sich haben, und dann war er zutiefst gedemütigt und mit Tränen in den Augen umgekehrt. Noch am gleichen Nachmittag war das Skiff aus Neapel zurückgekommen. Während Berto und der Fahrer es vom Wagen luden, hatte er zugesehen und plötzlich gefragt: «Wohin geht sie denn jetzt?»

«Lidia?», hatte Bertos Antwort gelautet. «Tanzen, hat sie gesagt.»

Er wich Bertos Blick aus.

«Ach!», brachte er heiser heraus. «Es stimmte also gar nicht ... ist sie nicht tanzen gegangen?»

«Doch, das schon. Aber hör zu.»

Er erzählte ihm, dass Lidia mit zwei oder drei Freundinnen, darunter mit der blonden, mit der sie sonst ins Kino ging, in ein entlegenes Lokal nach Barcola fuhr. Eine Gartenwirtschaft, so hatte er gehört, in der man im Sommer draußen tanzen konnte und die im ersten Stock so genannte Zimmer vermietete, von denen alle wussten und auch Gebrauch machten. Hin und wieder verschwand ein Pärchen und kam dann wieder herunter.

«Na, gut», sagte Ario vorsichtig und spürte, wie er errötete. «Aber ... es werden ja wohl nicht alle hinaufgegangen sein. Wer sagt dir denn, dass ...»

«Alle nicht», Berto zuckte mit den Achseln, «aber Lidia schon. Sie ist gesehen worden, verstehst du?»

Man hatte ihm berichtet, wie sie lachend und vergnügt in Begleitung eines Marineunteroffiziers in einem der Zimmer verschwunden war.

«Aber wie kannst du ... wenn du sie nicht selbst gesehen hast? Wer hat es dir denn erzählt?»

Berto schwieg. Er schien mit seiner Antwort zu zögern.

«Er lügt», dachte Ario. «Wie kann ich ihm überhaupt noch etwas glauben? Wer weiß, wie viele Märchen er mir schon aufgetischt hat!»

«Es hat mir jemand erzählt», sagte Berto schließlich, «dem ich glauben kann, als hätte ich es selbst gesehen.»

«Sag bloß, dass du ihr nachspioniert hast!»

«Nein, ich nicht. Ich bin nie dort gewesen.»

«Also, wer dann?»

«Aber das kannst du dir doch denken. Du weißt doch, mit wem ich an dem Morgen, als wir uns vor dem Bagno Savoia getrennt haben, weggefahren bin.»

Ario sah wieder das Motorrad vor sich und Berto, der hinten auf den Sattel stieg.

«Dein Cousin?»

Berto nickte.

«Jetzt weißt du's. Er hat's mir erzählt, als wir zum Arsenal gefahren sind, und er hat mir gesagt, dass ich kein Wort darüber verlieren und niemandem verraten darf, von wem ich es erfahren habe, und dass wir auf Lidia aufpassen müssen. Er hat mir auch gesagt, dass er den Unteroffizier kennt und glaubt, dass Lidia nicht nur mit ihm zusammen gewesen ist. Anscheinend haben auch andere sie gesehen, und sie soll wohl sogar mit dem Zollbeamten etwas gehabt haben, mit diesem Sizilianer, der deine Mutter immer anspricht ...»

«Es reicht!», dachte Ario und merkte, wie sein Magen sich zusammenkrampfte. «Jetzt reicht's!» Er hörte nicht weiter zu, er konnte nicht mehr.

Das Einzige, was er wahrnahm, war sein Herzklopfen, und als könne er es dadurch besänftigen, streckte er sich auf den Planken aus und presste den Brustkorb gegen das Holz.

Dies war ein weiterer Schlag, der ihn umso mehr erschütterte, als dass er geglaubt hatte, am Tiefpunkt seiner Enttäuschung angelangt zu sein, an dem ihn nichts mehr aus der Fassung bringen konnte.

Wieder klangen ihm Bertos Worte in den Ohren: «Sie

amüsiert sich, das ist alles … Wenn sich die Gelegenheit ergibt … Sie hat Eneo auch betrogen …»

«Wenn sie das tut», dachte er plötzlich mit verzweifelter Klarheit, «dann war alles unvermeidbar, dann war es höhere Gewalt, gegen die weder sie noch einer von uns etwas ausrichten konnte.» Er dachte an die Worte von Lidias Mutter zurück, als sie damals das Mädchen im Schlafzimmer nackt ausgezogen hatte, «Du Nutte! Du Nutte!», die ihm jetzt als die einzig wahren erschienen.

Er musste innerlich darüber lachen (doch zugleich schossen ihm die Tränen in die Augen, und er verbarg das Gesicht zwischen den Armen und drückte sich auf die Planken, damit Berto nichts davon merkte), mit welcher Arglosigkeit und Überheblichkeit er nur wenige Stunden zuvor auf dem Rückweg vom Lastkahn geglaubt hatte, nur er, Ario, sei schuld daran, dass Lidia sich auf Eneo eingelassen hatte, weil er in diesen ereignisreichen Tagen nicht in der Lage gewesen war, ihr mit seiner Freundschaft die Hilfe anzubieten, um die sie ihn unbewusst gebeten hatte.

Er konnte sich einfach nicht beruhigen. Sein Gesicht war tränenüberströmt, und er rang nach Luft. Bäuchlings lag er da, die Stirn auf die Unterarme und den Mund gegen das angenehm warme, nach Teer riechende Holz gepresst, und obwohl er sich vor Berto zu beherrschen versuchte, schüttelte ihn ein Schluchzer, und dann ein zweiter.

Jetzt verstand er, warum er so gerne hatte glauben wollen, dass Lidia nicht aus eigener Schuld, sondern seinetwegen ins Verderben geraten war: Wäre es ohne ihr Verschulden gewesen, wie er gehofft hatte, so hätte er sie nicht verloren geben müssen.

Ihm liefen die Tränen über das Gesicht, die er vergeblich

zu unterdrücken versuchte. Er wusste nicht, ob Berto etwas bemerkte oder nur so tat, als würde er nichts sehen. Irgendwo anheuern, fortgehen, weit fort? Nein, dazu war es zu spät. Am liebsten – und er drückte sein Gesicht gegen das tränennasse Holz – hätte er sich in Luft aufgelöst, wäre einfach nicht mehr da gewesen.

Doch selbst in solchen Momenten nahm ihn der Gedanke an Lidia gefangen. Sie erschien ihm nicht mehr armselig und erbärmlich, sondern unfassbarer und geheimnisvoller denn je, als mache gerade ihr Verhängnis sie erhaben.

Er spürte, dass in Lidias Verhalten, eben weil sie einem unüberwindbaren Drang ihrer Natur gefolgt war, etwas Kraftvolles und Kühnes lag, das ihn sprachlos machte und trotz seiner Verzweiflung nicht zuließ, sie zu verurteilen.

Er sah sie nun nicht mehr als Kind, denn nichts erinnerte noch an die Spielkameradin von damals, die nur wenig älter als er und Berto gewesen war, er sah sie als Frau, die sich in ein Leben gestürzt hatte, das sich ihnen für immer entzog.

Dennoch kam es ihm so vor, und erst jetzt wurde er sich klar darüber, als sei ihr schon als Kind etwas Eigenartiges, Unergründliches, etwas Freimütiges und zugleich Unfassbares zu Eigen gewesen, schon als sie für sie die «Verbeugung» im Kämmerchen machte, und vor allem später, als sie sich, beinahe erwachsen, beim «Prozess» auf der Leuchtturmmole ohne mit der Wimper zu zucken ausziehen, treten und bespucken ließ, um dann nackt auf dem glühenden Schiffsblech ihre Strafe zu verbüßen.

Während er darüber nachdachte und seine Tränen trockneten, erschien sie ihm auf einmal in einem neuen, düsteren und kruden Licht. «So ist sie eben», dachte er beinahe erleichtert. «Man muss sie halt so behandeln, wie sie es verdient.» Er hob den Kopf und sah zum Lastkahn hinüber. Obwohl er noch immer eine leise Angst verspürte, fühlte er sich bei dem Gedanken an Lidia stark, fast kämpferisch.

Nur eines demütigte und verletzte ihn. Wenn Lidia so war, wie alle bereits wussten, machte es ihn rasend vor Wut und Empörung, dass sie zwar mit anderen und mit Eneo so war, ihn hingegen abgewiesen und wie ein Kind behandelt hatte.

Dieser Gedanke rüttelte ihn wieder auf, und ungeduldig fieberte er dem Abend entgegen, damit sie ihren Plan endlich umsetzen konnten. Wieder wanderte sein Blick zum Schiff hinüber.

All seine Skrupel und Ängste waren verschwunden. Zunächst hatte er befürchtet, dass sie Lidia mit diesem gewagten Streich womöglich schadeten und sie ruinierten. Jetzt machte er sich darüber keine Sorgen mehr. Kaum würde das Wasser hineinlaufen, käme Lidia, so wie sie war, vielleicht nackt, mit Eneo an Deck gesprungen, und möglicherweise erkannten dann einige auf den Schiffen und am Ufer die beiden und begriffen, was sie dort unten getrieben hatte. Aber was machte das schon? Wussten denn nicht bereits alle im Hafen, und nicht nur dort, was Lidia für eine war? Und gab sie sich etwa Mühe, es zu verbergen?

Berto redete. Er hörte ihm zu.

«Zuerst war mir gar nicht klar», sagte er, «warum sie auf den Lastkahn gehen, wo doch Eneo auf dem Schlepper tun und lassen kann, was er will, und die *Titanus* im Gegensatz zur *Empedocle* eine bequeme Kajüte hat ...»

«Stimmt», wunderte sich Ario, «warum gehen sie denn nicht auf die *Titanus*?»

«Mittlerweile», fuhr Berto fort, «habe ich verstanden warum. Angeblich ist Eneo von der Reederei verwarnt worden; er darf keine Frauen mit an Bord nehmen. Sonst feuerten sie ihn, haben sie gesagt. Der Zollbeamte hat's mir erzählt. Deshalb bringt er Lidia auf die Schute. Aber heute Abend ist das letzte Mal; morgen früh muss er sie gemeinsam mit den anderen Kähnen zum *Conte Verde* bugsieren.»

Er schwieg einen Moment.

«Darum nimmt er Lidia heute Abend auf jeden Fall mit in den ... Puff.» Er warf einen Blick zum Lastkahn hinüber, als wollte er sichergehen, dass er noch da war. «Das ist das letzte Mal, verstehst du? Ab morgen», er grinste, «sind sie ‹obdachlos›.»

Als Ario zu seinem Ponton hinübersah, erblickte er seine Mutter. Wie sie dort draußen im gleißenden Spätsommerlicht stand, erschien sie ihm plötzlich hässlich und abgezehrt. Etwas Ruheloses lag in ihren Augen, und sie war ungekämmt.

«Ob sie wohl auch Bescheid weiß?», fragte er sich. «Weiß sie alles über Lidia? Und weiß sie, dass Lidia die ganze Zeit mit Eneo zusammen war, selbst als es so aussah, dass sie sich getrennt hätten?»

Während sie Ausschau haltend über den Anleger und die Galerien lief, befürchtete er plötzlich, dass sie ihn rufen könnte, und er duckte sich auf die Planken, damit sie ihn nicht entdeckte. Er hatte Angst, dass sie ihm irgendeine Arbeit aufdrücken und ihn, obwohl es noch nicht einmal dämmerte, daran hindern könnte, sein abendliches Vorhaben in die Tat umzusetzen.

Berto redete noch immer. Wenn die Reederei Eneo angedroht hatte, ihn hinauszuwerfen für den Fall, dass er noch einmal Frauen mit an Bord nähme, so hieß das auch, dass ihm jemand nachspioniert und ihn angeschwärzt haben musste.

«Erinnerst du dich an die Nacht, in der mein Vater wutschnaubend nach Hause kam und Lidia *untersuchen* wollte? Zuvor muss ihn jemand gegen sie aufgehetzt haben. Und da Lidia an jenem Abend mit Eneo an Bord der *Empedocle* war», grübelte Berto weiter, «war es wahrscheinlich ein und dieselbe Person, die meinem Vater einen Wink gegeben und die Reederei benachrichtigt hat.»

Ario spähte über Bertos Schultern hinweg zu seiner Mutter hinüber, und ihm wurde ein wenig bange.

«Sie war es. Ob Berto es wohl weiß oder zumindest ahnt? Und ob er die ganze Geschichte von ihr und Eneo kennt, *alles*?»

«Tja, so viele sind verrückt nach Eneo, und er schert sich einen Dreck um sie», sagte er hastig. «Vielleicht war's ja eine von denen.»

Berto antwortete nicht. Ein wenig später, kurz vor Einbruch der Dunkelheit, hörten sie Eneos Stimme auf dem Anleger.

«Wo ist Berto?», fragte er.

«Der ist nicht da. Er ist sicher unterwegs», antwortete jemand.

«Sei leise», flüsterte Berto und wollte Ario den Mund zuhalten.

«Wieso denn? Willst du ihm nicht zur Hand gehen?»

«Nein, heute nicht ...»

«Er bedauert es schon», dachte Ario, «dass er mich in seinen Racheplan einbezogen hat, und deshalb möchte er Eneo heute lieber nicht begegnen.»

An diesem Abend musste Eneo allein zurechtkommen. Mit erhobenen Armen trug er das Skiff aus dem Bootsschuppen und setzte es aufs Wasser.

Der Anleger war menschenleer. Die Saison war fast vorüber, es war Feiertag, und so hatte sich an diesem Nachmittag niemand auf der *Virtus* blicken lassen. Nur der kleine Steuermann mit dem griechischen Nachnamen war da und ließ die Füße ins Wasser baumeln. Er achtete nicht auf Eneo. Er saß einfach nur da, sah auf das Meer hinaus und pfiff vor sich hin. Er schien auf irgendetwas zu warten.

Mit überraschender Behutsamkeit ließ Eneo sich auf dem winzigen, herzförmigen Rollsitz nieder, steckte die Füße in die Schlaufen, brachte sich mit den Riemen ins Gleichgewicht und fuhr los. Er ruderte langsam, ließ dabei die weißblauen Ruderblätter leise klatschend über das Wasser gleiten und sah sich hin und wieder nach der Einfahrt zum Hafenbecken um. Als er auf der Höhe des Leuchtturms angekommen war, legte er sich weit in die Ruder, und unter seinen langen, eleganten Schlägen schoss das Skiff dahin, als würde es das Wasser kaum berühren.

«Hast du das gesehen?», rief Berto und stützte sich auf die Ellenbogen. Mit weit aufgerissenen Augen sah er gebannt hinter Eneo her.

Ario nickte. Auch er war beeindruckt, und Eneos einfacher, aber überwältigender Beweis seines sportlichen Könnens verschlug ihm die Sprache.

«Er geht trainieren», sagte Berto. «Drüben beim Damm. Ich hab dir ja gesagt, dass er wieder mit dem Training anfängt, und er wird's allen zeigen, wart's nur ab!»

Er würde es allen zeigen, und zwar bald. Auch ohne dass Berto hätte darauf hinweisen müssen, war Ario diesmal gegen seinen Willen davon überzeugt. Und während er dem dahinfliegenden Skiff mit den Augen folgte, das rasch aus der Hafeneinfahrt verschwand, verspürte er ein eigenartiges Herzklopfen.

Als sie sich wieder dem Hafenbecken zuwandten, machten sie eine fast unglaubliche Entdeckung, die sie vollkommen ratlos und missmutig stimmte. Am Heck des Lastkahns saß ein älterer Mann und ließ die Beine über die Bordwand baumeln. Seelenruhig saß er da und machte keinerlei Anstalten zu gehen.

«Verdammt! Das hat uns gerade noch gefehlt. Wenn der nicht verschwindet, war alles für die Katz!»

Wer war das? Wo kam er plötzlich her?

Er hatte einen Rucksack bei sich, und neben ihm stand eine Flasche Wein. Als er sich mit einer schwungvollen Bewegung einen breitkrempigen Federhut aufsetzte und einen großen Schluck aus der Flasche nahm, wussten es plötzlich beide.

«Ein Gebirgsjäger!»

Berto meinte, das müsse ein alter Gebirgsjäger sein, der aus den Bergen gekommen war, um den Feierlichkeiten und der Parade der aus Afrika heimgekehrten Gebirgsjäger beizuwohnen, unter denen sich vielleicht auch einer seiner Söhne befand.

«Er soll bloß machen, dass er wegkommt», sagte Ario. Er hoffte, der Mann sei nur für kurze Zeit an Bord gegangen, um seine Mahlzeit einzunehmen.

Als die untergehende Sonne die Masten im Hafenbecken in rotes Licht tauchte und sich glühend in den Fensterscheiben der Häuser spiegelte, kehrte Eneo zurück.

«Rück ein bisschen nach hinten, damit er uns nicht

sieht», sagte Berto, als Eneos energischer Ruderschlag näher kam.

Der kleine Steuermann saß noch immer auf dem Anleger. Als Eneo an Land sprang, fing er wieder zu pfeifen an.

Eneo lockerte seine Beine, musterte ihn kurz und kniff dabei die Augen zusammen.

Ario wurde plötzlich unruhig, wie damals im Gang vor der Dusche, als Eneo ihn so prüfend angesehen hatte.

«Bringt dir Eneo wirklich das Ringen bei?», wollte er Berto fragen. Doch er schwieg.

XXII

Eneo war gegangen, es wurde Abend, und der Gebirgsjäger saß noch immer da.

Er hatte wohl beschlossen, auf dem Kahn zu bleiben. Ario und Berto, die mit zunehmender Ungeduld und Wut jede seiner Bewegungen verfolgten, mussten zusehen, wie er sich auch noch die Schuhe auszog. Er saß auf dem Bordrand, ein Bein angezogen, das andere ins Wasser baumelnd, und pulte sich seelenruhig an den Füßen herum.

Die Zeit wurde immer knapper: Bald würden Lidia und Eneo, die sich zu diesem Zeitpunkt bereits getroffen haben mussten, zum Lastkahn kommen. Was würden sie tun, wenn sie dort den Fremden entdeckten? Sie würden für diesen Abend darauf verzichten oder woanders hingehen, und dann wäre es mit ihrem Streich vorbei.

Die Jungen schäumten vor Wut. Sie hatten plötzlich das ohnmächtige Gefühl, versagt zu haben.

Doch Ario gab die Hoffnung nicht auf. «Er hat gegessen und getrunken, bald wird er auch mit seiner widerlichen Reinigung fertig sein, und dann haut er hoffentlich ab.»

«Da sind sie!», rief Berto plötzlich und zeigte auf Lidia und Eneo, die hinter den Masten der Schoner, auf denen die Sonnenstrahlen inzwischen erloschen waren, am Ufer auftauchten. Gleichgültig, als hätten sie sich nichts zu sagen, gingen sie in einigem Abstand nebeneinander her. Hin und wieder verschwanden sie hinter einem der Waggons, die seit dem Morgen dort standen, und kamen wieder zum Vorschein.

Ario und Berto verfolgten jeden ihrer Schritte und hofften nur eins: dass sie langsam gingen und sich Zeit ließen, damit der Gebirgsjäger rechtzeitig verschwinden konnte.

Mal sahen sie zu den beiden hinüber, die, ohne sich zu berühren und fast gelangweilt, näher kamen, dann wanderte ihr Blick wieder zur Schute. Ihnen entfuhr ein Schrei: «Er ist weg!»

Das Schiff lag genauso verlassen da wie eh und je. Während sie Eneo und Lidia beobachtet hatten, musste der alte Mann endlich von Bord gegangen sein. Sie suchten das Ufer mit den Augen ab und meinten, ihn in einer Gestalt wiederzuerkennen, die sich in Richtung Bahnhof entfernte und hinter den Waggons verschwand.

«Lass uns keine Zeit verlieren. Beeil dich», sagte Berto. «Steig in den Kajak. Ich bleibe hier oben und halte Wache, wie heute Morgen.»

Genau in dem Moment, als Eneo an den Schleppern vorbeilief und es aussah, als hätten sie sich getrennt, erreichte Lidia die Schute. Als sie über die Gangway lief, wippte ihr hellblaues Sommerkleid im letzten Tageslicht. Noch ein paar Schritte (man konnte ihre weißen Schuhe erkennen), und sie war an Bord verschwunden.

Ario stieg zum Anleger hinunter.

«Hast du alles?», rief Berto ihm nach. «Warte, ich gebe dir eine Zange, um die Pfropfen herauszuziehen!» Er holte ihn ein.

Sie betraten den Schuppen. Hastig durchwühlten sie den Werkzeugkasten, doch wie so oft, wenn man es eilig hat, konnten sie die Zange nicht finden.

«Verdammter Mist!», fluchte Berto. «Warum hast du nicht ... Wir hätten eher danach suchen sollen.»

Als sie schon fast aufgeben wollten, wurden sie fündig. Die Zange lag auf dem Boden neben dem Werkzeugkasten.

Während er sich mit dem Kajak von den Hausbooten entfernte, sah Ario, wie Berto sich wieder unter dem Fahnenmast auf der Terrasse der *Virtus* postierte und ihm wild gestikulierend zu verstehen gab, sich zu beeilen.

Er versuchte, schneller zu rudern, und wandte hin und wieder den Kopf, um zu sehen, wie weit es noch bis zum Lastkahn war.

«Eneo wird ebenfalls schon in der Kajüte sein», dachte er und sah auf die Zange zu seinen Füßen, deren Suche ihn so viel Zeit gekostet hatte. «Vielleicht sind sie in diesem Augenblick schon dabei ...»

Obwohl Berto ihn weiterhin mit fuchtelnden Armen anfeuerte, verlangsamte er seine Fahrt. Wieder sah er vor sich, wie Lidia in ihrem hellblauen Kleidchen, das matt im Abendlicht geleuchtet hatte, schnell und entschlossen über die Gangway gelaufen war. Seine Arme wurden kraftlos. Er bekam Angst und hatte ein flaues Gefühl im Magen. Er tauchte die Riemen ins Wasser, ohne wirklich zu rudern.

Lidia. Er hatte selbst gesehen, wie sie mit ihren schönen, braunen Beinen ohne zu zögern an Bord gegangen und in der Kajüte verschwunden war, und noch immer hatte er vor Augen, wie sich in der Dämmerung das Weiß ihrer Schuhe gegen den schwarzen Lastkahn abhob. All das war von einer Grausamkeit, die ihm den Verstand und jegliche Kraft raubte. So lange hatte er über Bertos Geschichten nachgegrübelt, sie mal geglaubt und dann wieder nicht, und nun erkannte er den einfachen und schrecklichen Bann der Wirklichkeit.

Dies war die unentrinnbare Wahrheit. Er konnte nicht mehr daran zweifeln. Voller Bitterkeit dachte er an Eneo, diesen verantwortungslosen Nichtsnutz, der Lidia ins Verderben gestürzt hatte, und er hätte es ihm gerne heimgezahlt, sich an ihm gerächt, ihm einen Denkzettel verpasst. Dann begriff er, dass insgeheim keiner Eneo mehr gedemütigt und lächerlich gemacht hatte als Lidia selbst. «Sie hat ihm Hörner aufgesetzt», dachte er, «und was für welche!» Die Vorstellung von Lidia, die fröhlich lachend mit dem Marineunteroffizier auf dem Zimmer verschwand, beschäftigte ihn so sehr, dass es ihm schien, als hätte er und nicht Bertos Cousin sie dabei beobachtet. «Eneo meint, in Rom, auf Capri oder sonst wo den großen Weiberhelden mimen zu können. Und sie geht währenddessen fremd und lässt sich von den Männern, die ihr gefallen, unter den Rock greifen.»

Nichts hätte Eneo mehr treffen können. Sie hatte anderen (vielleicht auch den Ruderern der *Virtus* und sogar dem Zollbeamten) das gewährt, woran er am meisten hing. Was kümmerten ihn dagegen schon die Damen, die ihm ein wenig Kleingeld zusteckten, oder Arios Mutter, die ebenfalls versuchte, ihn mit Geld an sich zu binden? Lidia hatte sich mal dem einen, mal dem anderen hingegeben, um sich zu amüsieren und ihre Lust zu befriedigen.

Als Ario aufblickte, sah er, wie Berto unter der Flagge der *Virtus*, die in der Dämmerung wieder zu flattern begonnen hatte, fragend das Kinn hob, als wolle er sagen: «Was ist los? Warum hältst du an?»

Ein kühler Hauch strich über das Wasser, und manchmal hörte man, wie sich an den Masten die wenigen Flaggen, die noch nicht eingeholt worden waren, mit einem kurzen, trägen Schnalzen blähten und wieder schwer in sich zusammenfielen.

Ario schauderte, denn er hatte kaum etwas an. Er gab sich einen Ruck. Fest umklammerte er die Riemen, blickte sich um und atmete tief durch. Frisch und schwer zugleich, gesättigt vom Geruch nach Salzwasser und Teer, Sardinen und Feuerrauch, der von den Schonern aufstieg, senkte sich der Abend über den Hafen.

Während er wieder energisch zu rudern anfing und auf den Lastkahn zusteuerte, hatte er das Gefühl, als wäre er gerade erwacht und nähme all das zum ersten Mal wahr. Ringsherum hörte er das Knarren der Masten und das Quietschen der Leinen.

Er ruderte zügig, jedoch ohne die Inbrunst, die ihn am Nachmittag bei dem Gedanken an Lidias und Eneos heimliche Treffen angetrieben hatte. Jetzt verspürte er nur noch kalte Entschlossenheit, als müsse er einem Ruf des Schicksals folgen, den er den ganzen Sommer über – nein, seit Jahren, seit jeher – vernommen hatte, der nun nicht mehr zu überhören war und seinen verhängnisvollen Höhepunkt erreichte.

Während er ruderte, überlief ihn ein Schaudern. Er fror am ganzen Leib und konnte die Kälte des Wassers spüren, das bereits voller dunkler Schatten war und über das der Abendhauch hinstrich, der sich nach Sonnenuntergang über dem Meer erhob.

Er war da.

Er lenkte den Kajak gegen die schwarz geteerte Bordwand, die besonders an den rauen Stellen noch warm von der Sonne war.

Er tauchte die Hand ins Wasser und tastete umher. Die

drei Pfropfen. Mit der Zange zog er einen nach dem anderen heraus und hörte, wie nach einer kurzen Stille im Inneren das Strömen von Wasser zu hören war, das dröhnend anschwoll und immer lauter wurde, während er hastig nach den Riemen griff und sich davonmachte. Er wollte zur Boje rudern, um sich dahinter zu verstecken und abzuwarten.

Doch mit einem Mal hob ihn eine Woge empor – die er sich nicht erklären konnte, denn es war vollkommen windstill –, riss ihm die Riemen aus der Hand und trug ihn zum Schiff zurück.

Was er sah, ließ ihm das Herz still stehen. Das Schiff neigte sich bereits zur angebohrten Seite, und diese Schräglage genügte, damit die Welle, die genau aus dieser Richtung heranrollte, über ihm hereinbrach, es überspülte und womöglich in kürzester Zeit sinken ließ, ohne dass Lidia und Eneo aufgetaucht wären.

Bis zum Äußersten gespannt sah Ario zum Heck. Nichts. Die Luke, schwarz auf dem schwarzen Deck, blieb geschlossen. «Sie haben kein Licht», dachte er, «und finden den Ausgang nicht.»

Im selben Moment, als sich die Welle schäumend am schwerfällig geneigten Schiffsrumpf brach, über die Bordwand trat und den Kohlehaufen mit einem leisen Zischen umspülte, hörte er unter Deck einen klagenden Schrei, der ihm das Blut in den Adern gefrieren ließ.

Die Woge legte sich. Während sich der taumelnde Lastkahn wie ein verletztes Ungeheuer immer mehr zur Seite neigte, schien es Ario, als trommele von innen jemand blind mit Armen und Beinen gegen die Bordwand, und wieder ertönte ein Hilferuf.

Auch der verlassene Tanker jenseits des Lastkahns schaukelte, und wie am Morgen wogten die Schiffe und Boote und selbst die Hausboote am Ufer ächzend hin und her, torkelten und stampften und ließen die Masten wild durcheinander tanzen.

Starr vor Schreck begriff Ario. Die Kreuzer verließen den Hafen. Wie am Morgen würde dem ersten Schwell ein zweiter folgen, dann ein dritter und noch weitere.

Es gab keine Hoffnung mehr. Ein letztes Mal sah er zum Heck des Lastkahns hinüber, wo die Schiffsluke sich noch immer nicht öffnete, und seine Ahnung wich der grausamen Gewissheit.

Während der kurzen Augenblicke zwischen dem ersten und dem zweiten Schwell, die ihm dennoch wie eine qualvolle Ewigkeit vorkamen, wünschte er sich flehentlich, dass das Unglück nicht einträte und etwas Unerwartetes, ja Unmögliches geschähe.

Unwillkürlich kam ihm sein Vater, der unbekannte, weit entfernte Vater, in den Sinn, und inständig beschwor er ihn. «Mach, dass Lidia sich retten kann!», rief er, als könnte der Vater ihn über das Meer hinweg sehen, als wäre er zu allem imstande. «Rette sie!», schrie er noch einmal und hörte, wie der Schwell heranrollte.

Kurz bevor der Kajak emporgehoben und mitgerissen wurde, kam ihm ein Gedanke. «Papa», rief er, «warum bin ich nicht zu dir gekommen, solange es noch möglich war? Ich hätte fortgehen sollen, fortgehen, auch wenn ich noch nicht alt genug war. Ich hätte fliehen sollen. Jetzt ist es zu spät.»

Alles, was er hinter sich lassen wollte – der Ponton, die Ängste seiner Kindheit und dieses Sommers –, würde ihn überallhin verfolgen. Sein ganzes Leben müsste er es mit sich herumtragen, zusammen mit der Erinnerung an Lidia und Eneo, die seinetwegen ertrunken waren.

Noch mächtiger als der erste Schwell rollte die nächste Woge heran und riss ihm die Riemen aus der Hand. Einen Moment lang trieb er hoch auf dem Wellenkamm und sah im wandernden Licht des Leuchtturms, wie der Lastkahn sich gefährlich senkte. Dann rauschte er wieder in die Tiefe, und für einige Sekunden tauchte der von Gischt umspülte Schiffsrumpf bedrohlich dicht vor ihm in der Dunkelheit auf.

Als er sich mit dem Kajak wieder aufrichtete, sah er, dass sich der Lastkahn bis zum Äußersten geneigt hatte und das schwarze, schwellende Wasser, auf dem schillernde Benzinschlieren trieben, kurz davor war, über die Bordkante zu treten und das Deck zu überspülen. Als könnte das Schiff diese Balance auf wundersame Weise halten, verharrte es so für einige Sekunden im wandernden Licht des Leuchtturms. Obwohl im Inneren verzweifeltes Klopfen zu hören war, blieb die Luke am Heck geschlossen.

«Lidia! Lidia!», wollte er rufen, doch er hatte keine Stimme mehr. Er hätte sich ins Wasser stürzen, hinüberschwimmen, die Luke aufreißen und sie in Sicherheit bringen mögen. Doch er war wie gelähmt, und seine Beine waren völlig kraftlos.

Was zählte noch, was Berto ihm in letzter Zeit über Lidia erzählt hatte? Nichts. Es war nicht mehr als ein Kinderspiel im Vergleich zu dem kalten Entsetzen, dem er jetzt gegenüberstand: dem Tod.

Alles ließ sich auslöschen, vergessen. Auch das, was er vorhin über Lidia erfahren hatte, erschien ihm, als sei es nie geschehen und als hätte er alles nur geträumt.

In diesem Augenblick trat das Wasser sacht über den Bordrand des Schiffes und machte dann Halt. Es schwappte ein zweites Mal über und hielt abermals inne. Dann bewegte sich der Lastkahn plötzlich und versank lautlos im Wasser.

Nur ein Strudel blieb zurück, in den Ario mit dem Kajak hineingeriet, und ein entsetzliches Gurgeln stieg aus der Tiefe auf. Er hörte ein dumpfes Rauschen: «Die Luke ist aufgegangen, und jetzt läuft das Wasser in die Kajüte.»

Er begriff nichts mehr, sondern wusste nur noch eines: Er wollte nun nicht mehr fortgehen, sondern einfach verschwinden, sich in Luft auflösen, nicht mehr da sein.

In diesem Moment ertönte auf der anderen Seite des Hafenbeckens der gellende Schrei einer Frau: «Eneoo! Eneoo!»

Vor lauter Schmach wünschte er sich, dass er auch versunken wäre, noch tiefer als der Lastkahn, um tausend Meter tiefer. «Mama», dachte er und sah sie im Lichtstrahl des Leuchtturms schreiend auf dem Anleger vor dem Ponton stehen.

Das ganze Hafenbecken konnte sie hören. Er hätte alles darum gegeben, sie zum Schweigen zu bringen.

Suchend sah er zur Terrasse der *Virtus* hinüber. Berto war nicht mehr dort. «Er ist abgehauen», dachte er, «er hat sich aus dem Staub gemacht.» Einsam saß er im Kajak und fühlte sich mit seiner Schuld allein gelassen.

Während überall Stimmen laut wurden, schemenhafte Gestalten im Feuerschein der Schoner auftauchten und Menschen am Ufer entlangeilten, verstummte seine Mutter plötzlich. Er riss seinen Blick von der leeren Stelle los, die der Lastkahn auf dem Wasser zurückgelassen hatte, und sah zu den Schleppern hinüber.

Im selben Augenblick erklang von dort Stimmengewirr. Er spähte zur *Titanus*, die neben den beiden kleineren Schleppern aufragte, und erblickte eine athletische Gestalt, die sich gegen das erleuchtete Quadrat der Bugluke abhob.

Es war Eneo. Hinter ihm konnte er Lidia erkennen. Beide sahen zur Sacchetta hinüber.

Unwillkürlich war sein erster Gedanke, dass sein Vater ihm von weitem über das Meer hinweg geholfen und sie gerettet hatte. Sein Herz machte einen Sprung.

Während der Kajak sich auf dem letzten Schwell wiegte, entdeckte er nicht weit entfernt einen Hut, der mit der Krempe nach oben auf dem Wasser trieb.

«Der Gebirgsjäger!», dachte er und sah ihn wieder vor sich, wie er mit der Flasche in der Hand neben seinem Rucksack auf der Bordkante gesessen hatte. «Er war es. Er ist gar nicht weggegangen. Als Lidia an Bord kam, muss sie bemerkt haben, dass jemand in der Kajüte war, und sofort hat sie kehrt gemacht und ist Eneo zum Schlepper gefolgt. Er saß also dort im Dunkeln.»

Wieder meinte er die verzweifelten Rufe zu hören, und ihn schauderte. «Ich bin trotzdem ein Mörder», dachte er, «ein Mörder.» Er packte die Riemen, um das Weite zu suchen.

Der Hut, der gegen den Kajak gestoßen war, füllte sich leise gurgelnd mit Wasser. Dann ging er rasch unter.